I0631879

ESSAIS

DE

LITTÉRATURE

ET DE MORALE.

TOME QUATRIÈME.

ESSAIS

SUR DIVERS SUJETS

DE

LITTÉRATURE

ET DE MORALE.

Par M. l'Abbé TRUBLET, de l'Académie Royale des Sciences & Belles - Lettres de Pruſſe, Archidiacre & Chanoine de Saint Malo.

TOME QUATRIÉME.

A PARIS,

Chez BRIASSON, rue Saint Jacques, à la Science, & à l'Ange Gardien.

M. DCC. LX.

Avec Approbation & Privilège du Roi.

JE ne pourrois que répéter ici ce que j'ai dit sur la nature & le caractère de ces *Essais*, dans le premier Chapitre du premier Tome, dans la *Conclusion* du second, & dans l'*Avertissement* du troisiéme. Je me bornerai donc à y renvoyer le Lecteur. L'indulgence avec laquelle on a encore reçu ce troisiéme Volume, m'a déterminé à en donner un quatriéme, d'autant plus que je l'avois comme promis. Je ne croirai pas aisément que le Public en desire un cinquiéme; mais si je le crois, il l'aura.

APPROBATION.

J'Ai lu par ordre de Monfeigneur le Chancelier, ce quatrieme Volume des *Effais de Littérature & de Morale*, & j'ai cru qu'on pouvoit en permettre l'impreffion. A Verfailles, le 20. Décembre 1759.

HARDION.

Le Privilége eft au fecond Volume.

TABLE.

E R R A T A.

Page 4. *ligne derniere* n'avoit, *lifez* avoit
P. 21. *l.* 15. d'efprit , qui , *lifez* d'efprit
qui *en fuprimant la virgule.*
P. 31. *l.* 1. il a, *lifez* il y a
P. 38. *l. derniere* tout dit , *fuprimez* dit.
P. 50. *l. derniere* Tels & tels n'avoient pas,
lifez Tels & tels Ecrivains n'avoient pas
P. 51. *l.* 1. d'autres Ecrivains, *fuprimez* Ecri-
vains.
P. 183. *l.* 11. de beau , *lifez* de beaux.
P. 137. *l.* 15. & non pour , *fuprimez* non.

ESSAIS

ESSAIS

SUR DIVERS SUJETS

DE

LITTERATURE

ET DE MORALE.

SUR LA COMPOSITION, LES AUTEURS, ET LES OUVRAGES, SOIT D'ESPRIT, SOIT DE SCIENCE, EN GENERAL.

I.

L est difficile que l'homme d'esprit qui n'a point écrit, ne s'estime beaucoup plus qu'il ne vaut. Le sentiment de ses forces le trompe, parce qu'il ne les

Tome IV.   A

a point mifes à l'épreuve. Les moins
préfomptueux de tous les hommes,
ce font les bons Auteurs.

L'exercice de la compofition augmente l'efprit & perfectionne le goût.
Alors on pouffe fes idées, on aprofondit les matieres. Après le bien,
on cherche le mieux. On fait un
choix entre fes différentes penfées.
La plûpàrt des gens d'efprit qui n'é-
crivent point, reftent des efprits foibles, bornés & fuperficiels, quoique
nés fouvent pour être forts, étendus
& profonds.

Je ne parle ici de l'efprit que par
raport à la litterature & aux Sciences.
Un Miniftre d'Etat peut être un fort
& puiffant génie à l'égard de la Politique, fans avoir jamais écrit fur les
différentes matieres qu'elle renferme.
Il a plus profondément médité pour
agir, qu'il n'eût fait pour écrire; &
d'ailleurs la politique eft peut-être
moins une fcience qu'un art. Cependant, toutes chofes égales entre deux

hommes d'Etat, celui qui a écrit, n'eût-il écrit que pour lui seul, & à plus forte raison s'il a écrit pour le Public, aura l'esprit encore plus juste, plus net, & plus profond, que celui qui n'aura que pensé & réfléchi. C'est donc, & pour les Ministres mêmes, une bonne méthode que celle d'écrire, parce que c'est un bon moyen de fixer ses idées, de les étendre, & sut-tout de se mieux assurer de leur justesse & de leur solidité.

Ce n'est qu'en écrivant qu'on acheve de penser. Dans la conversation il n'y a guères que des demi - pensées, sans compter une infinité de pensées communes, ou peu justes. On le verroit bien, & on en seroit même surpris, si tout ce qui est dit de vive voix par les meilleurs esprits, étoit écrit. L'Auditeur est bien moins difficile & bien moins intelligent que le Lecteur. Aussi ne lui faut-il qu'un demi-bon. Non-seulement il s'en contente ; mais ce

demi - bon lui fait plus de plaisir
qn'un bon du premier ordre, un bon
qui demanderoit trop d'aplication
pour être bien senti.

Rien n'est donc plus propre à perfectionner l'esprit que l'exercice de
la composition.

II.

Pour qu'un homme qui n'auroit
jamais écrit, eût autant d'esprit qu'un
excellent Auteur, autant, par exemple, qu'en avoit M. de *Fontenelle*, qui
avoit tant écrit, sur tant de matieres,
& avec tant de réflexion, il faudroit qu'il fût né avec beaucoup plus
d'esprit que lui. Tout Auteur a plus
d'esprit qu'un homme qui n'en a pas
plus reçu que lui de la nature.

III.

On a plus d'esprit, après avoir
fait un bon Ouvrage, qu'on n'en
n'avoit auparavant, pourvu néan-

moins que l'excès du travail n'ait pas affoibli la tête. Ce n'eſt pas qu'on ſoit alors plus en érat de faire un autre Ouvrage ſur le même ſujet. Si l'eſprit s'eſt perfectionné, il s'eſt épuiſé. On penſeroit peut - être mieux, mais on penſeroit moins. La forme de l'Ouvrage ſeroit meilleure, & les matériaux moins bons.

I V.

La plûpart de ceux qui ſont dans l'habitude d'écrire, n'aiment pas à lire ; cela ne les occupe pas aſſez vivement, & il faut qu'une lecture ſoit très-piquante pour ne leur paroître pas inſipide, en comparaiſon de la compoſition. Indépendamment de l'amour propre, on s'amuſe bien davantage avec ſon propre eſprit qu'avec celui d'autrui.

Il vaudroit pourtant mieux faire le contraire, & lire qu'écrire, du moins pour imprimer. Cela eſt moins vif,

mais plus tranquille , & n'a point de
ſuites fâcheuſes, ſoit pour la ſanté que
le travail d'eſprit détruit ſouvent ,
ſoit pour la reputation que l'impreſſion expoſe toujours, & qui , répon-
dit-elle aux vœux de l'Auteur , vaut
rarement ce qu'elle coûte.

Si aucun bien n'eſt pur , & s'ils ne
ſont tous qu'un mêlange de plaiſirs &
de peines , où celles-ci l'emportent
preſque toujours, cela eſt encore plus
vrai de la gloire que de tous les autres biens , & plus encore de la gloire litteraire, que des autres ſortes de
gloire. La *grandeur ſpirituelle* n'a
qu'une fauſſe apparence de bonheur,
de même que la *grandeur ſenſible*; il
ne ſe trouve qu'avec la *grandeur ver-
tueuſe*, & *Socrate* , qui ſurement étoit
plus heureux qu'*Alexandre* , vrai-
ſemblablement l'étoit auſſi plus
qu'*Ariſtote*. Il n'avoit rien écrit.

V.

La compoſition plaît beaucoup,
tandis qu'elle fait acquerir, c'eſt-à-

dire, tandis qu'en compofant , on produit de nouvelles penfées , ou qu'on pénétre mieux , qu'on aprofondit davantage celles qu'on a déja produites , & que par-là on croît en lumiere. Mais après ce travail, il y en a un autre pénible , long, ennuyeux; c'eft cclui de corriger , de limer ce qu'on a écrit , & d'y mettre ce degré de jufteffe , de précifion , & d'élégance qu'exige l'impreffion. L'efprit a bien moins de part à ce fecond travail qu'au premier , & l'ouvrage y gagne peu. Il n'en devient pas effentiellement meilleur, & cependant a beaucoup plus coûté. D'ailleurs qui fentira toutes ces attentions ? Une partie du travail a confifté à cacher l'art au commun des Lecteurs , & on n'y réuffit que trop. Bien loin d'apercevoir l'art, ils n'en fentent même l'effet que très-imparfaitement , & l'on n'eft payé de fa peine que par les gens du métier.

Un *Penseur* regrette d'autant plus le tems qu'il met à écrire, qu'il l'auroit mis à penser.

Il est délicieux & facile de penser, pour qui sait penser; il est ennuyeux & difficile d'écrire avec un certain soin, même pour qui sait écrire.

VI.

On compose pour imprimer; j'imprime pour composer. Si en composant je n'avois pas le but de l'impression, mon travail ne seroit pas assez animé pour me sauver de l'ennui. Quel qu'eût été le sort de mes *Essais, &c.* j'en avois déja retiré, avant de les publier, un fruit plus précieux que le succès même. Ils m'avoient long-tems occupé sans trop m'appliquer.

On peut dire de la composition, comme de la vertu, qu'elle est à elle-même sa récompense, par le plaisir qui l'accompagne.

Si les gens de Lettres pouvoient se borner à écrire, à la vérité dans le dessein d'imprimer, mais sans l'effectuer jamais, ils seroient peut-être les plus heureux des hommes.

VII.

Ordinairement il n'y a qu'à perdre pour un homme qui a une certaine réputation d'esprit, à donner quelque chose au public. Il est rare que l'ouvrage réponde à ce qu'on attendoit de l'Auteur ; presque toujours on le croyoit capable de mieux. Beaucoup de gens d'esprit, en devenant Auteurs, ont perdu une grande partie de l'estime dont ils jouissoient parmi leurs amis & leurs connoissances, & qui de-là s'étoit répandue dans le public.

Si vous faites un bon ouvrage, tout le monde saura que vous avez de l'esprit ; mais on saura en même tems que vous n'en avez qu'à tel dégré, & même que de telle & telle sorte.

Un homme d'eſprit qui n'eſt point
Auteur, n'eſt pas apprécié ſi juſte.
On ne ſait pas ſi bien la meſure pré-
ciſe de ſon eſprit ; & ordinairement
même on lui en croit plus qu'il n'en
a. Vous n'étiez point connu du Public. Il va vous connoître , & même
vous eſtimer ; mais vos amis vous
eſtimoient bien davantage , & c'eſt
l'eſtime la plus déſirable , puiſque
c'eſt celle dont on jouit le plus.

Si avec beaucoup d'eſprit , vous
n'avez point celui de la converſation,
écrivez ; mais penſez-y à deux fois,
ſi vous l'avez , quelque autre ſorte
d'eſprit & de talent que vous ayez.

Tel brilloit par le don de la parole , ſur-tout dans certaines ſociétés.
De plus , il y aportoit de petits ouvrages de ſa façon ; ils étoient ap-
plaudis , & ſincerement. Il les a im-
primés ; & ils n'ont eu aucun ſuccès.
Il a beaucoup perdu dans les Sociétés
qu'il fréquentoit. Honteuſes & pi-
quées contre lui - même , comme ſi

c'étoit ſa faute & non la leur, de l'avoir trop eſtimé, elles s'en vengent par le mépris.

Qu'il y a loin encore d'avoir beaucoup d'eſprit pour ſes amis, à en avoir un peu pour le Public !

Tel Ecrivain médiocre paſſeroit pour un eſprit du premier ordre, s'il n'avoit jamais écrit.

Quand un homme parle très - bien dans la converſation, ceux qui l'écoutent, ne s'imaginent point *qu'ils en diroient bien autant*, qu'ils parleroient avec la même facilité, la même juſteſſe, la même netteté, le même agrément. Mais beaucoup de perſonnes en liſant le meilleur Livre, s'imaginent qu'ils en *écriroient* bien autant.

S'ils ne vont pas ſi loin ſur leur capacité réelle & actuelle, ils ne doutent point de leur capacité poſſible.

L'amour propre a plus ou moins de facilité à nous tromper ſur les talens, ſelon qu'ils ſont plus ou moins natu-

rels ou acquis. On se flatte sur ce
qu'on est , mais bien plus encore sur
ce qu'on auroit été, si on avoit voulu
l'être ; en sorte qu'on s'enorgueillit
à la fois d'avoir pu & de n'avoir pas
daigné; par exemple , d'être né Poëte , & de ne point faire de vers,

VIII.

La plûpart de ceux qui connoissent
personnellement un bon Auteur qui
ne montre point d'esprit dans la conversation , qui y montre même de
la sotise , en estiment beaucoup
moins ses Ouvrages.

L'esprit se conclut moins des Ouvrages que de la conversation. Un
homme qui montre beaucoup d'esprit
dans la conversation , fait un mauvais Ouvrage , & on dit : *Il a pourtant beaucoup d'esprit*. Un autre qui ne
montre point d'esprit dans la conversation , fait un bon Ouvrage , & on
dit : *Il n'a pourtant point d'esprit*.

La converſation de *La Fontaine*
nuiſoit pendant ſa vie à ſes Ouvrages,
auprès de ceux qui le connoiſſoient
perſonnellement. La mort qui ajoute
toujours à la gloire méritée, a plus
ajouté à la réputation de cet aimable Poëte, qu'à celle d'aucun autre
Ecrivain de ſon tems, & le mérite
de ſes Poëſies n'en eſt pas la ſeule
cauſe.

I X.

Il faut avoir écrit & écrit avec un
certain ſoin, pour ſavoir que ſouvent
on ne ſait ce qu'on dit en converſation. On eſt preſque toujours content, & quelquefois charmé de ce
qu'on vient d'écrire ; le lendemain
on le trouve pitoyable, ſur-tout ſans
juſteſſe & ſans ſolidité. Cela fait
trembler pour tout ce qu'on dit.

X.

Le tems de l'étude & de la lecture
peut être réglé & meſuré, non celui
de la compoſition. Il y a d'heureux

momens de génie qui ne reviennent point ; il faut donc en profiter, non-feulement quand ils viennent , mais encore , fi la fanté le permet , tant qu'ils durent.

On n'exprime jamais fi heureufe-ment fa penfée , du moins on ne l'exprime jamais fi vivement, que dans le premier moment qu'elle vient à l'efprit. C'eft alors qu'elle plaît da-vantage. Enfuite on fe refroidit pour elle.

L'expreffion la plus jufte n'eft pas toujours la plus agréable , même aux efprits les plus juftes.

Il y a de bons ouvrages, & il y en a de beaux. Mais parmi les beaux, il y en a encore de deux fortes ; de beaux tout court , pour ainfi dire , & d'autres dans lefquels la grace eft jointe à la beauté ; ce font les par-faits.

Non fatis eft pulchra effe Poëmata,
   dulcia funto, Hor.

Il y a dans les Ouvrages d'esprit quelque chose de plus agréable que l'esprit, à ceux même qui en ont le plus.

XL

C'est à force d'art qu'on cache l'art, comme c'est à force de mémoire qu'un Prédicateur cache qu'il parle par mémoire.

La perfection d'un Ouvrage est que les connoisseurs par lumiere, y voyent d'autant plus d'art, que les connoisseurs par simple goût, y en sentent moins. L'art se montre aux uns & se cache aux autres, à mesure qu'il est plus parfait.

Pour louer certains ouvrages, on dit qu'on n'y sent point l'art. On ne l'y sent point en effet, mais c'est parce qu'il n'y en a point. S'il y en avoit, ils n'en vaudroient que mieux, & en seroient plus agréables encore. L'art n'écarte pas seulement les défauts, il ajoute des beautés. Il a même ſes graces auſſi bien que la nature.

XII.

On n'entend point un Livre , &
l'on s'en prend à l'Auteur , au lieu
de s'en prendre à ſoi-même , ou du
moins au ſujet. On lit un ouvrage de
Philoſophie , ſans Philoſophie , ſans
eſprit , & même ſans attention. Cependant on l'accuſe d'obſcurité. Les
bons Lecteurs ſont preſque auſſi rares
que les bons Auteurs. Il n'y a même
de bons Auteurs que pour les bons
Lecteurs.

On a dit quelquefois d'un Livre ,
qu'*il donnoit de l'eſprit à ſes Lecteurs.*
Un Livre digne de cet éloge , eſt
celui qui donne de la lumiere , qui
éclaire ſur des objets peu connus, qui
dévelope des idées juſqu'alors con-
fuſes dans la plûpart des hommes, un
Livre , en un mot , plein d'idées,
vraies ou fauſſes , mais préciſes &
diſtinctes , & qui par là , rend capable

ble de raiſonner ſur les ſujets qui y
ſont traités , un Lecteur qui auparavant ne l'étoit pas , parce qu'on ne
peut raiſonner ſans de pareilles idées.

Je n'ai pas beſoin d'ajouter qu'un
Livre ne donne de l'eſprit qu'à proportion qu'on en avoit déja. Il eſt
inutile de porter de la lumiere à un
aveugle , il n'en verra pas davantage. Pour voir , il faut des yeux & de
la lumiere ; mais le plus foible dégré
de lumiere ſuffit aux bons yeux.

Dire d'un Auteur que , quoiqu'il
n'ait écrit que ſur des ſujets communs , & avec beaucoup de vérité,
de juſteſſe , & de netteté, il n'eſt
pourtant pas à la portée de tout le
monde, c'eſt un grand éloge.

XIII.

Aucune matiere n'eſt épuiſée pour
un homme de génie, pour un homme
qui penſe , parce que d'une part ,
toutes les matieres ſont inépuiſables ,
& que de l'autre les hommes de gé-

Tome IV.   B

nie ſont très - différens entr'eux, &
d'autant plus différens qu'ils ſont
plus hommes de génie. Comme hommes de génie, ils voyent beaucoup
& bien ; & comme différens, ils
voyent des côtés, des faces différentes dans les mêmes objets.

Au contraire, les eſprits médiocres
voyant moins bien, par cela même
ne voyent guères que les mêmes
choſes dans les mêmes objets, c'eſt-
à-dire, ce qui y eſt le plus viſible.
Souvent même ils n'y voyent rien
d'eux - mêmes, mais ſeulement ce
qui y a déja été vu par d'autres. Ils
ne voyent que ce qu'on leur fait
voir ; ils ne produiſent point, ils ſe
reſſouviennent. Ainſi, quand un eſprit médiocre traitant un ſujet déja
traité par d'autres, n'auroit rien lû
ſur ce ſujet, il n'en diroit pourtant
guères que ce qui en a été dit, parce
qu'il n'en diroit que ce qu'il y a de
plus aiſé à en dire, ce qui s'eſt pré-
ſenté à la première vue des Ecrivains

qui l'ont précédé, au lieu que l'homme de génie voit au-delà , tant en
surface qu'en profondeur.

XIV.

N'écrivez que dans un genre &
excellez-y ; on en conviendra ; mais
on dira que vraisemblablement vous
n'êtes propre qu'à ce genre. Ecrivez
dans plusieurs genres , & écrivez-y
bien ; il y en aura pourtant quelqu'un
dans lequel vous serez meilleur que
dans les autres. Cela suffira pour faire dire que vous n'entendez rien à
ceux-ci ; que vous avez eu grand tort
de vous en mêler , de quitter celui
où vous faisiez le mieux pour ceux où
vous faites moins bien , & même où
vous faites mal ; car par la comparaison du mieux au bien, votre simple bien paroîtra mal , & c'est de
bonne foi que beaucoup de gens
vous comparant vous-même à vous-
même , vous excellent à vous simplement bon, vous trouveront mau-

vais par comparaiſon. Ils ſeront con-
firmés dans leur jugement de bonne
foi, par celui de mauvaiſe foi de vos
rivaux dans les genres où vous n'avez
pas autant réuſſi.

Pourquoi conclure de ce qu'un
Auteur ne travaille que dans un genre, qu'il eſt incapable de tous les
autres ? Il ſe peut fort bien qu'il en
ſoit ſeulement moins capable, qu'il
le ſente, & qu'en conſéquence, il
s'en abſtienne. Délicat ſur la gloire,
il ne veut que de la plus grande & de
la plus belle. Peut-être encore qu'il
travaille dans un ſeul genre, parce
que ce genre lui plaît davantage. Son
goût a décidé de ſon choix, plûtôt
que ſon talent.

X V.

On ne fait ni auſſi bien ni auſſi
mal aujourd'hui que dans le ſiécle
précédent ; l'excellent & le très-mau-
vais ſont plus rares qu'ils ne l'étoient
alors. On ne fait pas auſſi bien, mais

il y a plus de gens qui font affez bien;
& fi l'excellent eft plus rare, le médiocre, le bon même font plus communs. On écrit mieux, on ne penfe
pas fi bien.

Chez les Grecs & chez les Romains, de la groffiereté & de la forte de mauvais goût qui tient à cette
groffiereté, on a paffé à un bon fens
poli & de bon goût. De-là on eft venu au bel efprit recherché, & à la
forte de mauvais goût qui eft prefque toujours l'effet de l'envie de
briller, de l'affectation de cette
forte d'efprit, qui confifte plus
dans l'expreffion que dans la penfée, & dans le ftyle que dans le fond
des chofes. Cette derniere forte d'efprit a été moins commune chez les
Grecs que chez les Romains, & s'y
eft introduite plus tard. Pendant que
S. Jean Chryfoftome & les autres Peres
de l'Eglife Grecque, étoient encore
des Ecrivains & des Orateurs de bon
goût, ceux de l'Eglife Latine pen-

foient ou du moins s'exprimoient de mauvais goût. Il en étoit de même des Ecrivains profanes des deux Langues, & cela ne laiſſe pas d'être étonnant. On ne peut guères l'attribuer qu'à la différente nature , au différent caractère des eſprits Grecs & Romains, à la ſupériorité phyſique des premiers ſur les ſeconds. Chez nous la marche de l'eſprit a été différente. D'abord groſſiereté , peu d'eſprit, peu de ſens, & un goût déteſtable ; voilà le caractère des Ecrivains des Regnes de François I. Henri II. Henri III. & Henri IV. à l'exception de *Malherbe* & de *Marot* , encore le mauvais goût infecte-t-il une grande partie de leurs ouvrages. Pluſieurs Ecrivains du Regne de Louis XIII. eurent infiniment d'eſprit , comme *Voiture* & *Balſac* ; mais la juſteſſe & le goût leur manquoient. Ils couroient tous après l'eſprit & les pointes , les vrais & les faux brillans. Sous Louis XIV. vint la juſteſſe & le bon goût. Cependant *Corneille* conferve beaucoup du mauvais goût précédent ; il en étoit fi près qu'il eft un peu excufable. M. *Flechier* en tient beaucoup auffi , & plus éloigné du tems de ce mauvais goût , il eft plus coupable. M. de *Fontenelle* eft bel efprit au plus haut degré , mais c'eft en même tems un efprit très-folide , très-jufte, & même très-profond ; c'eft cette alliance qui en a fait un homme fi fingulier & fi rare. Le bel efprit fur un fond folide, jufte, & penfé, femble être le caractère de ce fiécle; chacun vife à ce but & l'atteint à fa maniere; & en cela il eft vrai que M. de *Fontenelle* a donné le ton à fon fiécle. Par là on voit que le bel efprit du commencement du Regne de Louis XIV. eft fort differend de celui du Regne de Louis XV. C'eft du Brillant des deux côtés , mais faux dans l'un, vrai dans l'autre , plus ou moins , felon que les Ecrivains ont naturellement l'efprit plus jufte & plus *pen-*

feur. Chaque Ecrivain prend plus ou moins le goût de fon fiécle ; mais il le prend avec fa forte d'efprit qui le modifie en mille manieres. Ils ont donc tous quelque chofe de commun qui appartient à leur fiécle , & quelque chofe qui leur eft propre , & qui vient de leur caractère particulier.

X V I.

Il eft bien peu d'Auteurs, quelque eftimés & quelque modeftes qu'ils foient , qui ne penfent encore plus avantageufement de leurs ouvrages, que le Public , & même que leurs partifans les plus zèlés.

Il ne feroit pas jufte d'exiger d'un Auteur méprifé , qu'il pensât de fes ouvrages comme le Public ; ce feroit lui commander l'impoffible.

Qu'un Auteur infiniment eftimé , M. *De Voltaire* , par exemple, ne s'eftime pas encore d'avantage, & je le tiendrai pour modefte.

Un jeune Poëte vient de faire une
Tragédie

Tragédie qui a eu le plus grand succès. Je lui dis: *Ne vous hâtez pas de penser de votre piéce comme le Public, car il est fort incertain s'il en pensera long-tems de même.*

On pourroit encore lui dire : *Que le jugement du Public soit aujourd'hui la règle du vôtre, j'y consens, pourvu qu'il la soit encore demain.*

Le plus grand admirateur d'un grand Ecrivain, n'est presque jamais celui dont l'admiration le flatteroit davantage ; c'est le plus souvent quelque ami, homme de peu d'esprit, dont le zèle, la médiocrité, & quelquefois encore la vanité, ont fait un enthousiaste, qui même n'est pas toujours entierement de bonne foi.

Le plus grand admirateur d'un grand Ecrivain, c'est ordinairement lui-même. Il a plus d'intérêt que personne à s'admirer, & cet intérêt est un grand séducteur. Il connoît mieux que les plus habiles connoisseurs, ce

Tome IV.   C

qu'il a en effet d'admirable ; & s'il voit mieux auſſi ce qu'il a de moins beau, ou même de défectueux, il ne le juge pas ſi bien ; car en toute matiere, voir & juger ſont deux, mais ſur-tout lorſqu'il s'agit de nos propres défauts. En les comptant bien, nous les peſons mal, & c'eſt ainſi que l'amour propre eſt à la fois éclairé & indulgent.

XVII.

Trop d'eſprit, diſent les gens de goût, eſt un défaut dans un Ouvrage, & ils ont peut-être raiſon ; mais quelques-uns de ces gens de goût ont fort peü d'eſprit.

Vous êtes trop charlatan, dit le Public aux Médecins ; vous courez trop après l'eſprit, dit-il aux Auteurs. Cela eſt vrai, pourroient-ils lui répondre, mais c'eſt votre faute ; c'eſt vous qui nous gâtez. Nous voulons vous plaire & réuſſir, & ſans ce que vous nous reprochez, nous ne vous plairions point, nous ne réuſſirions point.

Ce n'eſt point en criant contre les Médecins charlatans, & contre les Auteurs trop amoureux du bel eſprit, qu'on les corrige, c'eſt en laiſſant là les uns & les autres ; mais on ne le fera jamais.

J'ai retenu les deux vers ſuivans, ſans me rappeller de qui ils ſont, ni même où je les ai lus.

Tel profond & ſubtil, difficile à com-
  prendre,
Croit avoir de l'eſprit, s'il en faut pour
  l'entendre.

Il faut de l'eſprit pour entendre un Auteur obſcur, mais alors il n'y a de mérite que dans l'*entendeur*. Il faut de l'eſprit auſſi pour entendre un Auteur profond, penſé, fin, &c. & alors le mérite eſt des deux côtés.

XVIII.

La grande marque d'un bon Ou-

vrage, c'eſt qu'on le liſe une ſeconde fois, ſinon avec autant de plaiſir
que la premiere, du moins avec autant d'eſtime. Il en eſt pour leſquels
l'eſtime augmente à chaque lecture,
ce ſont les excellens.

Les Ecrivains qui ont plus d'éclat
que de ſolidité, & plus d'eſprit que
de jugement, perdent beaucoup à
être relus. Deux autres ſortes d'Ecrivains y gagnent, les *penſeurs*, &
ceux qui ſans penſer autant, écrivent
avec juſteſſe & préciſion.

XIX.

Parmi les gens qui n'ont jamais écrit,
il y en a de très - modeſtes, & véritablement perſuadés qu'ils ſont incapables de rien faire qui eût un certain
degré de mérite. Viennent-ils pourtant à écrire? ils croyent tous avoir
fait des merveilles, en ſorte que ce
qui devroit les guérir de la préſomption, s'ils en avoient, leur en donne.

Les plus modeſtes de ceux qui

n'ont point écrit, font encore plus incapables qu'ils ne croïent l'être. Ils ne fe croïent qu'incapables de bien faire, ils le font encore de connoître qu'ils ont mal fait. Il eft vrai que c'eft là le plus difficile, mais ils ne le favent pas.

X X.

Le goût des Belles-Lettres dégoûte quelquefois un jeune homme de tout autre travail, & par là de toute autre profeffion que celle d'homme de Lettres. Quoique fans bien, il n'en veut prendre aucune. Quoique né fans vrais talens, il veut être Auteur. Il l'eft, & refte pauvre; il fera aux gages des Libraires. Tel Auteur qui écrit pour vivre, auroit de quoi vivre s'il n'avoit jamais écrit.

Je ferois bien fâché qu'on prît cette réflexion pour un trait de fatyre & une infulte aux Auteurs pauvres. Ce n'eft qu'un confeil pour prévenir la pauvreté, & une pauvreté défho

norante, puiſque ſi alors elle n'eſt pas
vice, elle eſt vanité & préſomption,
ou du moins imprudence.

XXI.

Deux Auteurs ont donné dans
leur jeuneſſe des Ouvrages qui leur
firent de l'honneur, & qui ne leur en
font plus aujourd'hui. Depuis, l'un
en a donné de beaucoup meilleurs;
l'autre n'en a donné que de mauvais.

XXII.

Il y a du moins de l'imprudence à
faire un Ecrit qui par ſa hardieſſe, ſa
malignité, ou par quelqu'autre raiſon, puiſſe nuire à ſon Auteur. Cette
imprudence eſt d'autant plus grande
qu'elle eſt preſque toujours ſuivie de
celle de montrer cet Ecrit, enſuite
de le publier, & de ſe faire connoître,
s'il réuſſit. Le métier d'Auteur a bien
aſſez de chagrins ſans celui-là.

N'écrivez jamais, ne fût-ce que
pour vous-même, ce qui vous nui-

roit, s'il étoit connu ; car il a à parier qu'il le fera.

SECOND MORCEAU SUR
LE MESME SUJET. *

I.

IL y a plus de peine & moins de
plaisir à corriger qu'à composer.
Dans le travail de la correction, on

---

* Je dis *Morceau* & non *Suite*, parce qu'en
effet ce n'en est point une. Ces deux articles
ont été composés à plusieurs années l'un de
l'autre. Si l'on retrouve dans le second quelques-unes des pensées du premier, c'est qu'elles se sont encore présentées à moi, lorsque
j'ai réfléchi sur les mêmes Sujets. Il eût été
mieux sans doute de refondre le tout, pour
l'abréger, en faisant un choix ; mais ce travail assez pénible, auroit de plus été fort ennuyeux, & cela m'a rebuté. Je prie derechef
le Lecteur de n'attendre de moi que des pensées détachées, & même sans beaucoup d'ordre entr'elles, si ce n'est entre celles qui sont
renfermées sous le même nombre.

C iiij

n'eſt point ſoutenu par cette chaleur d'imagination , & par ce goût
de production & de nouveauté qui
ſoutiennent dans le travail de la
compoſition. D'ailleurs, il eſt ſouvent plus difficile de corriger quelques défauts aſſez légers , qu'il ne l'a
été de produire les plus grandes
beautés. Il y a plus encore. On trouvera plutôt de nouvelles beautés à
ajouter, qu'on ne corrigera certains
défauts. Un tour forcé, louche, une
mauvaiſe tranſition , &c. vont arrêter un Auteur pendant des ſemaines
entieres, & il feroit quelquefois un
ſecond ouvrage en beaucoup moins
de tems qu'il ne lui en faut pour re-
former & polir le premier.

I I.

Un Auteur dit qu'il a fait ſon ouvrage facilement & promptement.
On le lui nie ; & on veut que pour
le prouver il en faſſe donc un autre.
C'eſt mal raiſonner. L'ouvrage en

queftion peut ne lui avoir guères
coûté, parce qu'il avoit depuis long-
tems dans l'efprit toutes les penfées
qu'il y a fait entrer ; & qu'il fe les
étoit rendu fort préfentes par de fréquentes & de férieufes réflexions. Il ne
s'agiffoit prefque plus que de les jet-
ter fur le papier. Mais peut-être font-
ce là toutes fes richeffes ; ou, s'il lui
en refte encore, elles font, en quelque forte, plus dans le fond de fon
efprit. La méditation ne lui a pas encore rendu ces autres idées affez claires & affez familieres. On pourroit
comparer l'efprit à une mine qui
d'abord rend beaucoup, & fans qu'il
foit befoin d'un grand travail. Les
premieres richeffes s'offrent d'elles-
mêmes. En creufant plus avant, le
travail devient plus pénible, & moins
fructueux ; & à la fin la mine s'épuife.

I I I.

Il y a bien des inconvéniens à imprimer trop tôt, & avant que l'efprit

& le goût aient acquis leur point de
maturité & le degré de perfection
dont ils font fufceptibles. Ces productions informes, fruits précoces d'une
jeuneffe également vaine & préfom-
ptueufe, font toujours quelque tort
à leur Auteur, du moins pendant
qu'il vit, euffent-elles été fuivies &
réparées par des Chef-d'œuvres. La
critique les avoit dédaignées, & le
Public les avoit oubliées. L'envie les
rappelle, en fait la fatyre, & le Public aplaudit. Rien n'eft plus injufte
fans doute. L'Auteur de *Melite* &
l'Auteur de *Cinna* ne font point le
même homme. Mais l'injuftice arrête-
elle la malignité & empêche-t-elle fes
fuccès?

Il y a plus encore. Ces foibles ouvrages qu'un jeune Auteur fe hâte de
publier, le mettront peut-être hors
d'état d'en produire un jour de meilleurs; & voici comment. On fait
penfer avant que de favoir écrire,
parce qu'on a de l'efprit avant que

d'avoir du goût ; parce qu'on a affez
d'efprit pour entrevoir certaines penfées , avant que d'en avoir affez
pour les voir dans toute leur étendue, & dans le dégré de clarté néceffaire pour les bien exprimer. Il arrive
donc qu'on s'épuife en quelque forte
de penfées qu'on écrit mal ; & quand
on feroit en état de les bien écrire ,
on les a déja employées. Mais ce
n'eft guères la peine d'y revenir. Il y
a peu de fuccès à efpérer de la refon-
te d'un ouvrage mal fait ; la fleur de
la nouveauté une fois enlevée , le
goût du Public eft émouffé ; & fa
curiofité eft éteinte , fans avoir été
fatisfaite.

Souvent on a eu dans l'efprit dès
la premiere jeuneffe les germes de la
plûpart des penfées qui fe préfentent
dans la fuite. Ces germes éclofent &
fe développent à l'occafion d'une
lecture, d'une converfation, &c. Je
puis du moins affurer, s'il m'eft permis
de me citer moi-même , qu'il en eft

ainſi à mon égard. Il y a bien long-
tems que j'avois commencé de penſer la plus grande partie de ce qui ſe
trouve dans mes *Eſſais*. Si je ne l'ai
pas écrit plutôt, c'eſt parce que je
n'avois aucun empreſſement d'écrire,
& auſſi parce que, pour me ſervir
de l'expreſſion de M. *De la Motte*, je
n'avois pas encore achevé de le penſer.

Souvent les jeunes gens dépenſent
leur eſprit, comme ils dépenſent
leur bien, avant que d'être en état
de le dépenſer à propos.

Si les derniers ouvrages d'un Auteur ſont fort inférieurs aux premiers,
ce n'eſt pas toujours qu'il les ait
moins travaillés, ou que ſon eſprit
ſoit baiſſé, c'eſt qu'il eſt épuiſé. Peut-
être l'eſprit de l'homme eſt-il plutôt
un vaſe qui ne contient qu'une certaine meſure de choſes, qu'un inſtru-
ment avec lequel on puiſſe toujours
également opérer, tant qu'il eſt
bon & non uſé.

Tel Auteur qui à 50 ans ne donne plus rien que de médiocre, feroit alors ce qu'il a fait à trente, & peut-être même le feroit mieux encore, si cela étoit encore à faire. Les Auteurs, comme l'a observé M. l'Abbé *Du Bos*, les Auteurs finissent ordinairement plutôt ou plus tard de composer de bons ouvrages, selon qu'ils ont commencé plutôt ou plus tard à composer. On en a plus d'un exemple, entr'autres celui de M. *Rollin.*

IV.

Il ne faut point rejetter d'un ouvrage d'esprit une pensée déja employée, & même commune, lorsqu'on peut l'exprimer avec plus de justesse & d'exactitude qu'elle ne l'a encore été. S'il est toujours plus glorieux d'inventer, il est quelquefois plus utile de perfectionner. Mais si l'on ne cherche qu'à inventer, rien ne se perfectionnera.

Si plusieurs Ecrivains s'attachoient,

chacun dans le genre qui leur eſt propre, à examiner ce qui s'eſt dit de mieux ſur chaque matiere, & à le perfectionner, ils rendroient aux Lettres un ſervice eſſentiel.

Tel Auteur n'a dit ſur une matiere que des choſes déja dites; & chacune de ſes penſées, priſes à part, ſe trouveroit ailleurs. Il ne s'enſuit pas de là qu'il ne ſoit qu'un eſprit médiocre & ordinaire. Le talent de raſſembler ces penſées, de les lier, & d'en faire un tout, en ſorte que la matiere ſoit traitée avec ordre, netteté & à fond; ce talent, dis-je, n'eſt pas commun. Il ſuppoſe du moins beaucoup de juſteſſe, de diſcernement, & même d'étendue d'eſprit.

Il eſt peut-être vrai que tout a été dit, & qu'il ne s'agit plus, pour bien traiter chaque matiere, que de raſſembler. Le tems en eſt venu.

Tout a été dit, & dans un ſens, nous avons tout dit; mais tandis que tout

fera épars & difperfé ; dans un autre
fens, nous n'aurons rien. Nous aurons
des matériaux , point d'édifice.

Rien de plus rare que l'habile Ar-
chitecte , que le talent de faire un
tout. On trouvera plutôt cent beaux
efprits capables de produire beaucoup de belles penfées fur un fujet ,
que le bon & grand efprit , qui de
toutes ces penfées , & des fiennes
propres , faura faire un beau tout.

Je ne connois qu'une exception à
ce que je viens de dire. Cet ouvrage
projetté par M. *Pafcal* , fur la *Vérité
de la Religion Chrétienne* , d'autres
l'ont fait depuis , & l'ont bien fait.
Le Recüeil de fes *Penfées* a-t-il perdu
par-là quelque chofe de fon prix ? En
eft-il moins lu ? Les matériaux ont-ils
gagné à être mis en œuvre ? En ont-
ils alors paru d'un plus grand prix ?
Ce qu'on retient de la lecture d'*Aba-
die* , de M. l'Abbé *Houtteville* , &c.
fe réduit prefque aux penfées de M.
Pafcal. Si quelqu'un eft converti par

ces fortes de Livres, c'eſt par les penſées de M. *Paſcal.* On pourroit donc demander ſi c'étoit la peine d'en former des Traités. Je voudrois pourtant bien que M. *Paſcal* l'eût fait.

V.

La maniere d'écrire par penſées détachées a au moins cet avantage, qu'elle eſt la plus naturelle, en un ſens, c'eſt-à-dire, la plus conforme à ce qui ſe paſſe réellement dans notre ame. On ne penſe point de ſuite, quelque envie qu'on en ait, & quelque application qu'on y apporte. En cherchant des penſées ſur un ſujet, il en vient d'autres ſur d'autres ſujets, qui ſouvent n'ont aucun raport avec le premier. On en eſt ſurpris. On ne comprend point par quelle méchanique, des penſées ſi diſparates ont pû ſe préſenter enſemble.

J'en appelle à la conſcience des Auteurs. La plûpart écriroient avec auſſi peu d'ordre que *Montaigne*, ſi,
comme

comme lui , ils se laissoient aller aux
écarts de leur esprit. Ce n'est pas sans
effort qu'on marche constamment
sur la même ligne.

J'ai quelquefois remarqué & fait
remarquer aux autres , que dans une
conversation , en apparence très-
suivie , entre gens de beaucoup d'esprit , on en étoit venu insensible-
ment , & , pour ainsi dire , par des
nuances imperceptibles , à des choses
absolument différentes de celles par
lesquelles on avoit commencé. En
jettant les yeux derriere soi , on étoit
plaisamment surpris de la route qu'on
avoit tenue.

VI.

Les réflexions liées à des faits font
beaucoup plus d'impression, que si
elles étoient seules , & , pour ainsi
dire, isolées. Il faut qu'elles soient
excellentes pour se soutenir & plaire
par elles - mêmes. Mais il suffit presque qu'elles soient sensées pour être

Tome IV. D

agréables à la suite des faits qui les
amenent. Tel Historien, loué pour
la beauté de ses réflexions, eût paru
un homme médiocre, s'il n'eût fait
que des réflexions. Je l'ai éprouvé en
relisant des réflexions que j'avois
autrefois extraites de quelques His-
toires où elles m'avoient fait beaucoup de plaisir. Détachées, elles ne
m'ont plus paru que des pensées assez
communes.

VII.

Il est aussi utile, quelquefois même
aussi agréable que glorieux, de dire
des choses neuves sur des matieres triviales; car une matiere triviale est une
matiere usée, & dès-lors importante,
ou du moins agréable en elle-même,
puisqu'on y est si souvent revenu.

Il est utile que les choses impor-
tantes soient répétées en plusieurs
Livres; & quoiqu'on les sache, on
n'est point fâché de les retrouver.
L'importance des choses suplée en

quelque forte, à leur nouveauté.

Il y a d'excellentes chofes dans vos Ouvrages , difoit-on quelquefois à M. l'Abbé de *S. Pierre , mais elles y font trop répétées.* Il demandoit qu'on lui en citât quelques-unes, & on n'y étoit pas embarraffé. *Vous les avez donc retenues ,* ajoutoit-il ? *Voilà juftement ce que je me propofois en les répétant , & fans quoi vous ne vous en fouviendriez plus aujourd'hui.*

Jamais peut-être (qu'on me permette cet hommage à un homme dont je refpecte & chéris la mémoire) jamais peut-être aucun Auteur, même parmi les plus pieux & les plus humbles, n'écrivit moins pour fa propre gloire, que M. l'Abbé de *S. Pierre ;* il n'avoit en vue que l'utilité publique ; cela fe fait fentir dans tous fes ouvrages, & en releve le prix. Un Ecrivain de ce caractère n'en eft pas feulement plus refpectable ; fés Ecrits en font plus utiles. J'ajoute que M. l'Abbé de *S. Pierre* n'avoit pas plus de

D ij

préſomption que de vanité. Il croïoit
ſes idées auſſi bonnes que ſes intentions, mais ſans les croire merveil-
leuſes.

Il y a des matieres ſur leſquelles on
ne ceſſera jamais d'écrire. Elles ſont
inépuiſables, les unes par leur abondance, les autres par leur obſcurité.

VIII.

Il y a bien de la différence entre
des choſes communes & des choſes
pillées. Il n'eſt pas beſoin de piller
pour n'écrire que des choſes communes. Autre choſe eſt de ne dire aux
Lecteurs que ce qu'ils ſavent, ou de
ne leur dire que ce qu'ils pourroient
apprendre ailleurs. C'eſt quelquefois
faire trop d'honneur à un Ecrivain
que de le traiter de plagiaire. Le
plagiaire peut avoir de l'eſprit & du
goût, du génie même. Il peut ajouter
à ce qu'il emprunte, l'embellir, le
ſurpaſſer, & dérober, plutôt par pa-

resse, & en quelque sorte par convenance, que par indigence & par sté-
rilité.

Telle pensée de *Pascal*, de *La
Rochefoucauld*, de *La Bruyere*, &c.
a été pendant un certain tems une
pensée de ces Ecrivains, & on ne
l'employoit point sans les nommer.
Aujourdhui cette pensée appartient
à tout le monde. On ne sait plus qui
l'a dite le premier, ou du moins on
n'y sait plus d'attention. L'employer
sans citer, ce n'est plus être plagiaire;
c'est seulement dire une chose trop
commune. Il ne reste donc plus en
propre à ces Ecrivains que le tour &
la manière. On ne les lit plus que
pour cela. Mais aussi on les lira toujours pour cela seul. Ce tour & cette
manière originale de dire les choses,
font donc un point bien important,
& un mérite bien essentiel dans les
Auteurs, puisque c'est proprement
ce qui les immortalise, &, si j'ose
m'expliquer ainsi, le sel qui les pré-

ferve de la corruption.

Il y a des Auteurs, je le répéte, qu'on a accufés d'être plagiaires, & à qui cette accufation faifoit trop d'honneur. Ne dire que des chofes triviales, & fçues de tout le monde, & les dire d'une maniere auffi commune que les chofes mêmes, c'eft être au - deffous du plagiaire, qui peut du moins avoir le mérite de la recherche & du choix.

Il eft toujours honteux d'être plagiaire. Mais c'eft bien pis encore, quand on gâte ce qu'on pille, faute de l'entendre. En voici un exemple frappant. Il y a un joli Madrigal de *Segrais*, dans lequel ce Poëte fait parler un indiférent autrefois amoureux, qui fe plaint de l'ennuyeufe langueur de fon indiférence, & qui regrette amérement le tems où il aimoit. Le Madrigal finit par ce vers.

Je n'étois point aimé, mais j'étois amoureux.

Cette penſée n'a jamais été ſi bien rendue, quoiqu'elle ait été ſouvent répétée. Mais *Vergier* l'a gâtée, en la mettant dans la bouche d'un amant non aimé.

On m'a pris dans mon troupeau
De mes brebis la plus belle.
J'ai briſé mon chalumeau ;
J'ai perdu mon chien fidelle.
Des bergeres du hameau
J'ai choiſi la plus cruelle.
Mais enfin je ſuis amoureux ,
C'eſt aſſez pour être heureux.

Ce couplet de Chanſon eſt très-joli ; & même la penſée qui le termine, eſt très-vraie en ſoi ; mais elle devient fauſſe dans la bouche de celui qui aime actuellement. Peut-être, malgré les rigueurs de ſa Bergere, eſt-il encore plus heureux que malheureux ; mais il ne doit pas le croire ; & , ſi cela ſe peut dire, il n'en doit rien ſavoir.

I X.

Tout eſt dit, je le répete, & rien n'eſt dit. On a écrit ſur tout, & néanmoins beaucoup d'ouvrages reſtent encore à faire. Tout eſt dit ; mais il n'eſt pas dit comme il devroit l'être. On a écrit ſur tout ; mais pour s'inſtruire ſur quelque matiere que ce ſoit, on eſt obligé de lire une infinité de Livres. Il reſte donc à recueillir, à raſſembler ce qui a été penſé de mieux ſur chaque ſujet, à en faire des touts, & à y ajouter ce qui peut y manquer encore.

X.

Un Auteur vit avec des perſonnes à qui, ſelon les occaſions, il fait part de ſes principes, de ſes idées, & de ce qu'il a penſé ſur diverſes matieres. Au bout de pluſieurs années il fait un Livre où il met tout cela. Ils n'en doivent pas être fort frappés, & ils ſe tromperoient, s'ils jugeoient

geoient du mérite de cet ouvrage, &
de l'impreffion qu'il fera fur les autres , par celle qu'il fait fur eux. Ils
favoient déja tout ce qu'on y a fait
entrer. Ils ne peuvent pas même
toujours fe rappeller par quelle voie
ils le favent , fi c'eft par la lecture ou
par la converfation , & dans le dernier cas , s'ils le tiennent de l'Auteur ou d'autres perfonnes , & par
conféquent fi cela eft neuf. Voilà
une des raifons pour lefquelles les
amis intimes de l'Auteur d'un bon
ouvrage ne font pas ordinairement
ceux auprès de qui cet ouvrage lui
fait le plus d'honneur.

X I.

C'eft un dangereux talent que la
facilité d'écrire. Ceux qui compofent
facilement , compofent trop rapidement. De-là , moins de beautés dans
leurs ouvrages, & de moindres beautés; plus de défauts & de plus grands
défauts. Ceux à qui tout coûte , le

médiocre même , auſſi-bien que le bon & l'excellent , ſont accoûtumés par-là au travail , & leurs ouvrages en ſont, ſinon plus beaux , du moins plus corrects & plus achevés.

On eſt plutôt ſéduit & ébloui par ce qu'on a trouvé facilement , que par ce qui a beaucoup coûté , & ce qui n'eſt venu qu'après une longue attente , & un grand travail.

Facilité d'écrire , preuve de mé-diocrité. On vantoit un Auteur de cette facilité , en ajoutant qu'il n'en étoit pas moins modeſte. *Ce n'eſt pas aſſez* , répondit quelqu'un ; *il faut qu'il en ſoit plus humble.*

X I I.

Il paroît peu d'ouvrages auſſi bons que l'Auteur étoit capable de les faire , & il y en a pluſieurs dont il faut moins attribuer la médio-crité au défaut de talens, qu'à la pa-reſſe & à la négligence des Auteurs. Tels & tels n'avoient pas plus d'eſprit & de génie que d'autres Ecrivains bien moins estimés, mais ils travailloient beaucoup leurs ouvrages. L'Histoire Littéraire ancienne & moderne en fournit plusieurs exemples. Quelque talent qu'on ait, il est impossible de réussir dans un ouvrage d'une certaine étendue, sans beaucoup de tems & d'application. Cette perfection qui immortalise un bon ouvrage, ne peut être le fruit que de la réunion du talent & du travail.

Il faut revenir plusieurs fois sur un ouvrage, afin de le corriger & de le perfectionner, d'en ôter les défauts, & d'y ajouter de nouvelles & de plus grandes beautés. C'est l'or qui, remis au creuset, se rafine de plus en plus. C'est le Diamant qui ne doit son éclat & son feu qu'au long & pénible travail qui le taille & le polit.

Le beau peut couler rapidement & sans peine d'une belle & féconde imagination ; le bon ne peut être que le fruit du travail. Aussi, tout ce

E ij

qui eſt beau n'eſt pas bon, & dès-lors
ne paroîtra pas long-tems beau.

Dans de certains genres le bon eſt
le beau. Dans d'autres le beau eſt le
bon.

La différence entre les Auteurs ne
vient donc pas ſeulement de ce qu'ils
ont inégalement de l'eſprit & du
génie, mais encore de ce qu'ils ne
travaillent pas également ce qu'ils
font. Tel Auteur inférieur à tel
autre, l'eût ſurpaſſé, s'il avoit mis
autant de tems & de ſoin à ſes ouvrages.

M. *De Fontenelle*, pour exprimer
qu'ilavoit toujours fait de ſon mieux,
diſoit qu'il avoit toujours travaillé
en conſcience.

Il ne faut rien ſe pardonner. Il eſt ridicule de ſe flatter qu'une faute qu'on
apperçoit dans ſonouvrage,n'yſera pas
apperçue. Elle pourra bien échaper
à quelques Lecteurs, au plus grand
nombre même ; mais d'autres plus

attentifs, ou plus habiles la remar-
queront, & la feront remarquer ;
ainſi à la fin tous en feront inſtruits.

C'eſt donc, je ne puis trop le
redire, c'eſt au défaut de travail
autant qu'au défaut de talent ou
de ſavoir, qu'il faut attribuer la médiocrité de tant de Livres qui augmentent tous les jours nos Bibliote-
ques ſans les enrichir. Tel Auteur qui
a fait de bonnes choſes, n'avoit pas
plus d'eſprit que tel autre qui n'en a
fait que de mauvaiſes, & même il en
avoit moins ; mais il a beaucoup plus
travaillé ſes ouvrages. Il eſt impoſſible qu'avec de l'eſprit, du tems &
du travail on ne produiſe de bonnes
penſées. Le goût les diſcerne des
mauvaiſes. On peut encore s'aider
du goût & de l'eſprit d'autrui ; &
voilà un bon ouvrage fait. Au contraire, compoſez vîte, & donnez
auſſitôt au Public ; il eſt impoſſible,
quelque eſprit que vous ayez, que

E iij

cela ſoit fort bon ; du moins y aura-
t-il beaucoup de défauts. Le tems
qu'on met à compoſer , fait trouver
les beautés. L'intervalle entre la
compoſition & la publication aide à
corriger les défauts , & à embellir
encore les beautés. Ainſi ſe perfectionne un Ouvrage.

La rareté des excellens ouvrages
ne vient pas ſeulement de la rareté
des grands talens , mais encore de
ce que la plûpart des hommes , ſur-
tout ceux qui ont le plus d'eſprit,ſont
incapables par pareſſe ou par mauvaiſe ſanté d'une application forte &
ſuivie. Les meilleurs eſprits , je le
répete encore , ne font rien de bon
ſans beaucoup de travail.

XIII.

A force de compoſer dans le même genre , on devient tout à la fois
plus & moins capable d'y réuſſir. Le
talent ſe perfectionne par l'exercice ,
mais l'eſprit s'épuiſe. Le goût devient

plus fûr, & le génie moins fécond.
C'eft une des raifons pour lefquelles
les derniers ouvrages d'un Auteur
valent quelquefois mieux que les premiers pour la forme, & moins pour
le fond. Après avoir beaucoup écrit
fur une certaine matiere, on a dit
ce qu'on avoit de meilleur à dire. On
ne peut donc plus, fi on y revient
encore, que fe répéter, ou dire des
chofes médiocres. Ce quatriéme Tome de mes *Effais* en fera peut-être
une nouvelle preuve.

Un ouvrage d'Efprit coûte plus à
un certain âge, demande plus de
travail & de tems. C'eft qu'alors l'imagination moins vîve, préfente moins
d'idées, & que le goût & le jugement
plus formés, en rejettent davantage.
On eft & moins fécond & plus difficile.

X I V.

Le retranchement des mauvais
Livres feroit une vraie richeffe, parce qu'on liroit plus les bons, foit

E iiij

anciens, foit nouveaux. La nouveauté attire. Par là on préfere le mauvais nouveau au bon ancien. Quoiqu'on ait été fouvent trompé à ces
Livres nouveaux, l'expérience ne
rebute point ; celui-ci vaudra peut-
être mieux, dit-on, & on le lit.
D'ailleurs le hazard décide fouvent
de nos lectures ; on lit ce qui tombe
fous la main. Or comme il paroît
beaucoup plus de mauvais Livres que
de bons, il eft naturel qu'on en rencontre plus fouvent de la premiere
efpéce. Si quelqu'un nous reproche
de n'avoir pas lu un bon Livre, on
fe croit quitte en répondant qu'on ne
peut pas tout lire. Mais c'eft par cela même qu'on ne peut pas tout lire,
qu'il faut être plus févére dans le
choix de ce qu'on lit.

Il y a plus encore, & on peut dire
que l'abondance des bons Livres auroit fes inconvéniens, puifqu'il vaut
mieux lire peu & bien, que beaucoup
& légérement. Il vaut mieux relire

que lire. *Lege multum* , *non multa.*
Aimez la lecture plus que les Livres.

C'eſt peut-être un avantage qu'il y
ait peu de bons Livres. Il ne faut pas
trop lire ; & cependant on voudroit
lire tout ce qu'il y auroit de bon.

XV.

Un jeune homme n'eſt pas auſſitôt
en état de faire un bon ouvrage,
qu'il paroît quelquefois l'être par ſa
conversation. Il ne faut que de l'eſprit pour bien parler ; mais il faut
encore du jugement pour bien écrire.
Ainſi l'eſprit venant avant le jugement, un jeune homme ſait parler
avant que de ſavoir écrire. Au contraire un vieillard baiſſe dans la converſation avant que de baiſſer dans ſes
Livres ; & il eſt encore en état de
bien écrire, lorſqu'il ne parle plus
avec le même agrément, c'eſt-à-dire,
avec le même feu & la même facilité. Peut-être écrira-il auſſi moins
facilement. Mais il eſt indifférent au

Lecteur qu'un Livre ait plus ou moins coûté à l'Auteur, pourvu qu'il soit bon. Il n'en est pas de même de la conversation. Pour bien parler, il faut parler facilement ; & cela dans les deux sens dont le mot *facilement* est susceptible, c'est-à-dire, promptement & d'une manière qui ne sente ni la peine, ni l'effort.

Il faut pourtant avouer qu'il n'y a pas loin d'écrire moins facilement à écrire moins bien, & qu'ordinairement l'un suit bientôt l'autre.

X V I.

Il vient une pensée, elle paroît belle, on l'aime, on l'épouse, pour ainsi dire, & l'on s'en dégoûte.

X V I I.

Après avoir achevé un ouvrage, il est bon de laisser passer un tems considérable avant que d'en entreprendre un autre, sur-tout s'il est du même genre. Non seulement cet intervalle de repos renouvelle l'esprit &

répare ses forces, mais encore il le
change en quelque sorte, le remplit
de nouvelles idées qui effacent celles
qui l'occupoient, & lui procure ainsi
le moyen de se ressembler moins à
lui-même, & de mettre plus de différence entre ses productions.

On désire si fort un caractère original dans tout ouvrage nouveau,
qu'on l'exige presque dans ceux d'un
même Auteur. On voudroit qu'il ne
se ressemblât point à lui-même, &
que, comme le *Protée* de la Fable,
à chaque nouvelle production, il prît
une nouvelle forme. C'est demander
l'impossible.

Il en est des Auteurs qui donnent
différens ouvrages, comme de ceux
qui paroissent successivement dans un
Bal sous différens déguisemens, &
qu'on reconnoît presque toujours,
malgré cette différence.

Les meilleurs Ecrivains & les plus
mauvais sont les plus faciles à reconnoître ; les Ecrivains médiocres le
font beaucoup moins.

DES OUVRAGES D'AGRÉ-
MENT. EN QUOI CONSISTE
LEUR MERITE.

I.

Dans les Ouvrages de pur agrément, le bon, c'est ce qui plaît,
& il n'y a de vrais défauts que les
défauts désagréables. Dès qu'on ne
se propose que de plaire, ce qui plaît,
quelque défectueux qu'il puisse être,
vaut mieux que ce qui ne plaît point,
fût-il sans défaut.

II.

Tout ouvrage qui ne frappe point
l'imagination par des peintures, qui
ne touche point le cœur par des sentimens, & qui ne parle qu'à l'esprit;
tout ouvrage, dis-je, de cette nature,
quelque parfait qu'il soit dans son
genre, sera toujours plus estimé que lu,
par ceux même qui l'estimeroient le

plus. Les personnes de l'esprit le plus
solide sont bien plus sensibles au frivole agréable qu'elles n'osent l'avouer.

III.

Il y a plusieurs sortes de beau,
plusieurs sentiers, pour ainsi dire,
qui conduisent au beau. Mais chacun
de ces sentiers est étroit & bordé de
précipices. La perfection des ouvrages d'esprit, comme celle des mœurs,
consiste dans un certain milieu en
deçà & au-delà duquel est le vicieux
en tout genre. Les uns n'atteignent
pas le but ; les autres le passent.
Ceux-ci ont de l'esprit & même du
génie ; mais ils manquent de jugement & de goût. Ceux-là ont du
goût & du jugement ; mais ils ont
peu d'esprit, ou du moins ils manquent de génie.

IV.

Il y a des Philosophes amoureux
du vrai jusqu'à aimer toutes sortes de

vérités. Ils n'en négligent aucune,
importante ou non, de spéculation
ou de pratique, utile ou purement
curieuse ; & la découverte leur en
est toujours agréable. D'autres Philosophes plus dignes de ce nom, les
véritables sages, les amis du genre
humain, bornent leurs recherches
aux vérités utiles. Ils ne croient pas
en être plus savans de savoir des choses de nul usage. Ils ne regardent
pas comme une science la connoissance des choses inutiles. Le Public
est assez de ce goût ; & les découver-
tes qui supposent le plus de génie &
de savoir, ne font guères d'honneur,
auprès de lui à ceux qui les ont faites, qu'autant qu'elles font impor-
tantes. Or l'importance d'une découverte ne se mesure que par son
utilité.

L'amour de la vérité est une suite,
une branche de l'amour de la sagesse.
Celle-ci doit donc régler le désir de
connoître, & l'appliquer à ses vérita-

bles objets. Il n'est guères Philosophe
d'aimer à savoir pour savoir.

Parmi tant de gens de Lettres dont
la profession est d'étudier, de penser, de composer, plusieurs ne s'oc-
cupent que de choses inutiles, &
qui par conséquent, quoique difficiles & sérieuses, ne méritent que le
nom de bagatelles. Parmi ceux même qu'on appelle Philosophes, plusieurs le sont plutôt par les connoissances philosophiques, que par le
caractère de leur esprit & de leur
cœur; & ils donnent comme les autres dans ce qui n'est que de curiosité.

Le Philosophe qui n'est que Phy-
sicien, Astronome, &c. & le savant
qui n'est que savant, cherchent le
rare & le singulier. Le bel esprit
cherche l'agréable & l'amusant. Le
véritable Philosophe cherche l'utile.

Le bel esprit pourroit dire au faux
Savant & au faux Philosophe : *Nous
nous occupons de bagatelles les uns &*

les autres. Mais mes bagatelles font
agréables, & les vôtres ne le font pas.

Dans un fens les bagatelles du bel
efprit font utiles, pourvu néanmoins
qu'elles ne foient pas dangereufes &
nuifibles; car il eft utile qu'il y ait des
Ecrivains agréables. Outre que la
lecture de leurs ouvrages remplit
des momens qu'on emploieroit plus
mal, elle peut donner le goût de la
lecture à des perfonnes qui ne l'auroient jamais eu. Attirées par le plaifir que leur a fait un Livre purement
agréable, elles en liront enfuite un
autre où les agrémens font employés
à orner & à embellir des vérités utiles. La lecture de ces Livres purement agréables, ne peut les dégoû-
ter que des Livres utiles fans agrément, mais elle leur donnera du
goût pour ceux qui font à la fois
utiles & agréables. Ainfi un Auteur qui fe deftine à faire des Livres de cette feconde efpèce, pourroit commencer par en faire de la
premiere.

premiere. C'eſt un piège ſalutaire
qu'il tendroit aux Lecteurs frivoles.
Le goût qu'ils auroient pris pour ſes
premiers ouvrages, les porteroit à
lire les ſuivans; & pour s'amuſer, ils
feroient dans la néceſſité de s'inſtruire.

Les Poëtes & les autres Ecrivains
agréables ſont les fleurs de la terre;
les vrais Savans & les vrais Philoſophes en ſont les fruits.

V.

On a dit d'un ouvrage, dont le
commencement & la fin étoient
moins forts & moins brillans que le
milieu, ſans être moins agréables,
qu'il reſſembloit à un beau jour.

Je diſois un jour d'un certain Livre qu'il reſſembloit à un mariage,
mais à un bon mariage. Il n'y a de
bien beau, ajoutai-je, que le commencement. Inſenſiblement l'Auteur
baiſſe. Au lieu de beaucoup d'eſprit,
ce n'eſt plus dans la ſuite que du ſim-

Tome IV.   E

ple bon fens , comme dans un mariage où la fimple amitié fuccede à
l'amour. Mais, dit un de nos Poëtes:

L'Amitié qui vient de l'amour ,
Vaut encor mieux que l'amour même.

VI.

Il y a bien des ouvrages qu'on
pourroit comparer à l'or, tel qu'il fort
de la mine. Cet or eft mêlé de terre
& de beaucoup d'autres matières
étrangères. Le travail des mines &
des métaux eft une image affez jufte
de la compofition des ouvrages d'efprit. D'abord on jette fur le papier
un grand nombre de penfées bonnes
& mauvaifes. Enfuite on fait un choix
entre ces penfées ; on les polit ; on
en conftruit un ouvrage. Il faut que
la forme égale , furpaffe même la
matière ; & cette forme eft peut-
être ce qu'il y a de plus difficile. Il y
a loin d'un morceau de minéral à un
lingot, plus loin encore d'un lingot
à un Bijou d'un beau travail.

VII.

J'ai appliqué à *Montaigne*, dans le premier volume de cet ouvrage *, ce que *Quintilien* dit de *Seneque*, qu'il est plein de défauts agréables, *dulcibus abundat vitiis.* Il oublie le titre de son chapitre ; mais on l'oublie avec lui. Son imagination libertine l'écarte de son sujet ; mais toujours aussi belle que libertine, elle empêche qu'on ne s'aperçoive de ses écarts. Ils ne se font sentir qu'au Lecteur plus sensé que sensible.

VIII.

Les ouvrages des Auteurs qui ont beaucoup de feu, de vivacité, de gaieté, & de ce qu'on appelle communément imagination, ne sont pas d'ordinaire les plus *pensés.* Un Ecrivain qui pense beaucoup, un grand Esprit, est souvent un homme froid

* *Page 22, de la cinquième Edition.*

E iij

& férieux. Ces grands *penfeurs* ne
font bien goûtés que par leurs pareils. Les Auteurs d'imagination &
de fentiment font plus à la portée de
tout le monde.

IX.

L'utilité & l'agrément font les
deux caractères d'un bon ouvrage.
Mais l'utilité fait elle-même partie
de l'agrément ; car c'en eft un que
d'être utile. Cet agrément & cette
utilité font les deux ailes, fi l'on peut
s'exprimer ainfi, fur lefquelles un
bon ouvrage eft porté au-delà des
tems. Lorfqu'un de ces caractères lui
manque, on pourroit dire, fi pourtant
ce badinage n'eft point trop bas, qu'il
ne bat que d'une aile.

X.

Combien de Livres plutôt faits, ce
femble, pour remplir les Bibliotéques que pour être lus ! Ils les augmentent fans les enrichir. Combien

de gens encore n'ont des Livres que pour en avoir ; par air, comme on dit, & par vanité ! Les Livres font devenus meubles.

Si on lit, fans que l'efprit & le cœur en profitent, & qu'ainfi les Livres ne fervent tout au plus qu'à meubler la mémoire, c'eft à peu-près comme s'ils ne fervoient qu'à meubler un cabinet. Au refte, on fe fera occupé.

Les Bibliotéques font l'image du monde où le nombre des fripons & des fots l'emporte de beaucoup fur celui des honnêtes gens & des gens d'efprit.

Les Boutiques des Libraires font celles où il fe trouve plus de mauvaifes marchandifes, & où le vendeur fe connoît moins à ce qu'il vend.

X I.

Dans le même genre, tel ouvrage plaît davantage au Public, tel autre en eft plus eftimé. Il eft prefque auſſi vrai des Livres que des hommes, que ce ne ſont pas toujours ceux qu'on eſtime le plus, qu'on aime & qu'on goûte davantage. Cette diſtinction d'aimer & d'eſtimer, a lieu par raport aux ouvrages, chez ceux même qui ont le plus d'eſprit & de goût, & ils n'oſent pas toujours avouer le plaiſir que leur a fait la lecture d'un mauvais ouvrage.

XII.

Si le ſtyle eſt dans la Poëſie & dans l'éloquence, ce que le coloris eſt dans la peinture, on peut dire que le principal mérite de nos ouvrages d'eſprit eſt celui qui manque à nos tableaux. La plûpart de nos meilleurs Peintres ſont de foibles coloriſtes; mais pluſieurs de nos Auteurs même médiocres, & aujourd'hui ſur-tout, ſont d'aſſez bons Ecrivains.

En général, il me ſemble qu'on écrit mieux en France qu'ailleurs; & que les bons ouvrages François ſont

les mieux faits, finon quant à la forme totale, du moins quant aux
morceaux particuliers, & aux détails. Aucun Auteur n'écrit mieux
une page qu'un bon Auteur François.
Nous fommes admirables entre deux
alinéa; j'ai peur que nous ne le foïons
bientôt plus qu'entre deux points. Le
talent, ou fi l'on veut, l'art de l'enfemble, fe perd & devient plus rare de
jour en jour.

Le mérite du ftile eft peut - être
plus néceffaire en France que par-
tout ailleurs, pour le fuccès d'un ouvrage d'efprit ; & je crois qu'à tout
prendre, cela fait honneur à la Nation.

On peut appliquer aux penfées &
à l'expreffion la maxime commune,
que les chofes ne valent que ce qu'on
les fait valoir.

XIII.

Il y a des chofes qui font belles
fans en avoir l'air. D'autres ont plus,

l'air d'être belles qu'elles ne le font en
effet. Les premieres n'attirent pas, on
les néglige. Les fecondes ne retien-
nent pas, on les abandonne. Mais
comme bien des gens ne jugent que
fur le premier coup d'œil, & même
n'ont, pour ainfi dire, que ce premier
coup d'œil, ces fortes de beautés qui
frapent d'abord, font les plus propres
à réuffir ; du moins leur fuccès eft le
plus prompt.

Le grand beau, le beau parfait
n'eft pas celui qui furprend le plus.
Ce qui fait dire au premier coup
d'œil, *Que cela eft beau !* a ordinairement plus d'éclat que de vraie beauté.

Qu'on expofe dans une Gallerie
un grand nombre de Tableaux bons
& mauvais. Il y en aura qui plairont,
ou qui déplairont également à la
multitude & aux connoiffeurs ; d'autres plairont à la multitude, & feront
peu eftimés des connoiffeurs. D'autres enfin charmeront les connoif-

feurs

feurs, pendant que la multitude dai-
gnera à peine les regarder. Il eſt certain que ceux - ci manqueront de
quelqu'une des parties de la peinture;
par exemple du coloris, qui eſt la
partie la plus propre à fraper la multitude, & ſon dégoût ſera fondé, parce que c'eſt en effet un défaut dans
un Tableau que d'être mal colorié.
Il n'en eſt pas toujours de même des
ouvrages d'eſprit. Tel eſt dédaigné du
grand nombre, parce qu'il manque
d'une ſorte de mérite qui y ſeroit dé-
placé, & par conſéquent y ſeroit un
défaut. Non-ſeulement l'Auteur a pu,
mais il a dû n'y point mettre cette
ſorte de mérite. C'eſt ainſi que pendant long - tems on n'a pas rendu
juſtice aux Opera de *Quinault*, parce
qu'on n'y trouvoit pas une certaine
force de poëſie, qui bien loin d'y être
néceſſaire, y eût été vicieuſe. L'Auteur en valoit peut-être moins perſonnellement, d'être peu capable
de cette force de poëſie ; mais ſes

Tome IV. G

Operas n'en valoient que mieux.

XIV.

L'art dans les ouvrages d'esprit ne doit être aperçu & senti que de celui qui l'a employé & de ses pareils. Je dirois même volontiers qu'il ne doit jamais être senti, & que tout au plus il doit être aperçu. Le chef-d'œuvre, &, si cela se peut dire, la magie de l'art, seroit de le cacher même aux gens de l'art.

XV.

Plusieurs des ouvrages de MM. de *Fontenelle*, & de *Marivaux* sont riches en ces sortes de traits qui, pour me servir de l'expression du premier, peignent des effets de passion peu communs, des sentimens fins, délicats, qui paroissent se contredire & se combattre, & par là d'autant plus agréables à considerer. Personne n'a poussé aussi loin la science du cœur, que ces deux Ecrivains.

XVI.

Les étrangers nous reprochent que beaucoup de nos ouvrages ne font que d'ingénieufes bagatelles, de jolis riens ; qu'ils font vuides de chofes & de penfées folides ; qu'ils n'ont point de fonds. C'eft, difent-ils, une gaze chargée de broderie. Ils ajoutent que nous nous piquons de goût, & que nous en avons en effet, mais non de celui qui eft le plus eftimable, ce goût, qui, comme dit M. de la *Rochefoucault*, vient plus du jugement que de l'efprit.

XVII.

Il y a des Livres qu'on ne peut lire avec plaifir, fans avoir beaucoup d'efprit, parce que la forte d'efprit qui en fait le principal mérite, ne peut être bien fentie que par ceux qui ont beaucoup d'efprit eux-mêmes. Il y en a d'autres, comme les Romans & les Ouvrages de Théatre,

G ij

que le Lecteur qui a le moins d'esprit, peut trouver très-agréables, quoi-qu'ils soient très-ingénieux.

Ainsi ceux qui ne lisent d'autres ouvrages d'esprit que des Romans & des piéces de Théatre, se trompent fort, s'ils croient ne les lire que pour le plaisir de l'esprit, & s'ils tirent va-nité de ce plaisir. Ces sortes de lectu-res frivoles sont comme le jeu, qui égale tout le monde.

Dans certains genres d'ouvrages, il faut employer son esprit à se faire goûter de ceux qui en ont le moins.

Il est toujours difficile, même avec beaucoup d'esprit, de plaire à ceux qui en ont. Mais il l'est quel-quefois davantage de plaire à ceux qui n'en ont point.

Disons plus ; la chose seroit sou-vent impossible, si l'on n'empruntoit pas le secours des passions, & si l'on ne cherchoit pas à flater la corrup-tion, ou la malignité du cœur hu-main. Il est vrai qu'elle ne devient alors que trop facile. Aussi ce moyen est-il souvent employé au défaut du talent, & quelquefois avec le talent même, à qui pourtant il sieroit si bien de le dédaigner.

Quand on écrit pour la vertu, il est bien glorieux de devoir ses succès encore plus au cœur qu'on a su toucher, qu'à l'esprit auquel on a su plaire. Quand on écrit pour le vice, le comble du déshonneur est de ne devoir ses succès qu'au cœur; le comble du crime est de les devoir aussi à l'esprit.

XVIII.

C'est mal raisonner que de dire : *On ne se lasse jamais de telle chose ; on s'ennuie bientôt de telle autre. Donc la premiere est la meilleure.* C'est de ce qu'il y a de plus excellent, qu'on se lasse le plutôt. L'experience le prouve, & la raison en est qu'il y a plus de proportion entre nos facultés & le médiocre, qu'entre ces mêmes facultés

G iij

& le meilleur , qui leur donne trop d'action & d'exercice.

Tel ouvrage plus fort & plus parfait, en seroit moins agréable.

XIX.

Dans les Poëtes négligés il y a ordinairement bien des inversions dures & forcées. Par cet endroit , les vers pour être naturels & faciles, doivent être travaillés.

XX.

Le *molle atque facetum* qu'*Horace* attribue à *Virgile* *, c'est proprement les graces. Dans les Auteurs , aussi-bien que dans les femmes , elles font peut-être encore plus rares que la beauté.

Si des graces étoient à la fois touchantes , nobles , & piquantes , il ne leur manqueroit rien pour plaire généralement. Je n'ai pas besoin d'a-

* Sat. L. 1. 10.

jouter qu'il faut encore qu'elles soient naturelles. Si elles ne l'étoient pas, elles ne seroient plus graces. Ce qui les caractérise le plus essentiellement, c'est le naturel.

XXI.

Un des avantages des Romans sur l'Histoire, c'est que ceux-là sont entierement faux & qu'on le sait bien, au lieu que celle-ci est en partie vraie & en partie fausse, & qu'on ne sait pas toujours quand elle est l'un ou l'autre. Or cette incertitude est désagréable. Et qu'on ne dise pas qu'il n'y a qu'à supposer l'histoire entierement fausse, & la lire comme un pur Roman. Outre que ce jugement seroit lui-même faux, on n'est pas le maître de se mettre à son gré dans telle ou telle disposition, en vertu d'une simple supposition.

XXII.

L'agréable n'est pas d'un grand

prix fans l'utile. Si j'aime *Flore*, c'eft
principalement parce qu'elle m'annonce *Pomone*. D'un autre côté, l'utile a fouvent befoin de l'agréable
pour être utile.

On lit pour s'amufer. Mais quand
on s'inftruit en s'amufant, on s'amufe
d'autant mieux. On fe dégoûte enfin
d'un pur amufement, d'un amufement inutile.

On lit pour s'inftruire. Mais quand
on s'amufe en s'inftruifant, on s'inftruit d'autant mieux. On fe laffe enfin de ce qui n'eft que de pure inftruction, d'une inftruction défagréable.

Il y a des ouvrages favans auffi
inutiles, & dès-lors moins eftimables
que les ouvrages d'agrément les plus
frivoles.

Un ouvrage frivole, mais agréable, & dans lequel il y a de l'efprit
& du génie, eft préférable à un
ouvrage favant, mais inutile, &
dans lequel il n'y a que du favoir. En

général, l'efprit fans la fcience, vaut mieux que la fcience fans l'efprit.

XXIII.

Il y a des gens trop frapés , trop amoureux de ce qu'on apelle origina-lité dans l'efprit. Leur grand éloge en parlant d'un ouvrage , c'eft de di-re: *Cela ne reffemble à rien.* Cet amour exceffif de la fingularité eft en eux l'effet d'un mauvais goût naturel, ou comme on dit , d'un goût *blafé.* Du mauvais neuf leur fait plus de plaifir que du bon commun. Il y a une bon-ne & une mauvaife originalité. Il faut avouer pourtant que celle-ci eft bien moins défagréable qu'une fotife plate & triviale. N'eft pas mauvais original qui veut.

XXIV.

La queftion s'il faut juger des ou-vrages d'efprit par la difcuffion ou par le fentiment , dépend de cette autre queftion , fi le beau fe réduit

au vrai „ & confiste toujours dans une
forte de vrai ; car il y en a de plufieurs fortes, felon la nature des ouvrages, les circonstances où se trouve celui qui parle, ou ceux qu'il fait
parler, &c. Un vrai, quant au fond
de la penfée ; un autre quant à la
manière de la rendre, eu egard aux
convenances, &c.

Comme il n'y a point de beau fans
le vrai, on peut examiner, difcuter
un ouvrage, & le condamner, fi on
n'y trouve pas ce vrai qui eft le fondement néceffaire de toute beauté.

Néanmoins le fentiment peut y
faire trouver bien des beautés qui,
malgré ce manque de vrai, y font
en effet. Mais comme alors elles
ne font prefque d'aucun prix, on
aura raifon de condamner l'ouvrage
où la difcuffion fera connoître que
ce vrai ne fe trouve pas, quoique le
fentiment dépofe en faveur de certaines beautés, qui prouvent beaucoup de talent dans l'Auteur.

Le sentiment n'est point trompeur dans un homme de goût ; car s'il est agréablement affecté, il y a une cause de cette impression agréable, & cette cause ne peut être que des beautés. La discussion n'est point trompeuse non plus ; car si elle fait voir du faux dans ces endroits qui avoient plu , il faudra convenir qu'ils ne méritent pas absolument & simplement le nom de beau.

Le vrai est à la beauté des ouvrages d'esprit, ce que la régularité des traits est à la beauté des femmes. Sans cette régularité des traits, une femme n'est point belle ; mais elle peut être fort agréable , & plus agréable même que si elle étoit belle. Elle peut être mieux que belle.

M. *Despreaux* se moque de ceux qui préférent *le Clinquant du Tasse à l'or de Virgile* *. C'est peut-être l'esprit & le jugement qui péchent en

* Je suppose cette critique vraie , mais sans l'adopter, du moins dans sa généralité.

eux plutôt que le goût. Ce qui leur
plaît, est bon par l'endroit par lequel
il leur plaît. Le *Clinquant* a une sorte
de mérite, dès-lors qu'il brille. Mais
peut-être ce *Clinquant* leur paroît-il
de l'*or* : c'est-à-dire, peut-être les
pensées du *Tasse* leur paroissent-
elles vraies. Montrez-leur-en la fausseté, ils ne les trouveront plus belles ; ou ils trouveront seulement
beau le tour que le Poëte leur a donné ; & en cela ils n'ont pas tort.

Il faut nier nettement que le principal mérite des ouvrages de goût &
d'agrément, leur mérite spécial &
caractéristique, consiste dans le vrai,
pour pouvoir soutenir qu'il en faut
juger par sentiment & non par discussion. La meilleure preuve que puissent
aporter les défenseurs de cette Thèse,
est que le mérite des ouvrages d'esprit consiste à plaire, & que c'est au
sentiment à juger de ce qui plaît.
Plus vous ferez voir de défauts dans
un ouvrage qui plaît, plus, dans un

sens, vous prouverez en faveur de cet ouvrage.

Il est étonnant que ce soient les plus zélés partisans de la maxime, *Que rien n'est vrai que le beau,* qui prétendent qu'il faut juger des ouvrages d'esprit par la voie du sentiment, plutôt que par celle de la discussion, & qu'il n'est pas permis d'apeller du premier de ces Tribunaux au second; car qu'y a-t-il qui soit plus du ressort de la discussion, que ce vrai, sans lequel rien n'est beau?

XXV.

Une beauté déplacée est toujours un défaut, & quelquefois même un défaut ridicule.

Quelquefois aussi le déplacement déplaît moins que la beauté ne plaît. La beauté déplacée déplaît moins comme déplacée, qu'elle ne plaît comme beauté. D'ailleurs une beauté peut être plus ou moins déplacée.

XXVI.

Il y a , dit-on, deux fortes de beau, un beau univerfel & abfolu, un beau particulier & relatif ; un beau de nature & un beau de mode ; un beau humain , pour ainfi dire , & un beau Européen , Afiatique , François, Anglois, Italien, &c. Peut - être y auroit-il plus d'uniformité fur le beau & dans la manière de fentir, s'il y en avoit plus fur le vrai & dans la manière de voir.

Comment dire qu'il y a un beau de tous les pays & de tous les tems, puifqu'on a bien de la peine à trouver un vrai de cette efpèce ? *Voyez ,* dit M. de *Fontenelle* à la Marquife de fes *Mondes , combien la face de la nature eft changée d'ici à la Chine ! D'autres vifages , d'autres mœurs , & prefque d'autres principes de raifonnement.* Second foir.

XXVII.

On manque le but , foit en ne

l'atteignant pas, foit en le paſſant.
Ceux qui le paſſent, font bien plus
excufables de croire l'avoir attrapé.
Ils fentent leur force & la vivacité
de leur action. D'autres ne font pas
même fur la route qui mene au
but, pas même à côté ; ils y tournent
le dos.

XXVIII.

La *Fontaine* eſt plus original dans
fes *Fables*, quant au ſtile, que
la *Motte* dans les fiennes. Celui-ci
eſt plus ingénieux & plus penſé. Il eſt
plus aifé de lui reſſembler qu'à *La
Fontaine*, mais il eſt peut-être plus
difficile de l'égaler.

On a aſſez bien imité le ſtile de
quelques-uns de nos Ecrivains les
plus originaux dans leur manière
d'écrire, & l'imitation a quelquefois
été jufqu'à tromper même des con-
noiſſeurs ; mais de penſer autant
qu'un Auteur qui penſe beaucoup,
voilà la grande difficulté, & à cet

égard, les grands modéles ne servent de rien, si ce n'est à humilier les présomptueux qui ne sont pas absolument sots, & à rendre plus modestes encore les bons esprits. Ces Ecrivains *penseurs* sont des objets d'admiration, non d'imitation. Ils ne font que des plagiaires, & pas même de mauvaises copies.

XXIX.

Pour bien rendre une idée, il faut la rendre nettement & vivement, & par conséquent, non-seulement la bien concevoir, mais encore en être frapé, étonné, pour ainsi dire, & s'admirer un peu soi-même. Si l'on croit ce qu'on pense aisé à trouver, peu merveilleux, on le dira froidement. C'est une des raisons pour lesquelles souvent un homme d'un trèsgrand esprit parle ou écrit avec moins de chaleur qu'un homme d'un esprit moins vaste & moins éclairé. Ceci peut s'appliquer à *Nicole*, à *Fontenelle*, &c.

C'est

C'eſt pour cela encore qu'on rend quelquefois mieux une idée dans le premier inſtant qu'elle ſe préſente à l'eſprit, qu'après l'avoir long-tems méditée. On ſe refroidit pour ſa penſée à force de l'examiner. Elle plaît moins, ou même ne plaît plus. On perd en ſentiment ce qu'on gagne en réflexion, & ſi l'expreſſion eſt plus juſte, elle eſt moins belle, ou moins agréable.

XXX.

Certains Livres ſont plus loués que goûtés. D'autres ſont plus goûtés que loués.

On lit certains Livres comme on fait des viſites de cérémonie aux grands. Avec ceux-ci, ce ne ſont que reſpects, complimens, éloges. Mais on s'ennuie, & la viſite eſt courte. On veut avoir vu ces grands, ne fût - ce que que pour ſe vanter de les avoir vus. Enſuite on revient à ſes amis, qu'on reſpecte moins, mais qu'on aime davantage, & avec qui les heures paſſent rapidement.

Tome IV. H

XXXI.

Pour que la fiction plaife, il faut qu'elle ait l'air de la vérité. Mais la vérité qui auroit l'air de la fiction, fans que cet air la rendît fufpecte, parce qu'on en fauroit d'ailleurs les preuves, plairoit encore bien davantage.

Tel Roman qui ne plaît point comme Roman, plairoit beaucoup comme Hiftoire.

XXXII.

Il y a bien de la différence entre ce qui furprend & étonne, & ce qui fe fait admirer. On eft furpris du nouveau, du fingulier. On admire le beau, le grand. La furprife n'eft qu'un mouvement paffager ; l'admiration peut durer toujours. Il y a une admiration tranquille qui n'en eft pas moindre pour cela.

Les grandes chofes élevent &

abaiſſent l'ame tout enſemble. Elles inſpirent des ſentimens de modeſtie , & des ſentimens de grandeur. On ſe compare à ce qu'on voit, & on reconnoît ſon inſériorité. Mais en s'y comparant , on déſire, on s'efforce , & on eſpère de l'atteindre.

XXXIII.

Le public eſt très - difficile à contenter , & de plus il eſt quelquefois injuſte & ingrat. Par la malignité qu'inſpire l'envie , il reprend une partie de ſon eſtime ; par l'inſenſibilité que produit l'accoûtumance , il perd une partie de ſon admiration.

Il y a des Auteurs que le Public ſe met à haïr , après les avoir beaucoup aimés. C'eſt ordinairement parce qu'il lui eſt revenu du mal de leur perſonne , par exemple , qu'ils ſont orgueilleux. Rien ne le choque davantage , il pardonneroit plutôt tous les autres vices , & en effet, il eſt tel

H ij

Auteur auquel il les pardonne tous.

Malheur aux Auteurs que le Public a gâtés ; ils le payeront bien.

XXXIV.

Tel Auteur dédaigne tout ce qui ne peut être paré , & pare souvent ce qui ne vaut pas la peine de l'être , car il veut tout parer. Il écrit une pensée fausse , parce qu'il lui est venu une manière assez agréable de la rendre ; & il n'écrit pas une pensée juste & solide , parce qu'il n'a pu lui donner un tour assez ingénieux à son gré. En un mot, ce qui décide des pensées qu'il emploie , ce sont les habits qu'il a à leur donner.

J'ai connu un homme riche , avare & sot , qui changeoit souvent de Laquais, & qui pour remplacer celui qu'il renvoyoit, n'avoit égard qu'à la taille de celui qui se présentoit. Si l'habit lui alloit bien , il étoit choisi sans autre examen. Voilà mon Auteur.

Quand on n'écriroit que pour la gloire ; tranchons le mot, quand on n'écriroit que par vanité, il faudroit toujours plus s'occuper des choses que de la manière de les dire. Un Livre bien pensé, mais d'un stile peu agréable, sera peut-être négligé par la multitude, sur-tout dans sa nouveauté ; mais cette multitude même, malgré quelques agrémens frivoles, saura bientôt méprifer un Livre foible & fuperficiel qui auroit dû être fort & profond. Si elle fe contente de ne trouver que de l'agrément dans un Livre, c'eft lorfqu'il n'y falloit en effet que de l'agrément. Que les Auteurs ne s'y trompent pas ; les Lecteurs s'amufent fouvent d'un Livre, fans l'eftimer, & par conféquent fans eftimer l'Auteur ; mais alors ils ne s'en amufent pas long-tems.

Il n'eft que trop vrai que la multitude n'aime que les Livres frivoles, c'eft-à-dire, qu'elle n'aime que les Livres dont le fujet eft frivole, les Livres de pur amufement. Mais fous cè prétexte , traiter tous les sujets d'une manière frivole , & ne donner que du frivole sous un titre qui promettoit du solide, c'est se méprendre grossierement, si l'on vise à la gloire.

X X X V.

A mesure que la raison se perfectionne , les Orateurs & les Poëtes deviennent plus sensés, plus ennemis des faux ornemens. Notre siécle est très-éclairé en comparaison des siécles précédens. Cependant, combien de choses encore dans nos meilleures pièces d'éloquence & de poësie qui nous paroissent agréables , & qui paroîtront ridicules à la postérité , parce qu'elles sont déraisonnables ! On lisoit un jour dans une compagnie où étoit M. l'Abbé de *S. Pierre*, une piéce d'éloquence trop remplie de ces fausses beautés dont nous ne sommes pas encore entierement revenus. Comme il en paroissoit moins touché que les autres , & même qu'il fourioit de tems en tems, on lui demanda ce qu'il penfoit de cet ouvrage. *Et mais*, répondit-il, *cela eft encore fort beau.*

XXXVI.

Si nous n'avions pas les ouvrages de M. de *Fontenelle*, je dirois qu'un Ecrivain penfé, profond, &, comme on a dit après lui, *fort de chofes,* [*] ne fera jamais auffi facile, auffi clair, & auffi naturel, qu'un Ecrivain fuperficiel.

XXXVII.

Il y a des chofes qui plaifent plus qu'on ne les admire, & ce font peut-être les meilleures.

XXXVIII.

Quand on plaît en violant les régles, on plaît ordinairement plus, que quand on plaît en les obfervant. Il y a d'abord le plaifir de la fingula-

---

[*] Réponfe au Difcours de M. l'Evêque de Luçon (*Buffy Rabutin.*)

rité & de la furprife ; & puis, il faut
du génie pour fe faire ainfi des routes
plus que nouvelles. Ainfi la plus
grande ambition d'un Auteur feroit
de plaire en violant les régles.

XXXIX.

Bien loin que la parfaite juffeffe foit
effentielle au beau & à l'agréable,
la plûpart des bons mots, des traits
ingénieux & faillans ne font tels que
par quelque défaut de juffeffe dans
l'expreffion. Mettez-y cette parfaite
juffeffe; fubftituez le mot propre; ce
trait fi piquant ne fera plus qu'une
chofe commune. Exemple.

> *Et la grace plus belle encor que la*
> *beauté.*

Tout le monde fait ce vers de *La*
Fontaine; c'eft un des plus célébres.
Mais qu'eft-ce qui en fait l'agrément?
Le jeu de *belle* & de *beauté*. On en-
tend dire avec furprife qu'il y a quel-
que

que chofe de plus *beau* que la *beauté*,
& comme cela eft vrai dans un certain fens, la furprife eft agréable.
Cela eft pourtant faux, fi on prend
les mots dans leur fens propre & ordinaire, & fi le mot de *belle* eft pris
abfolument dans le même fens que
celui de *beauté*. Pour s'exprimer avec
une entiere juftefle, au lieu de *belle*
il falloit dire *touchante*, ou quelque
chofe d'équivalent. Mais dès-lors ce
vers fi ingénieux cefferoit de l'être,
parce qu'il ne feroit plus que vrai &
d'un vrai trivial. C'eft donc du faux
qu'il tire fon principal agrément, parce qu'au fond ce faux mene au vrai,&
qu'on n'a pas coûtume d'y aller par
cette route-là. Il y a plus encore.
Souvent, & en particulier dans
l'exemple dont il s'agit, l'expreffion
qui n'eft pas la plus jufte & la plus
exacte, par cela même dit davantage, peint mieux, plus fortement,
plus vivement, ce qu'on veut peindre.
En un mot, l'expreffion qui n'eft pas

la plus jufte , eft fouvent la plus
agréable , parce que préfentant d'a-
bord quelque chofe de faux , il fe
trouve pourtant qu'elle exprime le
vrai d'une maniere qui eft à la fois
plus vive, plus énergique, & plus fine.

X L.

La plûpart des bons mots n'en
font point pour le Philofophe , parce qu'il n'y trouve pas une jufteffe
parfaite. Qu'on y mette cette jufteffe , ils ne feront plus bons mots pour
perfonne.

S'il y a du faux dans un bon mot, ce
n'eft plus un bon mot. Si vous en ôtez
ce faux , le bon mot ne paroîtra plus
bon mot. Comment faire ? Le voici.
Dire des bons mots , mais n'en point
écrire.

L'Auditeur le plus philofophe &
le plus clairvoyant , paffe le faux, ou
même ne l'aperçoit pas. Le Lecteur,
même borné & frivole , l'aperçoit,
& le profcrit.

On pourroit dire de la plûpart des
meilleurs bons mots , que s'il n'y
avoit rien à y reprendre, il n'y auroit
rien à y louer ; que si rien n'y faisoit
peine , rien n'y seroit plaisir ; qu'enfin ce font des fautes & des défauts ,
mais des fautes heureuses & des défauts agréables.

Les Auteurs qui écrivent par mots
& bons mots , & qui font remplis de
traits d'esprit, *Senéque*, par exemple,
ont ordinairement bien du faux, tant
dans le fond de leurs pensées & de
leurs raisonnemens, que dans la manière de les exprimer. 1°. La sorte d'esprit qui donne du goût & du talent
pour les bons mots & les traits ingénieux, se trouve rarement avec beaucoup de jugement & de sens. 2°.
Comme je l'ai remarqué , la plûpart
de ces bons mots & de ces traits
brillans ne font tels que par quelque
défaut de justesse.

X L I.

Une pensée vraie, nouvelle dans le

I ij

fond , & ingénieusement expri-
mée , ne perdroit presque rien de
sa beauté , à être réduite au tour
le plus simple , parce que c'étoit la
nouveauté de la pensée en elle-même
qui frapoit le plus. Peut-être même
eût-il mieux valu ne la point orner ,
afin de réserver toute l'attention du
Lecteur pour la chose même, & de ne
le point distraire par les ornemens.

Il y a deux sortes de choses qu'il
ne faut point orner , & qu'il faut exprimer tout simplement. Les unes
ne méritent pas d'être ornées , comme je l'ai déja dit , & alors les ornemens seroient ridicules. Les autres
sont , pour ainsi dire , au - dessus des
ornemens.

L'excès de parure a toujours un
mauvais effet. La laide en paroît
plus laide, & la belle moins belle.
La parure est ridicule avec une extrême laideur ; inutile du moins , avec
une extrême beauté.

Une très - jolie femme qui se pare

trop, n'eſt point une coquette habile ; ce n'eſt qu'une glorieuſe.

Une fille eſt très-parée le jour de ſes
noces; une femme dans une fête, dans
un bal ; cela eſt dans l'ordre. Cette
parure, dans une autre occaſion, ſeroit
déplacée , & auroit un air d'affectation.

L'Actrice ne ſauroit guères être trop
parée. La ſpectatrice qui le ſeroit autant, paroîtroit ridicule. Autre eſt la
parure du Théatre , autre eſt celle
des loges, non ſeulement par raport
à la qualité des ornemens & à la forme des habits, mais encore par raport au degré de parure. M.**, en-
trant dans une loge où étoit ſa femme exceſſivement parée : Eh, *Madame*, lui dit-il, *ce n'eſt pas ici votre
place, montez ſur le Théatre.*

XLII.

Les fautes contre le bon ſens, pourvu qu'elles ne ſoient pas trop groſſie-
res, ſont les moindres de toutes celles
qui peuvent ſe rencontrer dans un
ouvrage de pur agrément.   I iij

En général, le plus grand défaut des ouvrages de ce genre, c'eſt le manque de beautés; c'eſt par-là qu'ils tombent, & non par ce qu'on apelle proprement des défauts. Jamais les défauts n'ont empêché le ſuccès d'un bel ouvrage. Pour réuſſir, l'eſſentiel eſt de plaire; & l'on ne plaît que par des beautés.

Il en eſt, je le répete, de la beauté des ouvrages d'eſprit comme de celle des femmes. Or on ſait que les femmes les plus régulierement belles ne ſont pas celles qui plaiſent le plus.

XLIII.

On pouſſe trop loin le principe que le beau eſt un comme le vrai. Peut-être même ce principe eſt-il faux. Il y a ſouvent plus de diférence entre certain bon & certain bon, qu'entre certain bon & certain mauvais. Deux belles perſonnes ne ſe reſſemblent en rien, pendant qu'une troiſiéme, quoique laide, reſſemble beaucoup à l'une des deux.

XLIV.

Ne travailler qu'à des ouvrages de bel esprit, peut contribuer à rendre l'esprit faux, parce qu'il est naturel de songer plus au beau qu'au vrai, en travaillant à des ouvrages où le faux est de peu de conséquence.

XLV.

Je disois un jour : *Quelle prodigieuse multitude de mauvais petits Romans, depuis quelques années ! Ils ne coûtent donc guères à leurs Auteurs ! Ils trouvent donc bien des Lecteurs ! Oui*, reprit quelqu'un, *voilà la vraie raison de l'inondation de cette sorte d'ouvrages, méprisables à la fois & dangereux. Il est aisé de les faire & de s'en défaire.*

Au reste, il me semble qu'il en paroît moins depuis quelque tems. Il est plus vrai de jour en jour que la médiocrité est insuportable, méprisable même, non - seulement dans

les vers, mais en général dans tous
les ouvrages de pur amusement, &
qu'ils doivent être excellens, pour
plaire & mériter quelque estime. On
veut plus communément qu'autrefois, s'instruire en lisant, sinon
par curiosité, du moins par vanité,
& pour être en état de dire son mot
sur des matieres dont tout le monde
parle, parce qu'elles sont devenues
à la mode. Ce mot, à la vérité n'est
souvent qu'une sotise, effet nécessaire d'une légére teinture de ces
matieres, & d'un esprit plus léger
encore. Mais souvent aussi cette soti-
fe est, pour un homme instruit, l'occasion de placer une bonne remarque, qui de ceux qui l'ont entendue,
passe à d'autres. Ainsi la lumiere se
communiquant de proche en proche, les erreurs se détruisent & les
vérités s'établissent.

X L V I.

Les excellens ouvrages de pur

agrément font peut-être plus rares aujourd'hui qu'ils ne l'étoient dans le dernier fiécle, mais il y a plus d'agrément dans les ouvrages d'inftruction. Peu de nos beaux efprits font hommes de génie ; mais plufieurs de nos Savans & de nos Philofophes font de très-beaux efprits.

Le génie de l'agrément femble avoir abandonné, &, pour ainfi dire, dédaigné les Ecrivains agréables & frivoles, pour paffer aux Ecrivains folides & profonds. Cette nouvelle alliance, feule digne de lui, l'a bien relevé.

L'agrément ne s'eft donc point perdu ; il n'a fait que changer de place, pour en prendre une meilleure.

XLVII.

Un des hommes qui avoit le plus d'efprit & de jugement, feu M. de *Fontenelle*, a été accufé de manquer de goût & de génie. Un autre, M. de *Voltaire*, a infiniment d'efprit & de

goût, mais quelques-uns lui refusent
le génie, & plusieurs le jugement.
M. de *Fontenelle* étoit plus content
du Public que M. de *Voltaire*, & il
n'auroit pas plus changé de réputation avec lui que de caractère. Il est
vrai que naturellement il étoit plus
aisé à contenter.

Il y a une satisfaction de soi-même
qui vient de vanité, de présomption,
& d'erreur sur le véritable prix des
choses. Il y en a une autre qui vient
de modération, de modestie, de
raison. Avec ces dernieres qualités,
on n'ambitionne point ce qu'on n'a
pas, lorsque, sans être aussi bon que
ce qu'on a, il ne seroit que plus brillant. On n'est pas si sotement vain.

Il y a bien de l'arbitraire dans ce
qu'on apelle goût, & même dans
ce qu'on appelle génie. Il y en a
beaucoup moins à l'égard du jugement, quoiqu'il y en ait encore.

XLVIII.

Les ouvrages mêlés de grandes

beautés & de grands défauts, font
fujets à être trop eftimés par les uns,
& trop peu par les autres. Ceux - ci
vont même quelquefois jufqu'à les
méprifer. Les connoiffeurs voyent
également les beautés & les défauts,
mais à degré égal, ils font bien plus
frapés des premieres, & c'eft fur-
tout par elles qu'ils aprécient, finon
l'ouvrage, du moins l'Auteur.

L'admiration, dans les belles ames,
produit une forte d'amour qui ne permet pas le mépris, tout jufte qu'il
feroit, en un fens.

On pardonne aifément à ceux
qu'on aime, & plus aifément encore
à ceux qu'on admire fans envie.

XLIX.

Avec moins de goût, d'efprit, &
de connoiffances, nos ouvrages nouveaux font quelquefois mieux jugés
dans les Provinces qu'à Paris, à
caufe des partis & des cabales de la
Capitale.

On a plus de goût & de lumiere à Paris , mais on a plus d'impartialité en Province.

Au reste , il y a toujours quelques personnes à Paris qui réunissent tout ce qu'il faut pour bien juger des ouvrages d'esprit dans leur nouveauté, & qui détrompent le Public lorsqu'il s'est trompé , ou lorsqu'on l'a trompé, ce qui ne laisse pas d'arriver assez souvent ; mais l'erreur ne dure pas.

L.

On dit à un jeune Ecrivain : *Mettez plus de jugement & de goût que d'esprit dans vos ouvrages ; ambitionnez plus la louange d'homme de bon sens que celle d'homme d'esprit.*

Fort bien , répond-il ; *mais si je suis vos conseils , s'il y a en effet plus de jugement que d'esprit dans mes Ecrits , on dira qu'il n'y a point d'esprit ; que je suis un sot. Je consens donc à suivre un jour vos conseils ; mais je crois que pour mon premier ouvrage , il vaut mieux y*

mettre trop d'esprit que de n'y en pas
mettre assez. Défaut de jugement, défaut
de goût, on excuse tout dans un jeune
homme, excepté le peu d'esprit.

Malheureusement il n'y a que trop
de vrai dans tout cela ; mais il est
certain aussi qu'un ouvrage d'un jeune Auteur dans lequel on trouveroit
plus de solidité & de profondeur,
que d'agrément & d'éclat, éton-
neroit beaucoup, & par-là lui feroit
grand honneur.

Le luxe a contribué à la corruption du goût dans les arts. Les riches
qui employent les Artistes veulent
du magnifique ; mais rien n'est plus
difficile à allier avec la belle simplicité, & par conséquent avec le bon
goût, que la magnificence & la somp-
tuosité. La vanité de celui qui fait
travailler, est contraire, en beaucoup de genres, dans l'Architecture,
par exemple, à l'honneur de celui
qui travaille.

Or il y a un luxe d'esprit comme
il y en a un de richesses. Il y a dans

quelques Ecrivains une envie de faire
dire qu'ils ont bien de l'efprit, comme il y en a une dans quelques Fi-
nanciers de faire dire qu'ils font bien
riches.

L I.

Un excellent ouvrage annonce un
homme de beaucoup d'efprit ; cela
va fans dire ; auffi ne le dit-on point ;
mais on le dit quelquefois d'un mauvais ouvrage. Ce n'eft pas faute d'efprit qu'il eft mauvais, puifqu'il en
annonce beaucoup dans fon Auteur ;
c'eft faute de goût. Ainfi le goût
fait quelquefois la principale diférence entre un excellent ouvrage &
un mauvais.

P. S. *Ce qu'on a lu ci-deffus, p.* 101.
*fur la parure du Théâtre, étoit imprimé,
lorfqu'on m'a dit qu'une Actrice célèbre
pourroit bien y ramener, par fon exemple,
la fimplicité dans les habits.*

SUR LA MORALE EN GÉNÉ-
RAL, SUR *L'HOMME*, ET EN PAR-
TICULIER SUR *LA QUESTION* : SI
LA PLUSPART DES HOMMES SONT
MÉCHANS ? *

I.

ON ne sauroit trop éclaircir la morale, dévéloper les consé-quences des principes généraux, & faire l'application de ces principes aux cas particuliers. On péche sou-vent faute d'assez de lumière. L'évi-dence du crime est un frein à la pas-sion. Il est vrai que l'effet naturel de la passion est de nous cacher cette évidence ; mais elle n'en viendroit pas à bout, si c'étoit une évidence du premier ordre. Faites voir clairement

* Ce Morceau avoit déja paru dans le *Mercu-re* de Juillet, second Volume 1759. & dans celui d'Août de la même année. J'en donnai la suite en Septembre; on la trouvera ci-après.

à ce Marchand que tel & tel gain ne font point légitimes, & que par les injustices qu'il commet dans son commerce, il vole aussi véritablement que ceux qu'on apelle filoux & voleurs de grand chemin ; vous lui ferez horreur de sa conduite, & il la réformera. Il ne veut ni ne croit voler. Peut-être a-t-il quelques doutes ; mais le desir du gain les étouffe. Changez ces doutes en certitude ; faites-lui voir ce qu'il entrevoit : la passion qu'il a de s'enrichir ne tiendra point contre la vue claire de l'injustice des moyens qu'elle lui a fait employer.

Si le cœur trompe si aisément l'esprit, c'est que l'esprit est bien aisé à tromper. Le cœur est bien séduisant & bien habile ; mais dans la plûpart des hommes, l'esprit est bien sot & bien ignorant.

II.

Les hommes aiment la morale,
lorsqu'elle

lorfqu'elle n'eft point trop triviale, ni auffi trop fine ; lorfqu'elle eft fenfible, & qu'ils peuvent aifément en faire l'application à eux - mêmes & aux autres, & fur-tout lorfqu'elle eft un peu égayée.

Il faudroit traiter la morale avec efprit & fentiment ; avec efprit, parce que le fond en eft trivial & commun ; avec fentiment, parce que la pratique en eft gênante & pénible. C'eft, ce me femble, ce que *Ciceron* entendoit par *copiofe & ornate dicere* ; d'une manière qui ne foit ni feche, ni plate.

III.

Dans toutes les parties de la Philofophie, *fubtil* fe prend affez ordinairement en bonne part, excepté en morale. Ce qui feroit fubtil, quoique vrai, ne vaudroit rien en cette matière ; & feroit d'autant meilleur dans les autres.

On veut qu'un Philofophe phifi-

Tome IV.   K

cien entre dans les difcuffions les plus délicates ; on en fait quelquefois un reproche au Philofophe moral : c'eft peut-être parce que l'ouvrage de Phifique n'eft lu que par des Phificiens qui entendent tout , au lieu que l'ouvrage moral eft lu par toutes fortes de perfonnes , dont la plûpart ne peuvent entendre & dès-lors goûter , que ce qu'il y a de plus aifé.

Il n'y a point de minuties pour un Phificien. Peut-être n'y en auroit-il point non plus en morale, pour un homme qui étudieroit cette fcience comme on étudie la Phifique.

J'ai fouvent oui dire à l'occafion de quelques difcuffions de morale : *Que m'importent toutes ces fubtilités ?* Je répondois : Elles vous importeroient , fi vous aviez les chofes à cœur , fi la matière vous intéreffoit vivement , fi l'étude de l'homme vous paroiffoit la plus utile & la plus agréable de toutes les études ; en un mot, si vous aviez l'esprit moral, comme d'autres, & vous-même peut-être, ont l'esprit géométrique, l'esprit poëtique, &c.

IV.

On étudie la Phisique, les Mathématiques, &c. & on néglige la morale, comme on étudie les Langues mortes & étrangères, en négligeant celle de son Pays.

On croit savoir, sans étude, sa Langue & la morale, parce qu'en effet on les sait jusqu'à un certain point. Mais on naît dans une entière ignorance des autres Langues & de la plûpart des autres Sciences. C'est ce qui pique la curiosité.

Vous trouverez plutôt un homme passionné pour la connoissance des Médailles, des Langues étrangères, &c. que pour d'autres connoissances plus utiles, mais plus communes. Les goûts bizarres sont ordinairement les plus vifs.

K ij

V.

Les hommes ont certains penchans, certaines paſſions, certaines inclinations, &c. en un mot, une certaine nature. Ils ont certains devoirs, certaines obligations, &c. Enfin, ils ont certains intérêts. Il s'agit de concilier tout cela ; car il y a ſouvent de l'opposition, au moins apparente. S'il ne s'agiſſoit que de ſuivre les penchans & le ſentiment, on pourroit prendre à la lettre la maxime de quelques anciens Philoſophes, qu'il faut *ſuivre la Nature.* Mais ces penchans naturels ſont ſouvent contraires à nos devoirs, & même à nos vrais intérêts. Le plaiſir eſt ſouvent contraire au bonheur ; le plaiſir préſent & court, au plaiſir futur & durable.

V I.

Pour bien connoître quelqu'un, il ne ſufit pas de l'avoir vu ſouvent ; il faut encore l'avoir vu avec des gens

diférens ; diférens , dis-je , par l'état
& la condition , par le caractère, par
le sexe , &c. avec ses amis , ses ennemis , &c. & l'avoir vu dans des cir-
conſtances diférentes , à table , au
jeu , en maladie , en ſanté , heureux,
malheureux , &c.

V I I.

Les vices & les vertus , les bonnes
& les mauvaiſes qualités, conſidérées
quant à leurs cauſes phiſiques , ſe
ſuppoſent les unes les autres, comme
les montagnes & les vallées.

Sans l'influence du moral ſur
le phiſique, les vertus & les vices, les
qualités bonnes ou mauvaiſes, ſe tien-
droient bien plus qu'elles ne ſe tiennent.

V I I I.

La morale eſt la Science , d'une
part la plus utile, & de l'autre la
plus aiſée. Il n'y faut guères, du
moins pour ſoi & dans les cas ordi-

naires, que de la bonne foi & de la droiture. Le grand defir de connoître les vérités des autres fciences, n'en facilite la connoiffance que par le degré d'application qui eft l'effet néceffaire de ce defir; mais par lui-même il n'éclaire pas fur ces vérités; au lieu qu'il a cet effet fur nos devoirs, parce qu'il n'y a ordinairement que l'envie de les violer, ou l'envie foible de les obferver, qui nous les cache. Cependant ce defir, quoique très-fincère, eft fouvent uni à quelque paffion qui peut aveugler, du moins en partie. On veut, par exemple, remplir un devoir de la charité chrétienne envers quelqu'un qui déplaît, foit par des défauts qui nous choquent, foit par des torts qu'il a eus à notre égard. Cette antipatie ou ce reffentiment pourront obfcurcir l'évidence de ce devoir, & quelquefois même la faire entièrement difparoître. Tout dépend alors du degré de la paffion & de celui des lumieres.

IX.

Trois fortes de perfonnes vivent
ordinairement bien & fe conduifent
en honnêtes gens, du moins à l'é-
gard du plus grand nombre de leurs
actions, & comme on dit, dans le
gros de la vie. Ceux qui ont de bonnes inclinations naturelles ; ceux qui
ont de bons principes moraux ; &
ceux qui fans bonnes inclinations &
fans bons principes, ont de la raifon
& de la prudence. Ainfi, trois fources
de bonne conduite ; le cœur bien
fait, l'efprit éclairé, & l'intérêt bien
entendu, graces à une heureufe naiffance, à une heureufe éducation, à
l'étude, aux réflexions, à l'expérience & à l'ufage du monde. Cette expérience & cet ufage font le grand
maître de nos intérêts purement humains.

X.

M. le Chevalier d'*Arc* a fort bien
remarqué dans fon *Apologie du genre*

humain, imprimée à la fin de ses *Loi-*
sirs, que M. de la *Rochefoucauld* paroît avoir fait son Livre *, & peint
les hommes d'après les gens de la
Cour & du grand Monde; d'où il est
arrivé qu'il les a peints plus méchans
qu'ils ne font. M. de la R. a peut-être
bien senti lui-même que le mal qu'il
disoit des hommes , n'étoit pas vrai
du plus grand nombre. On seroit
pourtant bien aise qu'il l'eût déclaré
expressément quelque part , & il le
devoit, s'il le pensoit. En ne le faisant pas , il a laissé sur son Livre un
nuage qu'il falloit écarter pour
l'honneur de l'Auteur & de l'humanité ; car, je le répéte, le plus grand
nombre des hommes n'est pas aussi
méchant que le font les hommes de M.
de la R. Du moins il y a plus d'exceptions qu'il n'en suppose par la généralité avec laquelle il s'exprime.**

Réflexions, Sentences, & Maximes morales.
** Il me seroit aisé de prouver par un grand
nombre de citations , que plusieurs Auteurs

L'homme

L'homme n'eſt méchant que parce qu'il eſt malheureux : d'où il s'enſuit qu'il eſt plus foible que méchant. Le comble de ſon infortune, c'eſt que méchant pour être moins malheureux, il en devient plus malheureux encore.

La vraie méchanceté ſeroit d'aimer le mal moral, & l'homme ne l'aime point; mais il craint beaucoup le mal phiſique. Il aime même le bien moral, mais il aime encore plus le bien phiſique.

eſtimables ont porté le même jugement du Livre des *Réflexions*, &c. Je me contenterai de renvoyer au *Diſcours* qu'on mit à la tête de la ſeconde Edition de ce Livre, & qu'on a réimprimé dans toutes les ſuivantes. L'Auteur de ce *Diſcours* défend M. de la R. mais la défenſe ſuppoſe l'accuſation, & depuis on l'a ſouvent renouvellée. On peut voir entr'autres dans le *Journal Litteraire* de 1715. à la *Haye*, Tom. 6. p. 66. un très-bon Extrait des *Réflexions*, &c. à l'occaſion de la nouvelle Edition qu'on en donna à Paris en 1714. avec les notes d'*Amelot de la Houſſaye*.

Tome IV.   L

La vraie méchanceté feroit de haïr
fes femblables ; l'homme ne les haït
point , ou plutôt il les aime , mais il
s'aime encore plus lui-même. Il leur
fait fouvent du bien par le feul motif
du plaifir qu'il trouve à leur en faire;
mais il eft rare qu'il leur faffe du
mal auffi gratuitement.

Il faut donc diftinguer la méchanceté de malice de la méchanceté de
paffion. Celle-ci eft très-commune,
& produit fouvent de très - grands
crimes ; mais celle-là qui eft la méchanceté proprement dite , eft affez
rare. D'ailleurs, elle n'a pas des effets
auffi funeftes , du moins quand elle
eft feule , & elle peut l'être.

Les paffions feules , & fans la méchanceté,peuvent produire de grands
crimes ; la méchanceté feule , & fans
les paffions, ne les produiroit pas.

Si un homme , à la fois très - méchant & très-paffionné, fe trouve de
plus,dans certaines circonftances, ce
fera un de ces monftres qui étonnent

l'Univers, mais fans étonner le Philofophe, qui n'y voit que le réfultat des caufes réunies ; un monftre, dis-je, dans les deux fens de ce mot ; une chofe à la fois rare & horrible.

Le vice eft fans doute plus commun, plus répandu que la vertu ; mais on ne le porte pas fi loin. La parfaite vertu eft moins rare que l'extrême vice, & , fi cela fe peut dire, que la parfaite fcélératefle.

Les hommes fe reffemblent plus par ce qu'ils ont de bon & de bon en tout genre, tant du côté de l'efprit que de celui du cœur, que par ce qu'ils ont de mauvais.

Le bon eft un, comme le vrai ; le mauvais & le faux varient à l'infini.

Plus heureux, je le répéte, l'homme feroit meilleur ; & meilleur il feroit plus heureux.

XI.

L'homme vulgaire ne rit des hommes qu'à la Comédie. Le Philofophe en rit dans le monde ; & il en rit bien plus qu'au Théatre. Pour lui, la vraie, la bonne Comédie, c'est le monde même. Il y voit bien plus de choses, & des choses bien plus dignes de surprendre & d'être étudiées, que toutes celles qu'on peut mettre sur le Théatre.

XII.

Si c'est la vanité qui nous empêche de nous étudier, par la crainte de nous trouver méprisables, elle devroit au contraire nous appliquer à cette étude, par le désir de nous rendre estimables, en nous corrigeant.

Quand on interroge son cœur pour connoître, soit en général ses penchans, soit en particulier les motifs qui nous portent à faire telle ou telle chose, à prendre tel ou tel parti, il ne faut pas s'en tenir à ses premieres réponses. Il faut y employer la même adresse qu'employe un Juge pour tirer la vérité de la bouche d'un criminel. Il faut, par un examen opiniâtre, le forcer à nous déceler toutes ses vues, à nous développer tous ses replis.

XIII.

Tous les hommes sont mêlés, plus ou moins, de bonnes & de mauvaises qualités, qui ordinairement influent les unes sur les autres, en sorte que les mauvaises en sont moins mauvaises, & les bonnes moins bonnes, & par-là moins actives. Elles se balancent, se temperent, se bornent. Quelquefois aussi, faute de raport aux mêmes objets, elles sont sans influence mutuelle, & pour ainsi dire, n'ont rien à démêler ensemble. Les bonnes font faire de bonnes actions, sans opposition de la part des mauvaises, & réciproquement.

Il en est des passions comme des couleurs ; il y en a de primitives & de mêlangées. L'ambition, par

L iij

exemple, réfulte ordinairement du mélange de l'avarice * & de l'orgueil ; & elle eft plus ou moins baffe, ou plus ou moins élevée, felon que l'une ou l'autre de ces deux paffions y domine davantage.

XIV.

Une demi-connoiffance des hommes dégoûte de vivre avec eux ; une connoiffance plus étendue fait ceffer ce dégoût, ou du moins le diminue beaucoup, 1°. en donnant de l'indulgence ; 2°. en aprenant les moyens de tirer parti des hommes, malgré leurs défauts & leurs vices.

C'eft connoître bien imparfaitement les hommes que de connoître ce qu'ils ont de mauvais, fans voir tout ce qui peut l'excufer, & les moyens de tirer parti de ce mauvais même.

* J'entends ici par *avarice* le defir des richeffes.

On peut étudier les hommes dans de bonnes ou de mauvaises vûes, pour n'en être point trompé, ou pour les tromper, pour n'être point dupe, ou pour être fripon.

Si le malheur est le grand maître de l'homme, c'est sur-tout parce qu'il lui aprend à se connoître lui-même, & à connoître les autres hommes.

L'effet naturel & ordinaire des revers, c'est d'ôter le courage ; celui des succès, c'est d'ôter la prudence.

X V.

La qualité de grand homme exclut plutôt les défauts que les vices ; celle d'homme de bien n'exclut que les vices. On peut être un grand homme à plusieurs égards, avec des vices haïssables, méprisables même ; & un homme de bien avec beaucoup de défauts difficiles à suporter.

Il n'y a que le grand homme qui soit digne d'être peint ; j'ajoute qui

L iiij

foit bon à peindre. Il eſt plus *pitto-reſque*, parce qu'ordinairement il eſt mêlé, qu'il a des ombres, des con-traſtes, & des contraſtes plus fra-pans.

Le contraſte des grandes qualités & des vices, eſt bien plus frapant que celui des vertus & des défauts, quoique tout auſſi naturel, & preſque auſſi commun.

Quelquefois dans les grands hom-mes, le contraſte eſt entre des choſes louables. Un des plus beaux, c'eſt l'élévation de l'eſprit & du cœur, avec des mœurs ſimples & douces, tel, par exemple, qu'il étoit dans M. de *Turenne.*

Souvent dans les Panégyriques on montre le héros, & on cache l'hom-me. Il faut même quelquefois cacher une partie du héros, par exemple, lorſqu'il a pouſſé trop loin certaines qualités héroïques en elles-mêmes, comme la valeur, l'amour de la gloi-re, &c. Il y a ordinairement de l'excès dans les héros, aussibien que du mélange ; mais c'est cet excès même qui séduit, parce qu'il étonne ; on ne le condamne qu'en l'admirant.

Il faut de la force pour arriver jusqu'au but ; il en faut quelquefois davantage pour s'arrêter quand on y est arrivé, & ne le pas passer.

J'avoue que c'est quelquefois faute de force pour aller plus loin, qu'on ne va pas trop loin. Heureuse foiblesse qui préserve des excès !

A l'égard de certaines vertus, il vaut mieux passer le but que de ne le pas ateindre. Pour d'autres, c'est le contraire

XVI.

Le possible s'étend bien loin pour un homme également habile, courageux, & constant, sur-tout s'il est peu délicat sur les moyens de réussir. Mais dans ce dernier cas, les succès sont rarement durables. La haine, l'intérêt, & même l'équité se réunissent de toutes parts pour les arrêter.

Deux Loix gouvernent le monde, disoit un jour feu M. *Bargeton* * à M. *Trudaine, la Loi du plus fort & celle du plus fin.*

XVII.

Il y a une manière d'écrire sur l'homme, sur la morale, plus agréable qu'utile, plus ingénieuse que solide, & ainsi peu morale. Il y en a une autre qui est dangereuse & propre, en ne peignant l'homme que comme méchant & vicieux, à le rendre plus méchant & plus vicieux encore qu'il ne l'est en effet. Par-là, on lui ôte la honte de l'être. En écrivant sur l'homme, il faut écrire pour l'utilité des hommes, & que ce but se sente.**

* Célébre Avocat du Parlement de Paris.
** Voici comme *Descartes* s'exprime dans une de ses Letres sur le Traité de *Cive* (*du Citoyen*) par *Hobbes. Je juge,* dit-il, *que l'Auteur de ce Livre est le même que celui qui a fait les troisiémes objections contre mes Méditations* (cela étoit vrai) *Je le trouve beaucoup*

L'Auteur d'un Livre de morale, & les Lecteurs que ce Livre auroit corrigés, se devroient mutuellement de la reconnoissance. Un Livre est utile à ceux qu'il corrige, & en se corrigeant, ils en prouvent l'utilité. Ainsi, profit d'une part, honneur de l'autre, & par conséquent obligation réciproque.

XVIII.

De l'amour de nous-mêmes suit le desir de notre bonheur, & l'expérience prouve que cet amour n'est nullement incompatible avec l'amour d'autrui, puisqu'il n'y a presque personne qui ne souhaite beaucoup le bonheur de quelques autres ; par exemple, la plûpart des peres & des meres souhaitent beaucoup le bonheur de leurs enfans.

plus habile en Morale qu'en Métaphisique & en Phisique, quoique je ne puisse nullement approuver ses principes ni ses maximes, qui sont très mauvaises & très-dangereuses, en ce qu'il suppose tous les hommes méchans, &c.

Mais, dit-on, ils ne le souhaitent que par raport à eux-mêmes.

J'avoue que l'amour qu'un pere a pour lui-même se mêle presque toujours dans le bien qu'il souhaite & qu'il fait à ses enfans, & souvent beaucoup plus qu'il ne le croit. Il s'y trompe, parce qu'il sent plus vivement l'amour paternel que l'amour propre ; mais s'il le sent, il l'a, & il ne se trompe que sur le degré dans lequel il l'a.

Un pere a deux enfans ; il aime l'un & n'aime point l'autre ; cependant il fait à peu-près les mêmes choses pour tous les deux ; mais il sent bien qu'il les fait par des motifs très-diférens ; par amitié pour l'un de ses enfans ; par équité, par honneur, ou même par pure vanité, pour l'autre.

XIX.

Le désinteressement n'est sans doute qu'un intérêt plus délicat & plus noble ; mais cet intérêt est la vertu même, & la vertu la plus pure, puifque la fuivre, la pratiquer par goût, & par le feul attrait du plaifir qui l'accompagne, c'eft l'aimer pour elle-même.

J'ai lu dans quelques Livres nouveaux que la morale a fait de nos jours de grands progrès ; mais j'y ai lu enfuite, du moins en termes équivalens, qu'il n'y a point de morale. Plaifans progrès, en un fens, mais bien triftes dans un autre !

C'eft l'intérêt qui fait faire le mal, & en cela il eft aveugle. Tâchons donc de l'éclairer ; il fera faire le bien ; & nous aurons perfectionné la morale.

Si l'intérêt feul fait agir les hommes, la morale fe réduit à leur montrer leurs vrais intérêts, par conféquent leurs intérêts éternels, & a les y rendre fenfibles.

X X.

Je dis à un homme poffédé d'une

paſſion violente : *Il faut réſiſter à votre
paſſion* ; & il me répond : *Je ſuis donc
bien malheureux.* Je lui réplique : *Vous
ſerez bien plus malheureux encore , ſi
vous y cédez* ; & il ne veut pas me
croire ; peut-être même ne le peut-
il. Il y céde donc, il éprouve tout ce
que je lui avois annoncé , & bien
plus encore ; ſon malheur a paſſé mes
craintes. Furieux, déſeſpéré , il revient me trouver. Je crois qu'il va
me dire tout ſimplement : *Hélas !
vous me l'aviez bien dit.* Non ; il me
reproche la foibleſſe de ces exhorta-
tions où je craignois d'avoir mis
trop de force. J'ai manqué à l'amitié,
à la probité. *Vous ne m'aviez rien dit.*

X X I.

Deux principes conduiſent l'homme , conſideré dans l'ordre naturel ,
les paſſions & la raiſon. De-là , ſa dé-
finition ; *Animal raiſonnable.* Mais la
plûpart des hommes ne ſe ſervent de
leur raiſon que pour ſatisfaire leurs

passions. Celles-ci décident ordinairement du choix de la fin ; celle-là ne
décide guères que du choix des
moyens ; encore s'y trompe - t - elle
très-souvent.

XXII.

On l'a souvent dit : le fond des
hommes, par le cœur & les passions,
est par-tout, a toujours été, & sera
toujours le même. De-là, le fond des
mêmes événemens. *Le monde ne va ni
ne vient*, dit le Chevalier de *Meré* ;
il ne fait que tourner.

XXIII.

L'Auteur Anglois (M. *Mallet*) de
la vie de *Bacon*, dit au sujet de *Jacques I.* Roi d'*Angleterre*, qui, malgré
son caractère foible & timide, traitoit
ses Parlemens avec hauteur & fierté,
*qu'il n'y a point d'inconséquences réelles
dans les hommes.* Ce mot est heureux
& vrai. La contradiction & l'incon-

féquence ne font qu'apparentes; tout
fe tient par un lien caché, & s'il n'eſt
pas toujours poſſible de l'apercevoir
dans les autres, parce qu'on ne les
connoît pas aſſez bien, un homme
d'eſprit peut le découvrir en foi-
même, en s'étudiant. Il verra comment font unies en lui des qualités
oppoſées juſqu'à paroître incompatibles; comment il agit en quelques
occaſions peu conféquemment à ſes
principes, ou à ſa paſſion dominante.

XXIV.

Je vis dans le monde, dit le Spectateur Anglois, *plûtôt comme Spectateur
du genre humain, que comme un indivi-
du de la même eſpéce.* Cette phraſe,
priſe à la lettre, pourroit être fuſcep-
tible d'un mauvais ſens ; mais qui
certainement ne feroit point celui
d'un homme auſſi rempli d'humanité
que l'étoit M. *Addiſſon.* Il ne faut
pas que le *Spectateur* des hommes oublie

blie qu'il eſt homme. Ce ſeroit le
moyen d'être un *Spectateur* trop ſévé-
re , & d'ailleurs de ne tirer aucun
fruit du ſpectacle.

Il faut être *Spectateur* de la Comédie humaine , comme le ſont de la
Comédie proprement dite, un Acteur,
ou un Auteur qui vont au Théatre
pour y étudier l'art de repréſenter ou
de compoſer des piéces dramatiques ,
& non comme quelqu'un, qui n'étant
ni Acteur ni Auteur , ne va à la Comédie que pour ſon amuſement. Il
faut obſerver les hommes pour ſoi
& non pour eux-mêmes ; pour devenir meilleur , & pour ſe rendre plus
capable de les aider à le devenir
auſſi. L'étude de l'homme , la plus
curieuſe de toutes , ne doit pourtant
pas être faite par pure curioſité , &
bien moins encore par malignité.

SUR L'ESPRIT DE SOCIÉTÉ. *

I.

IL y a plusieurs manières de plaire dans la Société. On y plaît par le bon caractère, la douceur, la complaisance, la politesse, la simplicité, la gaité, &c. On y plaît par l'esprit, les talens, les connoissances, &c. Ces diférentes sortes de mérite produisent dans les personnes avec qui nous vivons, deux sortes de sentimens tout diférens. Les exciter les uns & les autres, c'est être parfait pour la Société. Mais il vaut bien mieux exciter les premiers que les seconds ; il est bon même de ne pas trop exciter ceux-ci.

Sans une certaine mesure d'esprit & de connoissances, on ne seroit pas

* Tiré du *Mercure* de Février & des suivans, 1759.

propre à la Société de ceux qui ont eux-mêmes beaucoup d'esprit & de savoir. De-là résulteroit un ennui réciproque.

II.

Un homme qui s'éleve dans le monde par les richesses, par les dignités, par la réputation, &c. cesse, dit-on, d'aimer ses anciens amis. Mais souvent ce font plutôt ses anciens amis qui cessent de l'aimer, qui le haïssent même par la jalousie qu'ils conçoivent de ses succès. Cependant ils lui ont souhaité ce qui lui arrive d'avantageux ; ils l'ont aidé à le mériter & à l'obtenir. La vanité a été dupe de l'amitié, peut-être dupe d'elle-même ; car c'est souvent par vanité bien plus que par amitié qu'on s'intéresse à l'élévation de ses amis, qu'on agit, qu'on s'empresse pour la leur procurer ; on croit les aimer bien plus qu'on ne les aime. On ne sait ce qu'on fait.

M ij

Puisque l'envie est la marque sûre d'un mauvais cœur, & que le cœur envieux est le cœur le plus mauvais, il y a quelquefois plus de honte à renoncer à ses amis dans leur prospérité, qu'à les abandonner dans leur adversité.

Dans le second cas, il peut n'y avoir que de la foiblesse ; dans le premier, il y a de la bassesse & de la malignité.

III.

Pour être aimé rien n'est tel que d'être sans éclat, sans nom, sans rien de ce qui peut exciter l'envie. Mais on ne se contente pas d'être aimé de la sorte. On veut être consideré, respecté. On veut des complaisans, des flateurs, presque des courtisans, bien plus que des amis.

IV.

Si l'on proposoit de faire un Livre sous ce titre : *Des avantages & de la*

néceffité d'être aimé. Et qui en doute ?
diroit-on. Qui en doute ? Prefque
tout le monde, du moins à en juger
par la conduite prefque générale. On
fait tout pour être confidéré, diftin-
gué, eftimé ; rien, à proprement
parler, pour être aimé.

Tel qui dit à tout propos qu'il veut
être aimé, & qui croit le vouloir en
effet, ne veut dans le fond qu'être
eftimé. Il n'oferoit dire qu'il veut
être eftimé ; il le dit pourtant en difant qu'il veut être aimé, parce qu'il
ne le dit que pour fe louer lui-même
d'un defir qui feroit en effet eftimable, fi l'on s'y bornoit.

Il n'y a guères que les vrais Amoureux qui travaillent véritablement à
fe faire aimer.

V.

La vie civile eft un commerce
d'offices & d'égards réciproques. Le
plus honnête y met davantage, & le
plus habile auffi.

On voudroit voir son intérêt dans tout ce qu'on fait pour les autres. Il n'y a qu'à bien regarder; il y est; on l'y verra.

De-là il s'ensuit (& c'est à le prouver, ou plutôt à le faire bien sentir, que vont tendre toutes ces réflexions sur l'esprit de Société) de-là, dis-je, il s'ensuit que les qualités & les vertus les plus propres à faire notre bonheur, & dès-lors les plus désirables, sont celles par lesquelles nous sommes plus propres à faire le bonheur des autres, & par conséquent les qualités & les vertus sociales.

On dit qu'on peut se faire son bonheur à soi-même; cela est au moins vrai du bonheur dans la Société. Vous serez heureux avec les autres, s'ils le sont avec vous.

Il y a une habileté honnête, dès-lors doublement estimable, au moïen de laquelle sachant tirer également parti de ce que les hommes ont de bon & de mauvais, & les faifant tous fervir à fon bonheur, on contribue au leur propre.

VI.

Il y a des gens qui ne fe font aimer de perfonne, pas même de ceux qu'ils aiment. D'autres ont l'heureux don de fe faire aimer de tout le monde, même de ceux qu'ils n'aiment pas. D'autres enfin charmans pour ceux qui leur plaifent, ne fauroient fe contraindre avec ceux qui ne leur plaifent pas, & s'en font toujours haïr.

VII.

Il n'y a prefque perfonne affez heureufement né, pour n'être pas obligé de fe réprimer & de fe contraindre en beaucoup de chofes, pour ne pas déplaire dans la Société. Mais quelquefois on eft fi fortement ce que l'on eft, on a des défauts & des vices fi décidés, qu'on ne peut fe vaincre entierement ; encore ces demi-victoires coûtent-elles des efforts infinis.

On difoit à quelqu'un pour le détourner de fe lier avec un homme de beaucoup d'efprit, & au fond d'un très-bon caractère, mais en même tems de l'humeur la plus inégale, & de la vivacité la plus impétueufe : *Si un tel ne fe contraint pas, vous ne pourrez vivre avec lui; s'il fe contraint, il ne pourra vivre avec vous.*

VIII.

Il y a des reffemblances *uniffantes*; telles font la plûpart des reffemblances dans le bien. Il y en a de *défuniffantes*; telles font la plûpart des reffemblances dans le mal; & c'eft la raifon pour laquelle la vraie amitié ne peut avoir de fondement folide que la vertu. Rien n'eft plus *défuniffant* que les défauts & les vices réciproques.

Les bons ne peuvent aimer les méchans, ni les méchans aimer les méchans. Il n'y a même que les bons qui aiment véritablement les bons;

les

les méchans ne les aiment point ; ils en usent. Les méchans n'aiment donc point.

Il faut dire la même chose des *dissemblances* que des ressemblances. Il y en a d'*unissantes* & de *désunissan-tes. Eudoxe* & *Cléante* vivent dans la plus étroite liaison, ils sont inséparables. Cependant l'un est froid, sage, judicieux, & un peu mélancolique. L'autre est gai, vif, fécond en saillies, souvent un peu folles, mais toujours plaisantes. Le premier fait quelquefois des reproches au second, & lui donne des avis qu'il prend bien. Celui-ci à son tour raille quelquefois son trop sage ami, & l'ami entend raillerie. L'un a le plaisir d'être amusé ; l'autre a celui d'amuser. Un homme sans lequel nous ne pouvons vivre, nous est bien précieux ; mais un homme qui ne peut vivre sans nous, nous est peut-être plus précieux encore. Nous avons pour lui une reconnoissance de vanité, la

Tome IV. N

plus sincére de toutes les reconnoif-
fances.

I X.

Moins on exige des autres, plus
on en obtient. Au contraire, l'on
perd de fes droits en cherchant à les
accroître.

Nous cédons volontiers à celui
qui ne veut l'emporter fur perfonne,
du moins nous lui adjugeons fur les
autres la fupériorité qu'il nous céde
fur lui-même.

X.

J'ai lu quelque part qu'on voit moins
les défauts des perfonnes qu'on aime,
mais qu'on les fent plus vivement.

Cette maxime a deux faces, comme la plûpart des maximes de morale ; & il eft peut-être auffi vrai qu'on
voit mieux les défauts des perfonnes
qu'on aime , mais qu'on les fent
moins vivement. Il eft vrai que l'a-
mitié aveugle , & il eft vrai qu'elle
éclaire. Il eft vrai qu'elle affoiblit le

fentiment par raport aux défauts de
nos amis ; & il eft vrai qu'elle le rend
plus vif. Tout cela varie felon les
perfonnes, fur - tout felon la nature
des défauts, & peut-être encore felon le degré de l'amitié.

XI.

On eft plutôt méprifé injuftement
que haï injuftement.

Il peut y avoir de la grandeur &
de la Philofophie à braver le mépris
des autres lorfqu'il eft injufte, & à
n'en être point touché. Mais il n'y a
que du mauvais cœur à braver leur
haine, même injufte, & à y être in-
fenfible.

On ne vous haït (je le fuppofe) que
par envie. Si cette haine vous flate,
vous la méritez.

XII.

Avec le don de fe faire des amis,
on n'a pas toûjouts l'art de ne fe
point faire d'ennemis, ou de ména-

ger ceux qu'on n'a pu éviter de se faire.

Pour parvenir, il faut avoir des amis ; mais il faut encore n'avoir point d'ennemis; & il le faut sur-tout pour se maintenir où l'on est parvenu, ou pour monter plus haut.

Tel ennemi qui n'a pu empêcher votre fortune, sçaura bien malgré vos amis, la détruire, ou moins l'arrêter.

En se faisant un ami, on se fait souvent par cela même plusieurs ennemis.

Le grand danger d'avoir des ennemis, c'est que d'un défaut ils en feront un vice, d'une faute un crime, d'un acte une habitude, d'un soupçon une certitude, d'une seule faute plusieurs, d'un seul défaut tous ceux qui peuvent y avoir quelque raport. Ils étendent, grossissent, multiplient.

XIII.

Si la plûpart des plaintes qu'on fait

des autres ne font pas injuftes, elles font du moins imprudentes. Le Sage, c'eft-à-dire, l'homme également équitable & prudent, ne fe plaint de perfonne; il n'a point d'ennemis.

Ce feroit la preuve de bien des vertus de n'avoir à fe plaindre de perfonne.

Lorfqu'on n'eft pas affez vertueux, ou affez heureux pour être dans ce cas-là, il faut du moins faire comme fi l'on y étoit.

XIV.

Quoique les autres aient tort de nous haïr, & que nous ne leur en ayons donné aucun fujet légitime, par exemple, lorfqu'ils ne nous haïffent que par envie, nous ne fommes pourtant pas difpenfés de faire tout ce qui eft en nous pour les adoucir & pour les gagner. Notre intérêt s'accorde en ceci avec notre devoir; & ce feroit une très-mauvaife maxime, également indigne, je le répéte, d'un habile homme & d'un honnête homme, que celle qu'il ne faut point se mettre en peine des haines injuſtes; ce ſont ordinairement les plus vives, les plus opiniâtres, & les plus offen-ſives. *Mais*, dit-on, *quelqu'un capa-ble de me haïr injuſtement, ne mérite pas que je cherche à m'en faire un ami.* ... Il ne s'agit pas de ce qu'il mérite; il s'agit de ce qui vous importe. C'eſt pour vous, ſi ce n'eſt pas pour lui, qu'il faut travailler à calmer ſa haine. Or il eſt ſouvent aiſé d'y réuſſir. L'a-mitié & l'eſtime que vous témoigne-rez à celui qui ne vous haït que par envie, le flateront infiniment. Ainſi un pareil ennemi deviendra peut-être un ami très-zélé. Si ſon eſtime vous conſole de ſa haine, ſongez qu'en lui ôtant cette haine, vous augmenterez encore ſon eſtime.

Il eſt bien plus important de tra-vailler à acquérir l'amitié de ceux qui nous eſtiment, qu'à augmenter l'eſti-me de ceux qui nous aiment.

XV.

Il n'y a que ceux qui ont eu befoin de ménager les hommes, qui fachent combien cela eft quelquefois difficile ; qu'un rien les bleffe, les aliéne, & nous les enleve. Un homme a perdu des amis, des protecteurs. C'eft fa faute, dit-on ; & à fa place on auroit bien fu fe les conferver. La plûpart de ceux qui parlent ainfi ne connoiffent pas le monde, ou ne fe connoiffent pas eux-mêmes ; fouvent il s'en faut bien qu'ils euffent eu la même adreffe, la même complaifance, la même patience, les mêmes égards, & leur difgrace eût été bien plus prompte. L'ignorance des difficultés des chofes eft, en tout genre, la fource de beaucoup de condamnations orgueilleufement téméraires, orgueilleufement févéres.

XVI.

Plus un homme a de mérite, plus

on exige de lui, plus on le juge à la rigueur. On épluche les ouvrages d'un grand Auteur & la conduite d'un homme de bien ; mais on a beaucoup d'indulgence pour un homme médiocre en fait d'esprit, ou peu délicat sur la probité. Ils se sont fait l'un & l'autre une voie large, dans laquelle on les laisse courir. Il semble qu'on ne juge les gens que d'après leurs propres principes, leurs prétentions, leur système de conduite ; & même qu'on leur passe ces principes & ce système.

On cherche ce qu'il peut y avoir à blâmer dans un homme généralement estimé, & ce qu'il peut y avoir à louer dans un homme généralement décrié.

Quand il est bien décidé & bien convenu qu'un homme est un sot, un fripon, &c. il a l'avantage que cela ne se répéte plus ; ce ne seroit pas la peine ; la chose est trop évidente & trop publique ; & si l'on parle encore de cet homme, c'est plutôt pour dire ce qu'il peut avoir de bon.

XVII.

Il y a dans *Ariste* des choses qui me plaisent infiniment, & d'autres qui me déplaisent au même degré. Ce qu'il est pour moi, je m'aperçois que je le suis pour lui ; en sorte que nous sommes comme deux aimans qui s'atirent, ou se repoussent, selon les côtés par lesquels on les présente l'un à l'autre.

XVIII.

On n'aime pas les gens de beaucoup d'esprit, & on ne les croit pas aimans. On pourroit donc leur appliquer ce qu'on a dit des Princes, qu'ils ont un cœur à prouver, & celui des autres hommes à gagner.

On a dit que les Princes éroient d'autant plus coupables, lorsqu'ils ne sont pas aimés, qu'il ne leur en coûteroit presque rien pour l'être ;

qu'un sourire suffit pour leur gagner les cœurs, &c. Il en est presque de même de ceux qui l'emportent sur les autres en mérite. Leur estime est si flateuse qu'ils n'ont qu'à en témoigner pour être aimés, sur-tout s'ils paroissent s'estimer peu eux-mêmes.

Les hommes étant vains & intéressés, ils détesteront la grandeur, si elle est orgueilleuse & avare; mais ils l'adoreront, si elle est modeste & bienfaisante.

Les grands en richesses, en puissance, en crédit, doivent témoigner de l'amitié. Les grands en esprit, en talens, en mérite, doivent témoigner de l'estime.

Comme le riche doit donner de ses richesses, l'homme d'esprit devroit aussi donner de son esprit, s'il pouvoit en donner. Qu'il donne de son estime, cela revient au même.

XIX.

On dit souvent aux gens d'esprit &

de talent, fur-tout quand ils ont eu des fuccès, *foyez modeftes*. Mais que ne le dit-on auſſi à tant de fots, ſi vains & ſi préfomptueux ? Sont - ils donc difpenfés d'être modeftes ? Oui, cela n'eſt que trop vrai, ils le font.

Un Sot peut être impunément vain, fier, préfomptueux, fat, on ne fait qu'en rire ; & s'il fe corri-geoit, on y perdroit.

Rien de plus difficile que d'être modefte ; & il n'y a peut-être qu'une humilité fincére par un grand fond de Chriftianifme, qui donne cette mo-deftie ſi aimable & ſi néceſſaire, ou qu'un grand ufage du monde qui en donne du moins l'apparence. Ainſi un des plus grands avantages de la fotife, c'eft de difpenfer d'être mo-defte.

Ce qu'il y a de plus grand dans un grand homme modefte, c'eft fa mo-deftie.

XX.

En matiere d'efprit, on n'eſt obligé

à rien, qu'au bon sens. A plus forte raison on n'est pas obligé de rassembler toutes les qualités de l'esprit; il suffit de ne pas croire avoir celles qu'on n'a point, d'être sans prétentions, & de n'entreprendre que ce qu'on peut. Quant aux qualités du cœur, il faut les avoir toutes, ou du moins travailler à les acquérir. Il faut les avoir comme vertus, si on ne les a pas comme penchans naturels. Il faut que l'esprit les commande au cœur, s'il ne s'y porte pas de lui-même. Le mérite du cœur est indivisible.

X X I.

Les Marchands sont obligés de vendre souvent à crédit, sans quoi ils vendroient & gagneroient beaucoup moins; mais ils y perdent quelquefois. Il faut de même donner souvent à crédit dans le commerce d'égards & de bons offices dans lequel consiste la Société. Quelquefois aussi on y perd ce qu'on donne; mais c'est une perte qui n'apauvrit qu'autant qu'on en deviendroit moins difposé à s'y expofer encore.

XXII.

Puifqu'il faut que nous vivions avec les hommes, comme fi nous les aimions & eftimions, tâchons de les aimer & eftimer en effet. Puifque nous avons des devoirs à remplir, tâchons d'avoir les fentimens qui peuvent nous rendre ces devoirs agréables, ou moins pénibles.

XXIII.

Qui eft celui qui ne s'eft pas fouvent plaint de la hauteur d'un Supérieur, de l'impoliteffe d'un égal, du manque de refpect d'un inférieur ? Mais qui eft celui qui en faifant ces plaintes, a fongé à examiner s'il n'avoit pas fouvent donné lieu d'en faire de pareilles de lui-même ?

En général, à chaque défaut qu'on aperçoit dans autrui, à chaque faute qu'on lui voit commettre, il faudroit se *tâter* & se dire : *N'ai-je point ce même défaut ? N'ai-je point commis pareille faute ?*

Ce qui nous déplaît dans les autres, leur déplaît en nous. Voilà le premier principe en matiere de Société.

Vous aimez *Dorante*, & vous avez raison ; imitez-le donc. Vous haïssez *Damis* ; vous avez raison encore ; ne l'imitez donc pas. Il y auroit bien du profit à tirer de nos haines & de nos inclinations.

On ne se juge point d'après les autres. On les blâme & on les loue, sans se dire qu'on leur ressemble, ou qu'on ne leur ressemble pas.

On seroit quelquefois tenté de dire à certaines gens : *Vous haïriez bien quelqu'un qui vous ressembleroit.*

XXIV.

On demande quelquefois si l'on peut aimer sans estimer. Pour répon-

dre juste à cette question, il n'y a
qu'à expliquer le mot d'*estimer*, ou
plutôt marquer quelles qualités estimables sont nécessaires pour être aimé. On ne peut aimer quelqu'un
sans estimer quelque chose en lui ;
car tout ce qui est aimable, ou même simplement agréable, est estimable à un certain point & à certains
égards ; mais on peut aimer quelqu'un, quoiqu'il manque de plusieurs
qualités estimables, par exemple,
d'esprit, de savoir, &c. Bien loin
même de l'aimer moins, parce qu'il
manque de ces qualités, souvent on
l'en aime davantage. Bien loin que
pour aimer, il soit nécessaire d'estimer
en ce sens, il seroit dangereux d'estimer trop; & il est rare que ceux qu'on
estime le plus par les qualités de
l'esprit, soient aussi ceux qu'on aime
le plus. 1°. Ces qualités ne sont guères aimables ; car pour être aimable,
il faut procurer du plaisir, il faut être

agréable. Or peu de gens reçoivent
du plaifir, du moins un grand plaifir,
des qualités de l'efprit , parce que
peu de gens ont un goût bien vif
pour la plupart des chofes que ces
qualités peuvent produire. Mais
2°. ceux qui auroient ce goût ,
parce qu'ils ont eux-mêmes de l'efprit, font jaloux de leurs femblables.
Ils les voient eftimés des autres pour
leur efprit ; ils prétendent à cette
eftime ; ils doivent donc peu aimer
ceux qu'on leur égale , & moins encore ceux qu'on leur préfere ; ils doivent même les haïr. Ainfi les uns
font infenfibles à ce que nous valons;
les autres en font jaloux.

   L'amitié produit ou augmente
l'eftime ; je dis l'eftime même des
qualités de l'efprit , pour peu que la
perfonne aimée foit eftimable à ce
dernier égand , mais l'eftime de ces
qualités ne produit point l'amitié ;
elle y feroit plutôt un obftacle. L'eftime, celle qui eft fille de l'amitié , a

quelquefois

quelquefois fait mourir sa mere. Je connois quelqu'un qui, s'il vouloit exprimer au vrai la succession de ses sentimens pour un homme qu'il aimoit beaucoup autrefois, pourroit dire : *Je ne l'estimai d'abord que parce que je l'aimois ; mais dans la suite le connoissant davantage, je l'estimai tant que je ne l'aimai plus.*

Tant vaut le cœur, tant paroît valoir l'esprit. C'est au premier à mettre le second en valeur comme en œuvre.

Il n'y a que les qualités du cœur qui gagnent le cœur. Souvent même elles le gagnent, ou du moins le conservent encore mieux toutes seules, qu'unies à celles de l'esprit.

Si deux amis très-inégaux en mérite se refroidissent l'un pour l'autre, le refroidissement viendra plutôt de la jalousie de l'inférieur que du dégoût du Supérieur.

L'envie est une passion si naturelle à l'homme qu'elle va jusqu'à se glis-

Tome IV.   O

fer entre deux amis d'un mérite
égal, mais diférent, & à les rendre
ennemis, du moins secretement ;
& l'envie est quelquefois des deux
côtés.

Si l'on n'est pas jaloux d'un mérite
auquel on ne prétend point, on l'est
de la réputation qu'il procure.

Je le dirai en passant, l'envie est la
plus commune de toutes les passions.
Si l'on en doute, c'est qu'elle se cache, autant qu'il lui est possible, &
à l'envieux même. On ne la voit
donc pas par-tout où elle est, & encore moins en soi que dans les autres.

La plus forte preuve que pourroient aporter, ceux qui soutien-
nent que les hommes sont méchans,
c'est qu'ils sont envieux ; mais enfin
ils rougissent de l'être.

XXV.

N. avec la plus parfaite modestie,
& même beaucoup de simplicité, a

pourtant un de ces mérites dont, fi l'on a de l'esprit, on est frapé à la premiere vue. Il arrive de-là que ceux qui commencent de le connoître, & qui ne savent pas encore à quel point il est estimé de tous ceux dont il est connu, disent volontiers qu'ils doutent fi l'on sent bien tout ce qu'il vaut. Ils croient avoir fait la découverte de son mérite. C'est un grand éloge pour N.

X X V I.

Plus on est estimable, moins on est estimé autant qu'on mérite en effet de l'être. Les uns, faute de lumiere, les autres, faute d'équité, n'aprécient pas le mérite éminent tout ce qu'il vaut.

Mériter l'estime est, en un sens, un obstacle à l'obtenir, parce que mériter d'être estimé, est un obstacle à être aimé, & que n'être pas aimé, est le plus grand obstacle à être estimé.

On ne sauroit donc trop répéter aux hommes d'un mérite supérieur, que plus ils l'emportent sur les autres, plus ils en seront haïs, s'ils ne sont pas infiniment aimables, c'est-à-dire infiniment modestes, infiniment polis, infiniment attentifs, &c.

XXVII.

Le plaisir d'aimer & d'être aimé supplée à tout, & console de tout ce qui n'est pas absolument nécessaire au bonheur. Quelque chose qui arrive à une personne très-aimante & très-aimée, & jouissante de l'objet aimé, quelque chose, dis-je, qui lui arrive, excepté le malheur de cet objet, son bonheur n'en souffrira guères.

XXVIII.

Soyez tel par le cœur que les autres conviennent sans peine de ce que vous êtes par l'esprit. *

---

* *Tacite dit de son beau-père Agricola :*
Virum bonum facilè crederes, magnum libenter.

Non seulement les qualités du cœur font pardonner celles de l'esprit ; mais elles aident à les apercevoir. Le bon caractère éclaire sur toutes les autres sortes de mérite.

Madame du ** est laide, mais très-spirituelle & très-bonne. Sa bonté, en faisant aimer son caractère, laisse estimer son esprit, & sa laideur est réparée.

XXIX.

Plus on a de ce qui peut exciter la haine en excitant l'envie, plus il faut tâcher d'avoir de ce qui peut atirer l'amitié.

Un grand mérite, s'il n'est pas aimable, n'est qu'un grand obstacle à plaire dans la Société. C'est encore beaucoup que d'être aimé avec un grand mérite aimable.

Il n'y a qu'un moyen de n'être pas beaucoup haï avec un grand mérite; c'est d'être beaucoup aimé.

Vous le jugiez aisément un homme de bien, & volontiers un grand homme.

X X X.

Faites-vous aimer, vous a - t - on dit *, *si vous voulez vous faire estimer.* Vous avez suivi ce conseil; vous avez pris ce moyen, & il vous a réussi; vous êtes estimé. Je vous dis à présent; *faites-vous aimer, si vous voulez n'être pas haï.*

Plus on a réussi à se faire estimer, en se faisant aimer, plus il faut travailler encore à se faire aimer.

Si l'amitié des autres pour nous n'augmente pas à proportion de leur estime, celle - ci détruira, ou du moins affoiblira l'autre, & par - là peut-être se détruira, ou s'affoiblira elle-même.

Mais ce n'est pas pour être estimé, qu'il faut travailler à être aimé. Quiconque n'y travaillera que par des vues de vanité ou d'intérêt, sera bientôt pénétré, & connu pour un hom-

---

* Tome I. de ces *Essais*, &c. cinquiéme édition, pag. 53.

me aussi faux que vain ou intéressé.
Il faut travailler à se faire aimer par
le desir d'être aimé, & desirer d'être
aimé parce qu'on aime. On ne sera
jamais constamment aimable sans
être aimant. Dès que le sentiment
n'y est pas, on n'a point cette grace,
cette vérité qu'il communique à tout
ce qui part de lui. Rien ne le rem-
place à la longue. Quand on ne l'a
pas, il faut se borner à la simple politesse. L'affectation de l'affectueux
est aussi inutile qu'odieuse & méprisable.

X X X I.

Vous cherchez par vanité à montrer de l'esprit, & vous en montrez en effet; mais on voit bien
plus votre vanité que votre esprit.
Heureux encore qu'on ne vît que
votre vanité, & qu'on ne vous trouvât point d'esprit; vous ne seriez
que ridicule; au lieu que si en pa-
roissant vain, vous paroissez spirituel
aussi, vous ferez à la fois méprisé pour
votre vanité, & haï pour votre esprit.

Celui qui cherche à plaire en cherchant à montrer beaucoup d'esprit, est aussi mal-adroit que celui qui se feroit présenter à quelqu'un dont il auroit besoin, par l'homme du monde qui lui seroit le plus désagréable.

Montrer trop d'envie d'être estimé, c'est montrer un défaut méprisable & méprisé, honteux à la fois & ridicule.

Au reste, la vanité n'est peut-être si méprisée, que parce qu'elle est souverainement haïe; car on méprise tant qu'on peut ce qu'on haït; rien n'est si consolant. Peut-être même méprise-t-on moins la vanité qu'on ne croit la mépriser. En effet, comment pourroit - on tant mépriser ce qu'on sent en soi ? Un avare peut haïr un autre avare ; mais s'il se connoît lui-même pour tel , il ne le méprise point. Il n'y auroit que l'humble qui pourroit mépriser sincérement les vains ; mais c'est justement celui qui les méprise le moins, parce que

c'est

c'est celui qui les hait le moins. Il ne les méprise que par raison, & non par passion. Or un sentiment qui n'est l'effet que de la raison, est toujours très-modéré.

XXXII.

Il est vrai de quelques hommes aussi bien que de quelques femmes, qu'ils plaisent non seulement malgré certains défauts, mais encore par ces défauts mêmes; & que leur mérite, soit estimable, soit aimable, non seulement excuse ou compense ces défauts, mais en fait des agrémens, en sorte qu'ils plairoient moins sans ces défauts; mais il n'est pas moins vrai que quand ces défauts-là ne plaisent pas, ou ne plaisent plus, ils déplaisent beaucoup plus que d'autres défauts.

XXXIII.

Il faut redoubler d'attention & d'égards, comme de modestie, après

Tome IV. P

les succès, de quelque espéce qu'ils puissent être. Nous relâcherions-nous sur ce qui rend aimable, quand les autres sont moins disposés à nous aimer ?

Il en doit être de même après des services rendus ; & qu'on prenne garde que je parle d'*égards*, & non simplement d'amitié. S'il n'étoit question que de celle-ci, rien ne seroit plus facile, parce que l'amitié augmente par les bienfaits, à moins qu'ils ne trouvent des ingrats. Mais comme c'est en grande partie l'amour propre qui produit cette augmentation d'amitié pour ceux à qui on a fait du bien, il est naturel qu'il fasse prendre en même tems avec eux un air de supériorité dont ils sont d'autant plus blessés qu'ils n'osent le paroître, dans la crainte de paroître manquer de reconnoissance.

XXXIV.

Si l'on est poli par bon cœur, encore plus que par intérêt ; si l'on est touché du plaisir si flateur d'en faire & de faire le plus grand de tous, en voici un moyen infaillible ; c'est de ne point diminuer de politesse , de ne point changer de manieres avec quelqu'un qui vient d'essuyer un revers , d'encourir la disgrace d'un protecteur, de perdre un poste , &c. Parmi tous ces regards où il lit son infortune, qu'il lui est doux d'en rencontrer où il lit toujours , non seulement la même amitié , mais encore la même consideration ; de trouver quelqu'un auprès de qui, en perdant sa fortune, il n'a pourtant rien perdu ; & de pouvoir en conclure qu'il en trouvera peut-être encore quelques autres ! Il n'y a point de sorte de mérite que ne voie en vous un malheureux pour lequel vous conservez les mêmes sentimens. Il vous estime à proportion qu'il vous aime ; & c'est peut-être le seul cas où l'estime serve à l'amitié, bien loin de lui nuire.

Il faut raſſurer par nos égards ceux à qui l'adverſité fait craindre nos mépris,

Un homme n'a que du mérite ; il eſt ſans bien, ſans naiſſance, &c. Paroiſſez occupé des dons que la nature lui a faits, en compenſation des avantages que la fortune lui a refuſés. Paroiſſez ne voir que ſon mérite ; & ſi vous n'êtes pas à portée de le ſecourir ou de le ſervir, ſi vous ne pouvez que le plaindre, ne le plaignez que par des témoignages d'eſtime & de conſidération. Il ſe croira aiſément aimé de vous, s'il s'en croit eſtimé & conſidéré. La mauvaiſe fortune nuit encore plus à ces deux derniers ſentimens qu'au premier.

X X X V.

La politeſſe tient un milieu entre la fierté & la baſſeſſe. Elle a la dignité de la premiere, & la civilité de la ſeconde. L'extrême inégalité des for-

tunes eft un obftacle à la vraie politeffe. Lorfqu'il n'y a que des riches &
des pauvres, il n'y a guères que des
hommes fiers ou bas, peu de polis.

XXXVI.

L'Auteur de l'*Ami des hommes* obferve (Tome 2. p. 132. de l'édition
in-12.) que les hommes font plus
polis entr'eux aujourd'hui qu'ils ne
l'étoient il y a cent ans , & qu'ils le
font moins avec les femmes. On peut
en aporter plufieurs caufes diférentes,
& même contraires ; les unes qui
font une forte d'honneur à notre Siécle , les autres qui , bien loin de lui
en faire , prouveroient , que , du
moins à quelques égards , nous valons moins que nos peres.

S'il y a aujourd'hui plus de politeffe entre les hommes, cela pourroit
bien venir en partie de moins de bonne fierté , de moins d'honneur , &
peut-être même de moins de courage.

P iij

Si l'on est moins poli avec les femmes, c'est peut-être parce qu'étant
moins vertueuses, & sur - tout beaucoup plus frivoles que leurs meres,
elles méritent moins de considération & d'égards. Plus respectables,
elles seroient plus respectées.

D'un autre côté, (& ceci regarde
la politesse entre les hommes) nous
sommes aujourd'hui plus raisonnables
en bien des choses. Nous sentons,
par exemple, que s'exposer à des
combats singuliers, à plus forte raison les chercher, c'est sotise & folie.
De-là plus d'attention à éviter tout
ce qui les atiroit.

Quant à la manière de vivre avec
les femmes, cette ancienne galan-
terie, ces complaisances, ces adora-
tions, ce dévouement aux Dames,
qui alloit jusqu'à l'esclavage, n'étoit-
ce pas une vraie sotise ?

Les hommes sont généralement
plus éclairés qu'ils ne l'étoient autrefois ; les femmes, si l'on en excepte
un petit nombre, ne le sont guères.

davantage : de-là une sorte de mépris pour le commun des femmes.

Il y a moins d'amour aujourd'hui ;
c'est qu'on a autre chose dans la tête ;
on est plus occupé par l'intérêt &
par l'ambition ; l'amour est une passion d'oisif. Or un homme véritablement amoureux d'une femme , sera
à la vérité bien froid avec les autres ;
mais par une suite même de son
amour, il sera poli avec toutes. Il les
respectera toutes dans celle qu'il aime.

Un sot lâche , impoli avec les
femmes , étoit assez poli avec les
hommes : cependant il s'échapa un
jour avec quelqu'un , qui lui dit :
*Faire une impolitesse à une femme , on
en est quitte pour être méprisé ; mais
d'en faire à un homme , il y va de la vie ;
sortons.* Il ne sortit point, & on ne
daigna pas attendre qu'il sortît, ni
le chercher une autre fois.

XXXVII.

On a souvent dit , *qu'un peu de fa-*
P iiij

tuité étoit un titre pour plaire aux femmes. Je ne le puis croire ; elles font trop vaines. Si l'on difoit, *un peu de folie*, je le croirois bien ; mais les fous ne font point fats ; car il faut un peu de deffein, une forte de fyftême pour l'être, & les fous n'ont point de deffein, ne font point de fyftême. Les gens d'efprit ne font point fats non plus. Refte donc les fots ; la fatuité eft leur fublime. Tous les fats font fots, plus ou moins.

Le fat eft préfomptueux. Or la préfomption eft déja fotife. Mais le comble de la fotife, c'eft de pouffer la préfomption jufqu'à la fatuité.

XXXVIII.

Clodius, ce fameux ennemi de *Ciceron*, avoit pour frere *Appius Pulcher*, bien diférent de lui à tous égards. *Ciceron* qui l'aimoit & l'eftimoit beaucoup, lui a adreffé plufieurs Lettres qui forment le Livre troifiéme de celles qu'on apelle

Familieres. Il le peint ainsi dans la septiéme.

» C'étoit un homme d'une pruden-
» ce infinie, de beaucoup de savoir,
» d'une grande expérience du mon-
» de, j'ajoute rempli de cette *urbani-*
» *té* que les Stoïciens regardent avec
» raison comme une vertu.

Homo summâ prudentiâ, multâ etiam doctrinâ, plurimo rerum usu; addo ur-banitate quæ est virtus, ut Stoïci rectis-simè putant. Cic. Ep. ad Famil. L. 3. 7.

Il est digne de remarque que les Philosophes les plus austères de l'Antiquité, fissent une vertu de la politesse.

On connoît les Portraits qui se trouvent à la fin des *Mémoires de Mademoiselle.* J'ai lu ce qui suit dans celui du célébre M. *Huet,* par Madame de C. . . .

» Je crains que la capacité que
» vous avez pour les grandes choses,
» ne vous donne de l'inapplication
» & même de l'incapacité pour les

» petites qui font néanmoins de l'e-
» xacte bienféance du monde ; ce qui
» eft un défaut nuifible , en ce que
» la plupart des perfonnes ne jugeant
» que fur l'extérieur, cela empêche,
» quand il n'eft pas tout-à-fait poli ,
» qu'on n'examine le véritable mérite
» & qu'il ne paroiffe. Vous n'êtes
» pourtant pas incivil , mais votre ci-
» vilité manque un peu de politeffe.

XXXIX.

Les Prédicateurs & les Auteurs
des Livres de Piété, recommandent
la fidélité dans les petites chofes , &
difent qu'elle eft effentielle à l'efprit
du Chriftianifme. Il en eft de même à
l'égard de l'efprit de Société. On
peut plaire ou déplaire beaucoup par
une infinité de *petites chofes* dont
chacune prife féparément, feroit à
peine l'impreffion la plus légère,
mais qui réunies ou répétées , parce
que les occafions en renaiffent à chaque inftant , font infenfiblement

l'impreſſion la plus profonde.

J'ai entendu dire que *Boileau* ne ſe faiſoit jamais attendre, lorſqu'il avoit promis de ſe rendre en quelque endroit, & par exemple, qu'il étoit de la plus grande exactitude à ne point arriver trop tard, lorſqu'il étoit prié à dîner. Il diſoit que *tous les défauts de ceux qui ſe font attendre, ſe préſentent à ceux qui les attendent.*

Je le répéte : plaire ou déplaire dans la Société, eſt l'effet & comme le réſultat de mille petits agrémens ou déſagrémens imperceptibles, dans l'eſprit & dans le cœur, dans les diſcours & dans les manières, &c. De-là, comme dit *Corneille, ce je ne ſais quoi qu'on ne peut expliquer,* dans les ſympathies, ſoit actives, ſoit paſſives ; & il en eſt à peu-près de même des antipathies. Je dis *à peu-près* ; car ordinairement on ſait mieux, ou du moins on croit mieux ſavoir pourquoi l'on hait ou l'on eſt haï, que pourquoi l'on aime ou l'on eſt aimé :

c'est qu'on s'applique davantage à l'aprofondir.

On dit : *Un tel me hait, & je ne sais pourquoi.* On peut effectivement l'ignorer quelquefois, mais ordinairement on le sait bien. On s'en doute du moins, &, je le répéte, on ignore plutôt pourquoi l'on est aimé, que pourquoi l'on est haï ; j'en ai donné la raison. Je dis plus. On a beau ne vouloir chercher & trouver que dans les autres la cause de leur haine pour nous ; on la cherche toujours un peu en soi-même, sans le vouloir expressément, & en quelque sorte sans y songer ; & si elle y est, on l'y voit.

X L.

Le plus grand défaut qu'on puisse porter dans la Société, est l'intolérance à l'égard des défauts d'autrui.

Un homme qui n'auroit d'autre défaut que cette intolérance, n'en seroit lui-même que plus intolérable.

Ce qui rend sur-tout l'intolérance

intolérable, c'est qu'elle est humiliante. Or elle l'est doublement, lorsque l'intolérant n'a point d'autre défaut. Les plus parfaits doivent donc être les plus tolérans, sous peine d'être les plus haïs.

Quelque prévenu qu'on puisse être en sa faveur, on ne se croit pas absolument sans défauts. On devroit donc sentir qu'on a toujours quelque intérêt à l'indulgence des autres, & par conséquent à en avoir soi-même.

Fût-on sans défauts, on auroit encore intérêt d'être indulgent pour ceux des autres. Ils verront bien mieux nos bonnes qualités, & ils les estimeront bien davantage, si nous paroissons ne point voir leurs défauts, ou si, en les voyant, nous ne témoignons ni peine ni mépris. L'amour propre éclairé est donc un principe d'indulgence.

On en auroit volontiers, dit-on, pour ceux qui connoissent leurs défauts, & n'y mettent point le com-

ble par l'orgueil ; mais comment en
avoir pour un sot qui se croit & veut
être cru homme d'esprit ; ou qui ne
pouvant se cacher sa sotise, ni votre
supériorité sur lui, quoique vous ne
la lui fassiez jamais sentir, vous hait
par envie ?

La réponse est simple & décisive.
Moins l'homme que vous venez de
peindre mérite d'indulgence, plus il
vous haïra si vous n'en avez pas, &
par conséquent plus il est de votre
intérêt d'en avoir. Ce motif fondé sur
l'intérêt propre, tire une nouvelle
force de l'absence de tous les autres.

On corrigeroit la plus grande partie des défauts contraires à l'esprit de
Société par ce seul principe purement humain : *Conduisez-vous dans la*
société de la maniere la plus conforme à
votre propre intérêt. Mais j'avoue que
par ce principe, on y porteroit aussi
des vices, de la fausseté, de la flaterie, &c.

Toute règle de morale qui ne sera

pas prife du propre intérêt, & même d'un intérêt fenfible & préfent, aura peu de pouvoir fur la plupart des hommes. Il faut donc aux motifs de la Religion, joindre des règles à l'obfervation defquelles ils foient engagés par cet intérêt. Telle eft, par exemple, celle-ci : *Ne faites jamais de mal à autrui à vos dépens.* Cette règle exactement obfervée retrancheroit une trèsgrande partie du mal qui fe fait dans le monde ; & fi elle étoit bien confultée, elle feroit obfervée du moins par ceux qui ont quelque lumière, & en qui cette lumière n'eft pas éteinte ou obfcurcie par quelque paffion.

X L I.

Je fuppofe un homme d'un grand mérite, en qui le cœur fût encore au-deffus de l'efprit, & qui avec la politeffe la plus vraie & la plus fincère, relevât tout ce qu'il entendroit dire de faux. Cet homme-là feroit infuportable, ne fût-ce que parce qu'on n'oseroit, comme on dit, ouvrir la bouche devant lui.

Il est sans doute bien honteux pour les autres hommes qu'un pareil homme leur déplût tant ; mais enfin puisqu'ils sont ainsi faits & que l'homme que je suppose, ne sauroit l'ignorer, puisqu'il a beaucoup d'esprit, il auroit grand tort de relever tous les torts, avec quelque politesse qu'il les relevât.

Un homme d'esprit & d'un bon caractère, devant qui néanmoins on ne peut faillir impunément, n'a pas encore ou assez d'esprit, ou assez de bonté & d'équité ; il a du moins trop de vivacité & de sensibilité. Peut-être aussi a - t - il de l'humeur. Les meilleures & les plus belles qualités peuvent être rendues inutiles par l'humeur, si l'on ne sait pas s'en rendre maître. Je dis, *si l'on ne sait pas;* car il y faut une sorte d'adresse aussi-bien que de la force.

Cette extrême sensibilité à tout ce
qu'on

qu'on entend dire ou qu'on voit faire contre le bon sens, l'exacte probité, les bienséances, &c. est aussi haïssable dans ses effets qu'estimable dans ses causes ; c'est une belle qualité très - dangereuse ; & l'on peut faire une maxime générale des vers si connus de *Quinault* sur l'amour.

Le Ciel fait un présent bien cher, bien
    dangereux,
Quand il donne un cœur trop sensible.

Être trop vrai & trop sincère est dans les uns simple sotise ou défaut d'expérience & d'usage du monde ; dans les autres c'est humeur & passion.

Ne pas voir certaines choses dans la Société, ce seroit bêtise ; mais en être trop blessé, trop ému, &c. c'est une espèce de folie ; car la sensibilité excessive est folie, comme l'insensibilité est stupidité. Mais il y a plus de fous que de stupides.

Tome IV. Q

XLII.

Nous voudrions vivre avec des gens qui n'euſſent point de défauts, & qui de plus ne connuſſent & ne ſentiſſent point les nôtres ; car il ne ſuffiroit pas qu'en les connoiſſant & les ſentant, ils nous les pardonnaſſent ; nous voulons qu'ils ne les connoiſſent point. Il ne ſuffiroit pas qu'ils les ſouffriſſent ; nous voulons qu'ils n'en ſouffrent point. En un mot, nous les voulons aveugles & inſenſibles de cette eſpèce d'aveuglement & d'inſenſibilité qui vient, non d'une ſorte de ſtupidité d'eſprit & de cœur, mais de l'exemption naturelle de ces mêmes défauts qui ſont en nous. Je dis *exemption naturelle* ; car l'exemption acquiſe ne rend que plus clairvoyant, plus ſenſible, & dès-lors plus ſévère. On dit : *J'ai bien connu en moi tels & tels défauts, & je m'en ſuis bien corrigé. Que les autres n'en font-ils au-tant ?* En effet, perſonne n'a le droit de garder des défauts incommodes dans la Société.

XLIII.

Déplaire, c'est faire du mal, c'est nuire. Ainsi la même Loi qui nous défend de nuire aux autres, nous ordonne de travailler à nous corriger de tous les défauts par lesquels nous pouvons leur déplaire.

La même Loi qui nous ordonne d'aimer le prochain, nous ordonne de travailler à nous en faire aimer, & ainsi à lui plaire.

Le prochain est obligé de nous aimer. Il faut donc l'y aider.

L'obligation d'aimer le prochain emporte celle de l'aider à remplir ses propres obligations. Il faut donc l'aider à nous aimer.

Lorsqu'on est haï par sa faute, on est coupable de cette haine & de ses suites.

Qui a fait une injure, est d'avance coupable de la vengeance qui en sera tirée.

Q ij

XLIV.

On croit qu'une personne nous déplaît à cause de certains défauts, pendant qu'on ne lui trouve ces défauts, ou du moins qu'ils ne nous déplaisent en elle, que parce qu'elle nous déplaît elle-même.

L'amitié & l'amour aiment, dit-on, malgré les défauts. C'est quelquefois l'effet d'une juste compensation des défauts avec les bonnes qualités. Quelquefois aussi, sur-tout de la part de l'amour, c'est aveuglement : on ne voit dans l'objet aimé que ce qu'il a d'aimable. Souvent l'amour va plus loin encore ; il aime les défauts mêmes & en fait des agrémens ; il aime jusqu'aux vices & en fait des vertus. Il les aime même comme vices.

On nous plaît par une seule bonne qualité, malgré mille défauts ; mais plus souvent encore on nous déplaît par un seul défaut, malgré mille bonnes qualités.

XLV.

Selon M. *Nicole* *, les deux moyens généraux de conserver la paix dans la Société, c'est de ne bleffer jamais, & de ne fe bleffer de rien, ou du moins de ne pas paroître bleffé ; de n'être ni offenfant ni aifé à offenfer. Or les deux défauts contraires à ces deux difpofitions, fe trouvent ordinairement enfemble, parce qu'ils ont les mêmes caufes, les mêmes principes. On eft bleffant & aifé à bleffer par le même caractère, les mêmes paffions, & fur-tout par l'orgueil.

XLVI.

Plus on a vécu avec les hommes, plus on devroit être indulgent & tolérant, comme on dit que les vieux Juges & les vieux Confeffeurs font les moins févères : c'eft qu'ils con-

* Traité des moyens de conferver la paix avec les hommes.

noiſſent mieux la foibleſſe , l'imper-
fection de l'humanité , & qu'ils ſavent
qu'en général les hommes ne peuvent guères être que ce qu'ils ſont.
Plus on les connoît , moins on eſt
diſpoſé à les aimer & à les eſtimer ;
mais par là même on doit l'être d'autant plus à les ſuporter & à leur pardonner.

Si je voulois donner l'idée d'un
mérite parfait pour la Société , je
parlerois d'un homme qui par une
ſuite néceſſaire d'une grande ſupériorité ſur les autres hommes , ne
ſeroit content de perſonne , & dont
néanmoins perſonne ne ſeroit mé-
content. Tel étoit feu M. de *Fontenelle* , très-difficile dans un ſens , &
très-facile dans un autre ; difficile
par lumiere , facile par équité ; J'a-
joute par intérêt. *Les hommes ſont ſots
& méchans, diſoit-il quelquefois; mais
tels qu'ils ſont , j'ai à vivre avec eux ,
& je me le ſuis dit de bonne heure.*

Il faut tolérer tous les défauts , &
même celui de l'intolérance.

XLVII.

On dit quelquefois : *Un tel se plaint de moi, & dit que je ne suis pas de ses amis. J'avoue que dans le fond je n'en* ...... *& même si vous voulez, que je ne l'aime ni ne l'estime ; mais je suis ...... de ne le lui avoir jamais fait ...... & au contraire d'avoir tou--* ...... *pour lui tous les égards, toutes ...... possibles. Ses plaintes sont ...... Ce discours est très-or-* ...... *, & cependant très-sot ; car ...... une sotise de se flater qu'on n'ait ...... échaper d'un sentiment ...... on est plein.*

...... difficile de plaire à ceux ...... ne nous plaisent pas, c'est sur ...... par l'extrême difficulté de leur ...... qu'ils nous déplaisent.

...... *J'ai le don,* disoit une femme ...... *esprit, de m'apercevoir à mer-* ...... *comment je suis avec les ...... & si ce n'est pas comme je ...... souhaite, je m'en retire, sans*

» m'en expliquer davantage avec eux.
(*Madame la Marquise de Mauny dans
son portrait fait par elle-même.*).

Cette conduite est très-sage; mais
le don qui met en état de la tenir, est
très rare ; moins pourtant dans les
femmes que dans les hommes. Les
dispositions où l'on est à l'égard des
femmes , font une des choses sur lesquelles elles ont plus de finesse de
sentiment.

Il peut arriver que par de petites
railleries & de petites malices qu'on
croit innocentes, on donne lieu à
des gens qu'on aime & qu'on estime
sincèrement , de penser le contraire.
Ils en sont blessés , n'osent le faire
paroître , & nous haïssent.

Les deux défauts , ou plutôt les
deux vices les plus odieux dans la
Société , c'est l'orgueil & la causticité ; l'orgueil méprisant & dédai-
gneux , la causticité maligne & rail-
leuse. Ces deux vices ne se trouvent
pas toujours ensemble. Il y a de l'orgueil

gueil sans malignité, & de la malignité sans orgueil.

Il y a une causticité de misantro-
pie, de dureté naturelle, de fran-
chise bourrue & brutale, &c. Celle-
ci blesse beaucoup moins, & plaît
même quelquefois. Elle ne craint pas
assez d'offenser, mais enfin elle n'en
a pas le dessein, & cela se sent.

Une femme disoit : *Je n'ai pas assez
d'esprit pour être malicieuse, & j'ai le
cœur trop bon pour être méchante.*

XLVIII.

Un grand principe sur l'esprit de
Société, c'est d'empêcher que les
autres n'aient des torts avec nous,
non-seulement en ne leur en donnant aucune occasion positive, mais
encore en les mettant dans une espèce d'impossibilité d'en avoir.

L'expression, *mettre quelqu'un dans
son tort,* m'a toujours déplu. C'est
que la chose même, hors le cas
d'une nécessité absolue à l'égard de

Tome IV. R

certains caractères, vient ordinairement d'un amour propre très-malin.

J'ouvre le *Dictionnaire de l'Académie Françoise* au mot *tort*; & sur l'expression, *mettre quelqu'un dans son tort*, je trouve cette phrase presque horrible. *Parlez-lui honnêtement, pour le mettre encore plus dans son tort.* Si j'étois de l'Académie, je n'aurois jamais eu l'esprit de fournir cette phrase au Dictionnaire. Ceux qui le composent, ont bien raison de dire qu'ils ne font que *témoins de l'usage*.

Je ferois volontiers une maxime de Société de cette maxime de guerre : *Qu'il faut faire un pont d'or à ses ennemis.* Sans lâcheté néanmoins.

La bonté excuse & pardonne les torts; la prudence les prévient.

Comme l'amour propre est toujours prêt à blesser dans les uns, & à se blesser dans les autres, on ne sçauroit prendre trop de précautions pour prévenir les blessures.

Prévenir le tort des autres, c'est

ordinairement prévenir le sien.

Nous avons quelquefois blessé les autres, sans qu'il y eût de notre faute ; ce sont eux qui avoient tort de se blesser. Concluons - en que quelquefois aussi nous nous blessons mal à propos ; du moins sçachons douter, & ne nous hâtons pas de courir à la vengeance.

XLIX.

Quoique ce soit une règle générale d'éviter tout ce qui nous déplaît dans les autres, & par conséquent l'impolitesse, la hauteur, l'excès de vivacité, &c. cependant il est quelquefois permis d'en user avec les sots, les fous, & les méchans comme ils en usent avec nous. Il y a des gens qu'on n'avertit, qu'on ne corrige, ou du moins qu'on n'arrête que par des procédés pareils aux leurs. Au reste, il n'en faut jamais venir là qu'après avoir éprouvé l'inutilité & l'insuffisance des autres moyens.

R ij

L'Auteur Anglois du Roman de Miss *Clarisse*, fait dire à quelqu'un de ses personnages : » Celui qui a la pa- » tience de souffrir beaucoup, s'ap- » prête à souffrir encore davantage.

La Charité est patiente, dit Saint *Paul* *, parce qu'ordinairement la patience est utile au prochain ; mais comme elle lui seroit quelque- fois nuisible, la *charité* trop *patiente* cesseroit quelquefois d'être *charité*.

Non-seulement notre patience ne seroit pas toujours utile au prochain, mais elle ne le seroit pas toujours à nous-mêmes.

Notre utilité & celle du prochain étant la fin & le motif de la chari- té*, elles doivent aussi en être la règle.

L.

C'est un mauvais moyen d'enga- ger les hommes à l'observation d'un devoir, que de leur dire que ce de- voir est facile, lorsqu'il est en effet

* *Charitas patiens est.* I. ad Cor. c. 18. v. 4.

très-difficile. On ne les trompe point, & on les révolte. Au contraire on les gagneroit, à la faveur de leur amour propre même, par l'aveu d'une grande difficulté à furmonter. Or telle eft celle de remplir dans toute leur étendue & à l'égard de tous les hommes, de quelque caractère qu'ils foient, les devoirs de la Société civile, & en particulier la difficulté de vaincre certaines antipathies, ou même de les diffimuler.

L'Evangile n'a point de précepte qui paroiffe plus rigoureux que celui de *pardonner à ceux qui nous ont offenfés, & d'aimer ceux qui nous haïf- fent.* J'ofe pourtant le dire ; le monde a une loi plus rigoureufe encore. C'eft celle de fuporter ceux qui nous déplaifent.

On n'a pas tous les jours des *offen- fes* à pardonner, mais on a fans ceffe des défauts très - défagréables à fu- porter. Tout le monde n'a pas des *ennemis* à adoucir & à regagner; mais

R iij

il n'y a personne qui n'ait des amis à ménager & à conserver, ou du moins des *connoissances* à cultiver.

On fait le mot du Cardinal *le Camus*, Evêque de *Grenoble* , qui joignoit beaucoup d'esprit à beaucoup de piété. *On vous a dit : Aimez vos ennemis ; & moi je vous dis : Aimez vos amis.*

L I.

C'est assurément un grand défaut que de manquer souvent de politesse. Cependant il n'en suppose pas toujours d'autres bien considérables ; & il peut absolument (je l'ai déja dit) n'être l'effet que de trop de vivacité. Mais avoir besoin de trouver dans autrui la plus parfaite politesse ; ne pouvoir souffrir la contradiction , si elle n'est accompagnée des ménagemens les plus étudiés, des égards les plus délicats, &c. c'est un défaut bien plus grand que celui d'être peu capable soi-même de ces ménage-

mens & de ces égards. C'est orgueil,
& par conséquent vice, si ce n'est
peut-être dans les Princes & dans les
femmes. Ils sont trop gâtés les uns
& les autres, pour n'être pas un peu
excusables.

L I I.

La Société a ses peines & ses dé-
goûts; mais l'ennui de la solitude est
bien plus insuportable encore au
commun des hommes.

Il en est de la Société & de la Solitude comme de la vie & de la mort;
mêmes sentimens à leur égard. On
hait la Société & la vie; mais on a
horreur de la solitude & de la mort.

L I I I.

Il n'y a personne qui n'ait eu de
fréquentes occasions de faire la plupart des observations qu'on vient de
lire; & l'esprit de Société est un de
ces sujets sur lesquels il n'y auroit
aucun besoin d'écrire, si les occa-

R iiij

fions amenoient toujours les réflexions, & si les réflexions suffisoient
pour agir. Mais il s'en faut bien que
cela soit ainsi. Tel parle continuelle-
ment des règles sur la manière de se
bien conduire dans la Société, afin
qu'on les observe à son égard, sans
songer jamais à les observer lui-même à l'égard des autres. Si l'on me
dit donc : *Qui est-ce qui ignore toutes
vos régles ?* Je répondrai : *Qui est-ce
qui les pratique ?* J'ajouterai qu'en les
écrivant, j'ai voulu faire faire à chacun de mes Lecteurs, pour derniere
réflexion, la réflexion suivante.

*Toutes ces règles pour la société sont
de la vérité la plus évidente. Rien de
plus évident encore que l'intérêt que j'ai
de les observer ; j'en étois même très-
convaincu avant que de les lire. Enfin,
j'exige que les autres les observent, &
sur-tout avec moi. Quelle folie donc,
quelle injustice, & par conséquent quelle
honte de les violer si souvent moi-même !*

Si quelque réflexion pouvoit influer

fur la conduite , ce devroit être celle qu'on vient de lire.

LIV.

Aucune de ces *Penfées* n'eft peut-
être neuve. Si on les trouve vraies &
utiles , je me croirai affez récompen-
fé de mon travail.

DE LA POËSIE , ET DES POËTES.

I.

POur exceller dans une Profeffion,
ou dans un Art qui demandent
du génie , dans la Poëfie , par exemple , il faut les avoir embraffés vo-
lontairement , & non librement.

Il faut toujours détourner de la
Poëfie les jeunes gens qui y font portés. Il n'eft guères à craindre qu'on
les en détourne en effet , fi leur atrait
vient d'un talent fupérieur , s'ils font

nés Poëtes. En général les remon-
trances font prefque toujours inutiles
contre une vraie vocation; & heureufement il eft rare que par des confeils
on ait empêché quelqu'un d'embraffer
une profeffion dans laquelle il auroit
excélé.

I I.

Les ouvrages les moins fûrs de durer long-tems, ce font les ouvrages
favans & philofophiques. La raifon &
le favoir croiffant de jour en jour par
le fecours des réflexions & des expé-
riences multipliées, les meilleurs ouvrages de ce genre que nous ayons
maintenant, feront tôt ou tard furpaffés; au lieu que les excélens ouvrages de génie peuvent, abfolument parfant, ne l'être jamais, le
génie & le goût n'étant pas fufceptibles des mêmes accroiffemens que la
raifon & le favoir. Mais quand ces
excélens ouvrages d'efprit & de génie viendroient à être furpaffés, &

même de beaucoup , ils ne laisse-
roient pas d'être toujours très - précieux , & par conséquent d'être lus ,
ne fût-ce que comme un monument
du degré auquel le génie , l'esprit &
le goût auront été portés dans le siè-
cle dans lequel ces ouvrages ont paru. D'ailleurs un Poëme n'en fait pas
tomber un autre , comme un nouveau Siftême fait tomber un Siftême
ancien. Les beaux efprits fe font
moins de tort les uns aux autres que
les Philofophes.

Il y a plus de Poëtes que de Géométres ; cependant il y a plus de
bons Géométres que de bons Poëtes.

III.

La Langue Grecque eft , dit-on ,
à fon plus haut point de perfection
dans *Homére.* Si cela eft , c'eft une
preuve décifive qu'avant l'*Iliade* &
l'*Odiffée* il avoit déja paru plufieurs
bons ouvrages en cette Langue. Il eft
certain même qu'il y a de bons ou-

vrages, avant qu'il y en ait de bien écrits. Enſuite il eſt naturel qu'il y en ait plus de bien écrits que de bons.

IV.

Une preuve que le génie ſeul ne ſuffit pas pour l'éloquence, la Poëſie, &c. c'eſt les commencemens & les progrès de ces Arts, qui ne ſont arrivés que par degrés à leur perfection. Tout premier ouvrage dans un genre n'eſt jamais qu'une ébauche imparfaite, quelque génie qu'ait eu l'Auteur.

V.

Un Poëte a beaucoup de feu & peu de juſteſſe. Cela eſt fort naturel. En demandant la réunion de ces deux choſes, vous demandez l'impoſſible. *Mais*, dites-vous, *je voudrois au moins qu'il travaillât à acquerir ce qui lui manque.* Dangereux conſeil. Il perdroit peut-être ce qu'il a, en cherchant à y joindre ce qu'il n'a pas, & perdroit ainſi plus qu'il ne gagneroit. Peut-être même perdroit-il ſans gagner. Ce n'eſt pas que vous n'ayez raiſon d'être choqué de ce défaut de juſteſſe, mais il ne faut pas le reprocher trop à l'Auteur. Ordi-nairement ce reproche ſeroit au moins inutile ; j'ai là-deſſus plus d'u-ne expérience. Il y a du danger à chicánner un grand Poëte, & un critique prudent,

Touchant à ſes lauriers, craindroit de les
 flétrir.

V I.

Le talent de l'éloquence, de la Poëſie, &c. & celui de bien écrire ſur ces Arts, ſe trouvent rarement enſemble ; en ſorte qu'il y a peu de riſque à conclure de ce qu'un hom-me poſſéde l'un de ces talens, qu'il manque de l'autre. Je ne con-noís guères d'exception que feu M. de la *Motte*, encore me ſera-t-elle conteſtée. Quoiqu'il en ſoit, la raiſon de ce fait est que pour excéler dans l'éloquence, dans la Poësie, &c. il faut plus d'imagination & de génie que de jugement & d'esprit; & que pour en donner de bons préceptes, des préceptes raisonnés & motivés, il faut plus de jugement & d'esprit que d'imagination & de génie.

M. de *Voltaire* lui-même a écrit sur la Poësie avec plus d'agrément & de goût que de solidité & de profondeur; plus en Poëte qu'en Philosophe; plus en bel esprit qu'en homme d'esprit. Tranchons le mot. Il en a écrit trop superficiellement, si ce n'est pour les Poëtes qui n'en demandent pas, & à qui peut-être il n'en faut pas davantage. A cet égard M. de *Voltaire* me paroît inférieur à MM. de la *Motte*, de *Fontenelle* & du *Bos*. Il a fait lui-même le plus grand éloge des *Réflexions sur la Poësie & sur la Peinture*, & on doit lui en savoir beaucoup de gré. Voyez son *Catalogue des Ecrivains François*, &c.

VII.

Les Hiſtoriens ſont plus propres à inſpirer de l'eſtime pour leur Héros que les Poëtes. Outre qu'on les croit plus vrais, on s'occupe plus, en les liſant, du Héros que de l'Hiſtorien ; & au contraire on s'occupe plus du Poëte que du Héros.

Les Hiſtoriens ont ſouvent démenti les Orateurs & les Poëtes.

Les Orateurs & les Poëtes ne contribuent à la gloire des Princes qu'autant qu'ils ſont appuyés par les Hiſtoriens. *Auguſte & Louis XIV.* en ſont un grand exemple.

En célébrant un Prince vraiement eſtimable, les Orateurs & ſur - tout les Poëtes, le rendent plus célébre ; ils ont plus de Lecteurs que les Hiſtoriens ; ils étendent les réputations, mais ils ne les font pas.

Tel Prince dont l'éloquence & la poëſie avoient fait un Dieu, ne ſe trouve qu'un homme très - médiocre dans l'Hiſtoire.

Quelqu'un a dit assez plaisamment que toutes les belles des Poëtes ne sont pas belles. Il est encore plus vrai que tous leurs Héros ne sont pas des Héros.

Rien ne subsiste que la vérité, surtout en matiere de louange.

VIII.

De tous les ouvrages d'esprit, il n'y en a peut-être point d'un genre plus bizarre que l'Elégie Françoise, tombée aujourd'hui, à la vérité, mais très en vogue dans le siécle précédent. Que l'amour heureux & tranquille emprunte le langage de la poësie ; à la bonne heure. Mais qu'un homme créve de jalousie, ou meure de douleur, & que là-dessus il se mette à faire cent vers, quoi de moins naturel ?

IX.

Il n'y a point d'ouvrages exempts de

de fautes ; mais ceux des Poëtes le font encore moins que les autres. Ce qui domine & doit dominer en effet dans les vrais Poëtes, c'eſt l'imagi-nation, ſource par elle - même de grandes beautés & de grands défauts.

Quelqu'un diſoit aſſez plaiſam-ment, *Dieu nous garde d'un Poëme parfait!*

Où il n'y a rien à reprendre, il n'y a communément rien à admirer.

X.

L'imagination eſt plus journaliere que les autres facultés de l'eſprit ; auſſi c'eſt d'elle ſur - tout que l'on entend parler, quand on dit en géné-ral, que l'eſprit eſt journalier.

La cauſe des fautes des Poëtes leur eſt bien glorieuſe, puiſque c'eſt la même que celle de leurs beautés, le grand feu de l'imagination.

On voudroit que les Auteurs dont on admire les ouvrages, fuſſent en-core des hommes aimables & eſtimables dans la Société par beaucoup de douceur, de politesse, de complaisance, de sagesse, par une humeur toujours égale, &c. Mais les défauts opposés à ces qualités sont des suites presque nécessaires des talens & du génie.

Sur cela on dit qu'il faut lire les ouvrages, & laisser là les Auteurs; s'amuser des uns, & ne pas s'incommoder des autres. Mais souvent on y perdroit. Plusieurs de ces Auteurs portent dans la Société des agrémens qui compensent bien leurs défauts, & d'autant plus que ces défauts ont eux - mêmes leur agrément, ne fût-ce que par le caractère d'originalité que leur communique leur union avec le génie.

Quelqu'un a dit que les Poëtes étoient fils du Soleil & de la Lune, qu'ils tenoient de leur pere leur éclat, leur feu, &c. & de leur mere leurs bizarreries, leurs inégalités, &c.

Plusieurs grands Poëtes ne paroiſ-

fent pas même gens d'efprit hors de
leurs ouvrages. C'eft peut-être là une
des raifons qui a fait croire que les
Poëtes étoient infpirés.

Le talent d'écrire, fi fouvent feparé
de celui de parler, l'eft plus fouvent
encore dans les Poëtes que dans les
Profateurs ; & cela doit être ; on ne
parle pas en vers.

XI.

On fe plaint quelquefois que notre
fiécle eft froid. On ne trouve plus,
dit-on, dans nos Ecrivains ce feu,
cet enthoufiafme, cette vie qui ca-
ractérifoient leurs prédéceffeurs. Il y
a du vrai dans cette remarque ; & il
faut avouer que nous nous fommes
un peu refroidis. Mais c'eft peut-être
l'effet du perfectionnement des efprits du côté des lumieres & de la
jufteffe. A mefure que le jugement
croît & fe fortifie, l'imagination diminue & s'affoiblit ; il en eft à cett

S ij

égard des ſiécles comme des hommes.

J'apréhende que quelques-uns de nos Ecrivains, trop ſenſibles au reproche qu'on fait à notre ſiécle de manquer de chaleur, n'aient trop cherché à en mettre dans des ouvrages purement philoſophiques. L'ordre & la méthode, la netteté, l'exactitude, & la juſteſſe, mérite le plus eſſentiel à ce genre d'ouvrages, n'en ont-elles point un peu ſouffert ? D'ailleurs, il y a une vraie & une fauſſe chaleur, une chaleur naturelle & une chaleur afectée, une chaleur qu'on a & une chaleur qu'on voudroit avoir, une chaleur enfin d'où il naît de l'éloquence & de la poëſie, & une chaleur qui ne produit que de la déclamation & de l'enflure. Or l'afectation d'un ſtile énergique & ſublime eſt plus éloignée du beau naturel, plus contraire en particulier au genre philoſophique, en un mot plus vicieuſe & plus déſagréable, que celle d'un ftile fin & ingénieux. Celui de tous nos Ecrivains qu'on a le plus acufé de cette derniere forte d'afeétation, eft néanmoins généralement regardé comme un excélent modéle de la vraie manière d'écrire fur les matières philofophiques ; & , pour en citer un exemple particulier, fa *Théorie des Tourbillons* , dernier ouvrage philofophique de l'illuftre Auteur ; ceux mêmes qui n'en ont pas approuvé le fonds & les raifonnemens, en ont loué la forme & le ftile. On me dira peut-être que c'eft parce qu'écrivant fur ces matières , M. de *Fontenelle* n'a plus l'afeétation reprochée à fes autres ouvrages. Mais, fans examiner ici la juftice de ce reproche , d'autant plus que je l'ai fait ailleurs , je dirai : Quelle plus forte preuve pour les Ecrivains Philofophes de la néceffité d'éviter une autre efpèce d'afeétation bien plus reprochable , la déclamation , l'enflure , le faux fublime.

Le phifique eft probablement toujours le même en France ; & la nature y produit encore des imagina-
tions bouillantes, des *Théophiles*, des
Cyrano de Bergerac , &c. Mais le
moral eft bien changé. Le monde
dans lequel entrent ces génies ar-
dens, n'eft plus auffi difpofé à les
goûter & à les aplaudir. Il n'eft plus
auffi propre qu'il l'éroit, à les entretenir dans leur chaleur. Ils partici-
pent eux-mêmes à cet efprit de jufteffe plus généralement répandu. Ils
fentent qu'ils ne plairoient pas, &
qu'ils ne devroient pas plaire , en
s'abandonnant à tout leur feu. Ils fe
moderent donc & fe répriment ; autant par goût que par prudence.
Avons - nous perdu ou gagné à ce
changement ? Nos Auteurs en valent - ils plus ou moins ? C'eft une
queftion que chacun décidera felon
fa forte d'efprit & fon goût particulier. On voit bien comment je la dé-
ciderois.

A mesure que la raison se perfec-
tionera, que l'esprit philosophique
gagnera, peut-être les Orateurs se-
ront-ils moins Orateurs, & les Poëtes moins Poëtes; mais ne pourra-t-
on point dire alors que s'ils le font
moins, ils le font mieux?

Plus la raison se perfectionnera,
plus le jugement sera préféré à l'imagination; & par conséquent moins
les Poëtes seront goûtés. Les premiers Ecrivains, dit-on, ont été
Poëtes. Je le crois bien; ils ne pouvoient guères être autre chose. Les
derniers seront Philosophes.

Il paroît d'abord assez étonnant
qu'on ait écrit en stile pompeux &
figuré, avant que d'écrire en stile
simple, & tel que celui de la conversation. Mais on crut apparemment
que ce n'étoit pas la peine d'écrire,
pour n'écrire que comme on parloit.
C'est ainsi que les Chinois croient,
dit-on, que ce n'est pas la peine de
peindre, pour ne représenter les
choses que comme elles sont.

XII.

La fin de la poësie est de plaire ;
mais le Poëte peut avoir pour but
d'instruire. La fin du Sermon est d'instruire, mais le Prédicateur n'a souvent pour but que de plaire.

XIII.

Un excélent ouvrage dans un certain genre, éleve un peu le génie des
Auteurs qui travaillent dans ce genre, mais il éleve encore plus le goût
des Lecteurs. De-là, plus difficile de
jour en jour de leur plaire. De-là,
plus vraie de jour en jour la maxime :

Il est facile de reprendre,
Difficile de faire mieux.

XIV.

Le talent du Poëte consiste sur-
tout dans celui de l'imitation. Lé
Philofophe pense, le Poëte peint.
De-là il s'enfuit qu'un ouvrage de
poësie

poëſie peut être excélent dans ſon
genre , & ne contenir que des choſes aſſez communes pour le fond de
la penſée. Une autre conſéquence ,
c'eſt qu'un grand Poëte , qui dès-
lors eſt un beau génie , peut néanmoins n'être qu'un eſprit médiocre.
Corneille étoit bien plus que Poëte.
Deſpreaux & *Rouſſeau* n'étoient guères que Poëtes ; mais l'être comme
ils l'étoient , ſera toujours un très-
rare mérite.

C'eſt un grand éloge quand on dit
d'un Poëte qu'il eſt Peintre , & d'un
Peintre qu'il eſt Poëte. La perfection
du Peintre eſt de donner de l'ame aux
objets corporels , & celle du Poëte
eſt de donner du corps aux objets
ſpirituels ; en ſorte que le premier
parle à l'eſprit avec des traits & des
couleurs , & le ſecond à l'imagination & même aux ſens, avec des paroles & des penſées.

Le Peintre va à l'ame par les

Tome IV. T

sens ; le Poëte va jusqu'aux sens par l'ame.

On a dit du *Poussin* qu'il étoit le Peintre des gens d'esprit. Celui dont on diroit qu'il est le Peintre du peuple ne seroit peut-être pas moins loué, puisque cet éloge supposeroit une grande vérité dans ses tableaux, ce qui est le plus grand mérite d'un art qui ne consiste que dans l'imitation.

La poësie par son harmonie & ses images réunit les charmes de la musique & de la peinture.

La poësie est *cet Art ingénieux qui donne de la couleur & du corps aux pensées.* *

X V.

Nous n'avons point de Poëte qui ait plus de génie, plus de force, & plus d'élévation que *Corneille* ; plus

---

* Allusion aux vers de *Brébeuf* sur l'Ecriture.
C'est de lui que nous vient cet art ingénieux
De peindre, &c.

d'harmonie & d'images que *Des-preaux* & *Rousseau* ; plus de goût, plus de justesse, & plus de sentiment que *Racine* ; plus d'esprit, plus de lumiere, plus de finesse, & plus de délicatesse que la *Motte* & *Fontenelle* ; plus d'imagination, plus de feu, & plus de graces que *Voltaire*.

Si j'avois à nommer celui de nos Poëtes que j'aime, que j'estime, & que j'admire davantage, je nommerois *La Fontaine*, & j'en donnerois pour raison qu'à autant de naïveté, de gaieté, & de bon sens, aucun autre Poëte n'a joint autant de délicatesse & de finesse.

XVI.

Les vers se font avec moins de facilité, & par conséquent avec plus d'application que la prose. On ne peut pas aller si vite ; on est plus long - temps appliqué à son objet. C'est par cette raison que de la difficulté même naissent quelquefois des beautés. T ij

En profe on fe feroit peut-être con-
tenté d'une penfée commune, ou d'un
tour foible. Mais la difficulté de rendre en vers cette penfée ou ce tour,
force à en chercher d'autres, qui
quelquefois ont le double avantage
d'être moins rebelles aux loix de la
verfification, & de valoir mieux en
eux-mêmes.

Malgré cela, il eft certain que la
contrainte des vers eft plus fouvent
une occafion de fautes que de beautés,
& on pourroit appliquer aux loix gê-
nantes de la verfification ce que dit
Seneque des fubtilités de la Logique,
*Qu'elles rétreciffent & affoibliffent un
noble & heureux génie. Comminuitur &
debilitatur generofa indoles in iftas an-
guftias conjecta.* Il eft donc affez fingulier qu'on ait obligé les Poëtes à être
Verfificateurs, & les Verfificateurs à
être Poëtes; car l'un eft par lui-même un obftacle à l'autre. N'eft-ce
point avoir exigé l'impoffible?

On plaint beaucoup un homme vif & ardent, tout feu, comme on dit, & tout salpêtre, lorsqu'il se trouve forcé à un travail qui demande beaucoup de patience. Voilà les Poëtes.

A l'exception peut-être de *Rousseau*, à qui même je ne donnerois le titre de Poëte qu'avec quelques réserves, à l'exception, dis-je, de *Rousseau*, nos plus grands Poëtes ne sont pas nos meilleurs Versificateurs, & nos meilleurs Versificateurs ne sont pas nos plus grands Poëtes.

En prose, il est toujours possible d'éviter les fautes de stile, non en vers. Elles sont toujours, en prose, les fautes de l'Artiste ; souvent, en vers, elles sont celles de l'art.

En prose on dit ce qu'on veut, & en vers ce qu'on peut.

On pourroit dire que les Poëtes ont les mains liées pour le bien, & libres pour le mal.

Avec les meilleures intentions du

monde, diſoit un plaiſant, un Poëte peut dire bien des ſotiſes.

J'ai fait deux vers, diſoit quelquefois le fameux Pere *Malebranche*, &
les voici :

Nous avons aujourd'hui
　Il fait le plus beau tems du monde,
　Pour aller à cheval ſur la terre & ſur
　　　l'onde.

Mais, lui diſoit - on, on ne va
point à *cheval ſur l'onde. J'en conviens*,
répondoit - il d'un grand ſérieux ;
*Mais paſſez-le moi en faveur de la ri-
me. Vous en paſſez bien d'autres tous
les jours à de meilleurs Poëtes que
moi !* *

Si un homme d'eſprit n'avoit jamais lu de vers, & par impoſſible,
n'en avoit jamais entendu parler, je

---

* Cette anecdote ſe trouve ailleurs, mais
d'une maniere toute diférente, & qui jette
ſur le Pere *Malebranche* un ridicule abſurde.
On peut compter qu'elle eſt telle qu'on vient
de la lire, & auſſi vraie que finement plaiſan-
te.

crois qu'il ne pourroit s'empêcher
de rire la premiere fois qu'il en liroit,
du moins dans les langues modernes,
à caufe de la double contrainte de la
mefure & de la rime. Mais il eft vrai
de beaucoup d'autres chofes, que
l'habitude feule nous empêche d'en
fentir le ridicule.

XVII.

Ce qui a le plus contribué à décrier les Poëtes du côté du cœur,
c'eft que de tout tems plufieurs d'entr'eux ont été ou flateurs, ou fatiri-
ques, ou impies, ou obfcénes. Mais
quelque talent qu'eût d'ailleurs un
Poëte, que penfer de lui s'il réunif-
foit tous ces caractères ?

XVIII.

Dans la profe, ce qu'il y a de plus
important, c'eft le fond des chofes ;
dans les vers, c'eft la forme & le ftile. Ainfi il faut plus de penfées &

d'efprit dans la profe que dans les vers ; & le mérite le plus effentiel de ceux-ci & le plus décifif pour le fuccès, eft celui d'être bien faits, bien tournés ; d'être bons entant que vers. Le principal mérite d'un Poëte eft d'être Verfificateur. De-là, en grande partie, la préférence qu'on donne à *Racine* fur *Corneille*, la grande eftime pour *Defpreaux*, pour *Rouffeau*, &c.

On dit pourtant que la médiocrité qui fe fouffre dans la profe, eft infuportable dans les vers. Mais cette médiocrité eft celle du ftile & non celle des chofes.

De tous les Auteurs, les Poëtes font ceux à qui il eft plus difficile d'être excélens, & à qui il eft pourtant plus défendu d'être médiocres.

On fent bien qu'il n'eft pas plus difficile aux Poëtes qu'aux Profateurs de penfer, mais feulement d'exprimer leurs penfées ; peut-être qu'aucun Auteur en profe ne penfe autant que *Corneille.*

Tel qui s'est fait de la reputation par les vers, n'avoit pas assez d'esprit pour s'en faire par la prose.

Une pensée qui auroit paru fort simple en prose, mise en vers bien faits, devient une pensée fine; la plus commune y paroît neuve.

Il en est des vers comme de l'accent Gascon, qui fait souvent tout le sel des mots Gascons.

Les Poëtes peuvent piller les Prosateurs, sans passer pour plagiaires; & l'on n'apelle plagiat dans un Poëte, que ce qu'il a pris dans un autre Poëte de la même langue.

Un homme qui a le talent des vers, peut se faire beaucoup de réputation, sans penser de lui-même.

Quelquefois une phrase de prose forme un vers extrêmement heureux. C'est chanter au lieu de parler. Aussi l'oreille est-elle plus blessée de cette phrase, comme faisant un vers, que l'esprit n'en est flaté, comme présentant un beau sens bien rendu.

Mais ſi l'on avoit trouvé ce vers dans un Poëme, on l'auroit admiré. Pourquoi cette diférence ? C'eſt qu'alors ce vers ayant été fait exprès & pour être un vers, il procure le plaiſir attaché à une difficulté vaincue, ou du moins à un heureux hazard.

Quelques-uns de nos plus grands Poëtes étoient des hommes fort inférieurs à nos grands Proſateurs ; & nos Poëtes les plus eſtimés comme Verſificateurs, ne ſont pas ceux dans les ouvrages deſquels il y a le plus d'eſprit. Le talent de bien tourner un vers eſt très - diſtingué de ce qu'on apelle éſprit, en quelque ſens qu'on prenne ce dernier mot, pour le don de penſer, ou pour celui de donner un tour ingénieux à ſes penſées.

Tout l'eſprit du monde eſt dans les vers de MM. *de la Motte* & de *Fontenelle*. Cependant ce mérite de l'eſprit n'a pu les faire goûter autant que ceux de quelques autres Poëtes ; & ſans leur proſe ces Auteurs au-

roient beaucoup moins de réputation.
Des vers médiocres comme vers, ne
feront jamais goûtés, quelque ingénieux qu'ils foient. Dans la profe au
contraire, on paffe le ftile en faveur
des chofes.

Il faut beaucoup d'efprit pour fe
faire une grande réputation par la
profe. Il faut beaucoup de talent
pour s'en faire par les vers.

Deux Auteurs ont écrit l'un &
l'autre avec fuccès en profe & en
vers. Celui qui l'emporte en profe,
eft certainement celui qui a le plus
d'efprit.

Qu'on ne dife pas qu'on peut
avoir le talent des vers, fans avoir
celui de la profe ; & qu'il y a de
bons Poëtes qui font de mauvais
Profateurs, comme il y a de bons
Danfeurs qui marchent de mauvaife
grace. Un bon Poëte, homme d'efprit, fera toujours bon Profateur,
& même encore meilleur Profateur
que Poëte, pourvu qu'il foit égale-

ment exercé dans les deux genres ; témoin M. de *Voltaire*, dont bien des gens eſtiment encore plus la proſe que les vers. D'ailleurs, la proſe médiocre de quelques - uns de nos Poëtes, péche moins par le ſtile que par les penſées. Ils écrivent aſſez bien ; mais ils penſent foiblement.

La proſe de la *Motte* l'emporte plus ſur celle de *Rouſſeau*, que les vers de *Rouſſeau* ne l'emportent ſur ceux de la *Motte*.

X I X.

La principale raiſon pour laquelle les meilleures traductions de la plûpart des Poëtes plaiſent ſi peu, c'eſt que le principal mérite de l'original, celui du ſtile, y étant néceſſairement affoibli, il n'y reſte guères que le fonds des choſes qui ſouvent *eſt peu de choſe*.

Si les Poëtes traduits ne plaiſent plus, c'eſt moins la faute des Traducteurs que des Poëtes mêmes.

Il eſt un peu honteux pour la plûpart des Poëtes , qu'ils perdent tant
à être traduits.

La moindre perte que peut faire un
Poëte traduit en proſe, c'eſt celle
de la verſification, & ſi chez lui les
choſes valoient le ſtile, s'il penſoit
auſſi bien qu'il écrit , il plairoit encore beaucoup dans une bonne traduction en proſe.

X X.

L'imagination doit l'emporter ſur
le jugement dans un Poëte ; & l'emporter de beaucoup. Quelqu'un ou-
troit la plaiſanterie juſqu'à dire qu'il
ne falloit de jugement à un Poëte
qu'autant qu'il en avoit beſoin pour
n'être pas abſolument fou.

Ce ne ſeroit pas un avantage pour
un Poëte qu'un degré de chaleur qui
ne ſe rallentît jamais. Il faut qu'il
ait des momens de froideur , où il
ſoit hors d'état de compoſer , & où
il ne puiſſe qu'examiner ce qu'il a dé-

ja composé. C'est dans ces momens
où l'on ne peut rien produire, qu'on
est plus en état de juger de ce qu'on
a produit. Il est difficile que le jugement & l'imagination agissent à la
fois également ; mais en saisissant les
momens de l'un & de l'autre, on les
employe utilement tour à tour.

X X I.

Lucain n'est pas Poëte par la construction & la forme générale de sa
Pharsale ; mais il l'est autant & plus
qu'aucun autre par les détails & par
le stile. Or c'est le stile qui fait proprement le Poëte. Si c'étoit le plan &
l'ordonnance de l'ouvrage, *Chappelain* seroit peut-être le premier de
tous les Poëtes anciens & modernes.
On sait là-dessus le sentiment de M.
Huet.

On a dit de la *Motte*, comme *Despreaux* l'avoit dit de *Chappelain*, *Que
n'écrit-il en prose ?*

Mais si ce mot étoit une critique,

c'étoit auſſi une louange ; il y a très-
peu de mauvais Poëtes dont on pût
le dire, & qu'on dût inviter à écrire
en proſe.

M. de la *Motte* a fait la plus grande partie de ſa proſe à l'occaſion de
ſes vers. Fuſſent-ils auſſi mauvais que
quelques Critiques l'ont dit, cette
proſe eſt ſi belle qu'en ſa faveur il
faudroit les lui pardonner.

Quoique je ſois bien éloigné de
mépriſer les vers de M. de la *Motte,*
je voudrois qu'il eût mis à écrire en
proſe le tems qu'il a employé à écrire
en vers. Quels beaux ouvrages philoſophiques n'eût-il point pû donner!
Par exemple, ſi au lieu de chacune
de ſes Odes, il eût compoſé un diſcours ſur le ſujet qu'il y traite, on y
auroit perdu, à la vérité, quelques
Odes très-belles, mais on y auroit
gagné un grand nombre de très-
beaux diſcours.

Ce que je viens de dire de M. de la
Motte, je le dis de M. de *Voltaire*

même, & quoique j'estime beaucoup
ses vers, & en particulier sa *Henria-*
de, & plusieurs de ses Tragédies, j'y
renoncerois sans peine pour autant
d'ouvrages en prose, aussi beaux &
aussi travaillés, que plusieurs de ses
ouvrages en vers. Quant à ses pieces
fugitives, je suis charmé de les avoir,
& aucun ouvrage en prose ne m'en
dédommageroit. C'est-là que les vers
sont bien placés ; voilà leur véritable
emploi, & peut - être le principal
talent de M. de *Voltaire.* Du moins
personne ne lui conteste la grande
supériorité en ce genre, & une supériorité vraiment originale.

Le *Télémaque* est encore plus lu
que la *Henriade* ; non qu'il vaille
mieux, mais il est en prose.

La *Henriade* en est plus belle, plus
admirable, plus étonnante d'être en
vers ; le *Télémaque* en est plus agréable d'être en prose.

On a osé dire de la *Henriade*, &
on l'a dit sans malignité: *Je ne sais*
pourquoi

pourquoi je bâille en la lisant.

On a encore appliqué à ce Poëme le mot de la *Bruyere* sur l'Opera.

» Je ne sais pas comment l'*Opera*, » avec une musique si parfaite & une » dépense toute Royale a pu réussir » à m'ennuyer. « Et l'on a dit : *Je ne sais pas comment la Henriade avec une poësie & une versification si parfaites, a pu réussir à m'ennuyer.*

Ce n'est pas le Poëte qui *ennuye* & fait *bâiller* dans la *Henriade*, c'est la poësie, ou plutôt les vers.

Ce ne sont pas *les François qui n'ont point la tête épique*, comme le disoit M. *de Malezieu* à M. de *Voltaire*; c'est notre versification qui n'est point épique, parce qu'étant d'une part très-difficile, & de l'autre ennuyeuse à la longue, par l'uniformité de la mesure & le retour des mêmes rimes, elle n'est pas propre aux longs ouvrages.

J'oserai donc en faire l'aveu, au hazard de révolter la plupart de mes

Tome IV. V

Lecteurs. Je voudrois que M. de *Vol-taire* eût composé la *Henriade* en prose. Jamais personne ne fut plus capable que lui de la sorte de prose convenable à un pareil ouvrage ; d'une prose qui auroit toutes les beautés de celle de M. de *Fenelon*, sans en avoir les défauts ; aussi coulante, aussi gracieuse, & aussi harmonieuse, mais plus rapide, plus serrée, plus forte, plus fine, plus pensée, plus travaillée. J'ajoute que comme on peut mettre dans un Poëme en prose, tout ce qu'on pourroit mettre dans un Poëme en vers, mais non réciproquement, on auroit eu dans la *Henriade* en prose, tout ce qu'on aime & tout ce qu'on admire dans la *Henriade* versifiée, & mille choses qui n'y sont pas, qu'on y desire, que M. de *Voltaire* lui-même auroit voulu pouvoir y faire entrer, & qu'il a peut-être essayé de rendre, mais qu'il a abandonnées, ou par impuissance d'y réussir, ou par trop de déférence aux idées communes fur la nature du poëme épique. A la vérité, l'ouvrage, quoique plus beau en foi, auroit fait moins d'honneur à l'Auteur, aupr s de la plus grande partie du public. Il ne lui eût pas procuré la gloire à laquelle il afpiroit & qu'il a obtenue, la gloire d'avoir enfin donné à fa nation, un beau poëme épique en vers, & j'avoue qu'elle eft bien flateufe.

Depuis que j'ai écrit ceci, j'ai relu la *Henriade* dans l'édition de *Genéve*, 1756. où l'Auteur a encore perfectionné fon ouvrage ; & cette nouvelle lecture bien loin de me faire abandonner mon fentiment, m'y a encore confirmé. Si j'ai tort, mon tort en eft plus grand.

XXII.

La rime eft à la raifon ce que le zéro eft aux autres chiffres ; il ajoute à leur valeur, & feul il n'en a aucune.

Il faut que la raifon précede la

V ij

rime comme les chiffres précédent le zero.

Tel Poëme entier n'est qu'une suite de zéros.

XXIII.

Tels Poëtes ont plus de feu & d'imagination, & tels autres plus de jugement & de fond d'esprit. Si on en conclut que ceux-ci sont moins Poëtes ; je ne disputerai pas du mot, je dirai seulement qu'ils sont meilleurs Auteurs.

On fait consister le mérite de la Poësie dans quelque chose qui diminue tous les jours dans toute nation, à mesure qu'elle se perfectionne, & que la raison y fait plus de progrès. C'est un préjugé bien fort contre la Poësie.

Les premiers Ecrivains dans toutes les nations ont été des Poëtes, & ce n'est que long-tems après qu'elles ont eu des Historiens, des Philosophes, &c. Autre préjugé très-fort contre les Poëtes , & puiſſant motif pour eux de modeſtie. Plus leur origine eſt ancienne, moins ils doivent en être glorieux. Comme ils ont plutôt commencé, ils finiront plutôt.

Il y a long-tems qu'on dit que les Poëtes ſont foux, & les meilleurs ſur-tout. Quelqu'un expliquant ce pro-verbe, diſoit qu'ils l'étoient double-ment ; par le choix du métier, & par le tour d'eſprit que demande la poë-ſie.

XXIV.

On a dit que tel eſt le charme des Fables grecques, que déſabuſés d'el-les par la raiſon & la Religion, nous y tenons encore par l'imagination ; elles nous paroiſſent abſurdes , & pourtant agréables. Je réponds que c'eſt moins l'effet d'un agrément qui leur ſoit propre, que des préjugés & des impreſſions du Collége. Ces Fa-bles nous plaiſent comme les lieux que nous avons habités & fréquentés dans notre premiere jeuneſſe ; comme notre patrie. Les femmes, & les hommes d'eſprit qui n'ont point étudié, & qui n'entendent parler de ces Fables que dans un âge raiſonnable, les trouvent auſſi inſipides que ridicules.

XXV.

Un Verſificateur & un Proſateur peuvent écrire très-bien, ſans mettre beaucoup d'eſprit l'un dans ſes vers, l'autre dans ſa proſe ; le premier obtiendra de l'eſtime, parce qu'il a vaincu une aſſez grande difficulté ; le ſecond n'en obtiendra que fort peu, ſi même il en obtient. Il n'y aura tout au plus que les gens du métier à remarquer & à dire qu'il écrit bien ; &, par exemple, le Public ne l'auroit point dit de M. de la *Motte,* ſi ſa proſe pure & correcte, nombreuſe & harmonieuſe, n'étoit pas encore très-ingénieuſe & très-penſée.

Dans la proſe, les penſées ſont de première néceſſité, le ſtile n'eſt que de seconde. C'est tout le contraire dans les vers.

Tout Versificateur dont les ouvrages réduits en prose seroient mauvais, ou médiocres tout au plus, est peut-être un bon Versificateur & un homme de talent, mais c'est un esprit médiocre, peut-être même un sot. Au contraire, le mauvais Versificateur dont les ouvrages réduits en prose seroient bons, est dès-lors un homme d'esprit. '

En lisant *Rousseau* qui pense peu & foiblement, *je n'ai point de regret que ce soient là des vers* *. Au contraire, je suis bien aise que c'en soit ; car outre que ce sont de fort bons vers, que seroit-ce si ce n'en étoit pas ?

Mais en lisant la *Motte* qui pense beaucoup & versifie foiblement, mal

---

*Allusion aux vers de M. de *Fontenelle.*

» Quand je lis d'Amadis les faits inimitables,
  . . . . . .
  . . . . . .

» Je n'ai point de regret que ce soient là des
  » Fables.

même, si l'on veut, *j'ai regret que ce soient là des vers,* moins parce qu'ils font mauvais, que parce que l'Auteur écrivant en profe, eût non seulement mieux écrit, mais encore plus penfé.

XXVI.

Les meilleurs vers mis en profe font de mauvaife profe. Si l'on en demande la raifon, quelques gens de Lettres croiront vous l'avoir dite, en vous difant ; *c'eft que le ftile des vers & celui de la profe font fort diférens.* Mais cela n'eft point vrai. Le ftile de la profe & celui des vers font les mêmes, aux tranfpofitions près. La poëfie qui doit fe trouver dans les vers, n'en diférencie point effentiellement le ftile de celui de la profe, puifqu'il y a de la profe poëti-que. Mais je veux bien que les vers les plus fimples, ceux de la Comédie, par exemple, foient encore trop poëtiques pour faire de bonne profe.

Alors

Alors on ne devroit trouver dans la
profe faite d'après des vers, d'autre
défaut que celui d'être trop poëtique. Mais on en trouvera prefque
toujours un autre bien plus grand, &
par lequel elle déplaira, au lieu
qu'elle ne déplairoit point par le feul
Poëtifme, fi je puis hazarder ce mot;
cette profe paroîtra dure, contrainte, forcée, en un mot mal écrite,
parce qu'en comparaifon de la bonne profe, les meilleurs vers font mal
écrits; & voilà la véritable raifon
pour laquelle les meilleurs vers mis
en profe, font de mauvaife profe.
C'eft que les meilleurs vers ne font
guères bons, quant au ftile, & que,
par exemple, un Auteur qui n'écriroit pas mieux en profe (qu'on prenne garde que je dis *écrire*, & non pas
penfer) qu'un Auteur, dis-je, qui n'é-
criroit pas mieux en profe que *Racine*
même n'écrit en vers, pafferoit pour
écrire affez mal. Une maniere fûre de
faire trouver mauvais des vers qui le

Tome IV. X

font efectivement, ou d'en faire
mieux fentir le mauvais, c'eft de les
mettre en profe. Qu'on l'effaie fur
des morceaux d'une certaine étendue de nos meilleurs Verfificateurs,
& ce que je viens de dire, ne fera
plus un paradoxe.

XXVII.

Des vers parfaits feroient toujours
de bonne profe ; mais comme par
cela même qu'ils feroient parfaits, on
ne pourroit, à l'exception peut-être
de quelques tranfpofitions, y rien
déranger fans les gâter, il feroit fouvent impoffible d'en faire de la profe.

Pour critiquer des vers, on dit
quelquefois *qu'ils ne font que de la
profe rimée.* Mais fi cette profe eft pure, élégante, &c. en un mot, fi elle
a toutes les qualités d'une bonne
profe, & qu'il ne lui manque que
d'être poëtique, pourquoi feroit-
elle de mauvais vers ? *Quinault,* Madame *Des Houlieres,* la *Fontaine,* &c.

fourniffent une infinité d'ex on ple
d'excellens vers , fans poëfie proprement dite. Ceux même de nos Poëtes qui le font le plus , les *Rouffeau*
& les *Voltaire* , en fourniroient auffi
plufieurs , & fi ces endroits de leurs
ouvrages ne font pas les plus beaux ,
ce font peut-être les plus agréables.

C'eft par un ufage purement arbitraire qu'on a uni la poëfie à la verfification ; il peut y avoir de bons
vers profaïques , comme il y a de
bonne profe poëtique.

XXVIII.

Les penfées font autant au-deffus des
images que ce qui aprend & prouve
quelque chofe , eft au - deffus de ce
qui n'aprend & ne prouve rien. Cependant on dit que dans les vers les
images valent bien mieux que les penfées. Tant pis pour les vers ; car c'eft
une grande preuve de leur inferiorité
à la profe. De deux genres, celui dans
lequel ce qui eft le moins bon , eft le

meilleur , dès lors eft lui-même le
moins bon. Le genre qui admet par
préférence les beautés du fecond ordre, n'eft lui-même que du fecond ordre. Il faut juger de la fupériorité d'un
genre , fur celle des beautés qui font
fon principal caractère , fon mérite
effentiel , & qu'il admet de préférence.

Ce qui eft un agrément dans les
femmes n'en eft pas un dans les
hommes. Il en eft de même des vers
& de la profe ; & celle-ci a la même
fupériorité fur ceux-là , que les hommes ont fur les femmes.

Il y a dans les vers certains petits
agrémens qui ne conviennent point
à la profe , qui la dégraderoient , &
qu'elle dédaigne & rejette , comme
il y a pour les femmes des parures qui
ne conviennent point aux hommes
& avec lefquels ils feroient ridicules.

Les Italiens difent : *Quefto è buono
per la predica* ; on pourroit dire auffi

de certaines pensées peu solides, *cela*
est bon pour les vers. Quand on ne
fera plus de vers, il y a bien des sotises qu'on ne dira plus, parce qu'on
n'oseroit les dire en prose. Ainsi,
comme la chûte des vers sera une des
suites du perfectionnement de l'esprit
humain, elle servira à son tour à ce
perfectionnement.

Les comparaisons plaisent rarement dans la prose, quelque bonnes
qu'elles soient, parce qu'elles ne
prouvent & n'aprennent rien. Les vers
s'en accommodent à merveille.

XXIX.

J'ai dit dans ma Lettre sur M. de
la *Motte* *, qu'il étoit moins Versificateur que Poëte. J'en dis autant de
M. de *Voltaire* même, du moins à

---

* Imprimée pour la première fois séparé-
ment en Janvier 1732. après la mort de M. de
la *Motte*, arrivée le 26. Décembre précédent,
& réimprimée depuis à la tête de ses œuvres,
édition de 1754. chez *Prault* l'aîné.

X iij

l'égard de plusieurs de ses derniers
ouvrages. Il semble que ce devroit
être tout le contraire, c'est-à-dire,
qu'en vieillissant, M. de *Voltaire* devroit plutôt être moins Poëte que
moins Versificateur. Cela n'est pourtant pas difficile à expliquer. Il se néglige aujourd'hui sur la justesse & la
pureté du stile, & il n'est plus aussi soi-
gné ni aussi châtié qu'il l'étoit autrefois, soit qu'avec l'âge il ait contrac-
té une sorte de paresse; soit qu'il se
prévale de sa réputation; soit enfin
qu'il sache, & pour l'avoir éprouvé,
que le succès d'un ouvrage, même
en vers, ne dépend pas tant d'un peu
plus ou d'un peu moins de correction
dans le stile, que du fond des choses,
ou réellement bonnes & solides, ou
seulement piquantes & brillantes.
Mais l'âge ne l'a point encore refroi-
di. Il y a des Poëtes plus Versificateurs que M. de *Voltaire*, en ce sens
qu'ils sont plus purs & plus corrects
dans leur stile; mais il n'y en a point
de plus poëtes.

XXX.

On a trouvé fort mauvais que M.
de la *Motte* ait écrit contre les vers.
Avilir son art, difoit-on, *c'eſt s'avilir*
foi-même. Cependant beaucoup de
grands Poëtes n'ont pas penſé plus
avantageuſement que lui de la poëſie ; & s'ils n'ont pas eu une ſincérité
aſſez courageuſe pour le dire au Public, ils ne l'ont pas caché à leurs
amis. Voici entre autres un paſſage
bien fort du plus grand Poëte de
l'Angleterre. » Vous ſerez ſurpris,
» écrivoit M. *Pope* en 1723, à M.
» *Blount*, de ce que je compte pour
» rien la traduction de l'*Odiſſée*. Mais
» toutes les fois que je me livre à
» quelque méditation ſérieuſe, je ne
» ſaurois regarder la poëſie que com-
» me un vain amuſement, & même
» un amuſement auſſi vain que ſi une
» bête de ſomme ſe plaiſoit à enten-
» dre le bruit de ſes ſonnettes, ſans
» porter le moindre fardeau, ni être

X iiij

» d'aucun uſage à ſon maître.

Il ne manque au mérite de cet aveu que d'avoir été fait dans un Livre & non dans une Lettre; mais enfin elle nous eſt parvenue.

Les Lettres des grands Auteurs ſont d'autant plus précieuſes, ou du moins d'autant plus curieuſes, qu'on y trouve quelquefois des choſes qui contrediſent leurs Livres, & qu'il eſt vraiſemblable que ce ſont là leurs vrais ſentimens.

On ſait que les Anglois & les Italiens ont adopté depuis long-tems les vers non rimés. Cependant M: *Pope* ne leur étoit pas favorable. Voici ce que je trouve là-deſſus dans une Lettre que Mylord *Atterbury*, Evêque de *Rocheſter* lui écrivoit en Décembre 1716.

» Vous avez ſouvent eu la bonté d'é-
» couter patiemment ce que j'ai dit
» contre la rime, & en faveur des vers
» non rimés. J'ai été peut-être en cela
» peu diſcret, mais ſûrement déſinté-

» reſſé, étant également incapable
» de compoſer quelque choſe dans
» l'un & dans l'autre genre, & par
» conſéquent n'ayant été déterminé
» que par ce qui m'a paru le plus
» conforme à la raiſon. Pardonnez-
» moi cette erreur, ſi c'en eſt une;
» erreur qui m'a tenu compagnie
» pendant trente ans, & dont
» j'aurois par cela même beau-
» coup de peine à me ſéparer. Dans
» d'autres ſujets, qui ont raport à la
» fineſſe & à l'élégance du ſtile, nous
» ſerons rarement d'avis diférens, ou
» ſi cela m'arrive, j'aurai la prudence
» de n'en rien dire.

Mylord *Atterbury* qui éxilé d'Angleterre, a vécu long-tems à Paris,
& y eſt mort en 1732. y a été regardé comme un homme de beaucoup
d'eſprit & de goût.

J'ignore ce que penſe M. de *Voltaire* ſur la proſe & les vers; car je
ne me fie pas abſolument à ce qu'il
en a dit dans ſes ouvrages; mais ce

que je ſais bien certainement, c'eſt
qu'avec ſes talens & ſa réputation,
il eût été le maître d'introduire avec
ſuccès tout ce qu'il auroit voulu en
ce genre, les Tragédies en proſe,
ou en vers libres, & même les vers
non rimés, &c. Je le répéte, *tout ce
qu'il auroit voulu.*

XXXI.

Poëte, Verſificateur, homme d'eſprit & de génie ; trois qualités qui
peuvent être ſéparées, & qui en effet le ſont aſſez ſouvent ; quelques
exemples le feront ſentir.

Corneille eſt moins Verſificateur
que Poëte & homme d'eſprit & de
génie ; mais il poſſéde ces dernières
qualités dans le plus haut degré, &
même peut-être que perſonne ne l'y a
égalé. *Racine* les poſſéde toutes, mais
dans un degré inférieur à *Corneille.*
J'excepte de cette infériorité la qualité de Verſificateur ; encore pourroit-
on dire que *Racine* ne l'emporte ſur

Corneille à ce dernier égard, que parce que sa versification est toujours belle, au lieu que celle de *Corneille* est fort inégale.

Despreaux me paroît le premier des Versificateurs, & aussi Poëte que *Rousseau*, mais plus homme d'esprit, de jugement, & de goût.

La *Motte* est moins Poëte, sur-tout moins Versificateur que tous ceux que je viens de nommer, mais plus homme d'esprit, excepté *Corneille*. J'ajoute qu'il est homme de génie, puisqu'il est *penseur* & inventeur. M. de *Voltaire* est tout & dans un très-haut degré, mais il a des supérieurs en tout, excepté dans la poësie de stile & de détail.

XXXII.

J'ai toujours été persuadé qu'il ne faudroit faire que des vers libres; ils sont à la fois plus faciles, plus agréables, & plus raisonnables, 1°. Etant moins difficiles, ils seroient moins défectueux, & même pourroient être

parfaits , en tant que vers. 2°. On
éviteroit par-là l'ennui de l'uniformité , & on donneroit aux Poëmes l'a-
grément de la variété. 3°. Il en naî-
troit plus de vivacité dans le ftile,
par le retranchement des mots inutiles dans les grands vers , & qu'on
n'y met que pour la mefure. C'eft ce
qu'on apelle *Chevilles*. Il y a beaucoup de vers *chevillés* dans nos meilleurs Poëtes. 4°. Il y auroit plus de
convenance entre les diférentes mefures de vers & le caractère de chaque morceau d'un ouvrage. Peut-
être même pourroit - on aller plus
loin encore , & mêler la profe aux
vers , pour délaffer de ceux - ci , en
forte que le Poëte ne verfifieroit que
ce qu'il auroit pu verfifier heureufe-
ment. La route a déja été frayée par
M. *dePompignan*, pour le changement
de mefure. On fait qu'il a varié celle de
fes ftrophes dans fes *Odes Sacrées*. M. de
Voltaire l'a fait auffi dans quelques-
uns de fes derniers ouvrages.

SUITE SUR LA CONVER-
SATION (a).

ON ne sauroit être trop instruit, ni par conséquent trop lire & trop réfléchir sur ce qui est d'une pratique journaliere. La lecture & les réflexions, jointes à l'usage, forment l'instruction complette. C'est ce qui m'a engagé à écrire encore *sur la Conversation*, à laquelle, malgré les affaires, l'étude, la lecture, & le jeu, il n'y a personne qui ne donne chaque jour un tems assez considérable. Ces *Pensées* n'eussent-elles rien d'absolument nouveau pour le fonds, comme cela est vraisemblable après

(a) Ce morceau est celui qu'on a pu lire dans le *Mercure* de Décembre 1756. & dans ceux de Janvier 1757. il y est intitulé, *Pensées sur la Conversation*. J'avois déja traité ce sujet dans le second chapitre du premier Tome de ces *Essais*, & de-là le titre de *Suite* que je donne à celui-ci.

tant d'écrits sur la *Conversation*, elles rapelleront du moins des vérités qu'on ne peut avoir trop présentes.

I.

Si je me laissois aller aux désirs que la vanité m'inspire quelquefois, de tous les talens c'est celui de la *conversation* que je désirerois le plus, pourvu que j'y joignisse les qualités nécessaires pour en bien user; car ce talent a, comme tous les autres, ses inconvéniens & ses dangers, & mon principal objet dans cet écrit, est de les faire connoître, avec les moyens de les éviter.

Il n'y a rien de mieux senti que le talent de la conversation, & même que la supériorité d'un autre sur soi à cet égard. *Dorante* a sur *Damis* le double avantage, & de mieux parler & de mieux écrire que lui. *Damis* ne sent que le premier.

II.

Avec beaucoup d'esprit, & même

avec beaucoup de sortes d'esprit & de talens, on n'a pas toujours l'esprit & le talent de la conversation.

Si jamais ouvrages ont annoncé ce talent dans leur Auteur, ce sont ceux de la *Fontaine* ; cependant il lui manquoit. Il n'y a donc point à conclure des ouvrages à la conversation, & moins encore des ouvrages en vers que des ouvrages en prose.

Ce talent fait bien des jaloux, surtout parmi ceux qui avec de l'esprit, ne l'ont pourtant pas. Ils sont piqués que des gens à qui ils croient beaucoup moins d'esprit qu'à eux-mêmes, & qui souvent en ont beaucoup moins en effet, passent cependant, sur leur conversation, pour en avoir beaucoup plus.

III.

On a dit de M. *N*, mauvais Auteur, que c'étoit pourtant un homme de beaucoup d'esprit : c'est qu'il en montroit effectivement beaucoup dans la converfation. M. de ***, bon Auteur, n'y en montroit point, il montroit même tout le contraire; ce qui fit dire à quelqu'un : *Qu'il avoit mis dans fes ouvrages plus d'efprit qu'il n'en avoit, & qu'ils valoient mieux que lui.* Il y a du vrai dans ce badinage. Il prouve du moins que c'eft fur-tout par la converfation qu'on juge fi un Auteur vivant, & qu'on connoît, a beaucoup d'efprit, ou s'il en a peu.

On juge des ouvrages par la perfonne autant que de la perfonne par les ouvrages, & il faudroit que ceux-ci fuffent bien excellens, pour fe foutenir contre l'idée abfolument contraire que l'Auteur donneroit de fon efprit dans la converfation.

J'ai oui dire que du vivant de la *Fontaine*, cette extrême fimplicité qui alloit quelquefois jufqu'à une apparence de bêtife, nuifoit à fes ouvrages auprès de ceux qui le connoiffoient perfonnellement, auprès de *Defpreaux* & de *Racine* même ; &

que

que si à force de mépriser l'homme
& d'en plaisanter , ils n'en étoient
pas venus jusqu'à mépriser l'Auteur,
du moins , ils ne lui rendoient pas
toute la justice qui lui étoit dûe (*a*).

Ce seroit donc sagesse à plusieurs
bons Auteurs de se répandre peu
dans le monde; ce seroit un avantage
pour eux de n'être connus que par
leurs ouvrages. Ils en seroient personnellement plus estimés , & leurs
ouvrages aussi. Ils vont dans le monde pour y jouir de leur réputation, &
ils l'y perdent.

Il en est de quelques Auteurs comme de quelques filles de l'Opera ;
ceux - là auroient autant d'intérêt à
n'être connus que par leurs ouvrages,
que celles-ci à n'être vues que sur le
Théâtre.

Quelques filles de Théâtre ont de

(*a*) On sçait que *Despreaux* n'a point parlé
de la *Fontaine* dans son *Art Poëtique.* Voyez le
Boleana.

Tome IV.

grands talens sans beauté ; quelques Auteurs en ont aussi sans esprit.

IV.

Par le talent de la conversation j'entens non-seulement le don de plaire & d'amuser, mais encore celui de persuader, de toucher, de tourner à son gré les cœurs & les esprits, & de les amener où l'on veut. Cette éloquence de conversation est peut-être de tous les talens le plus flateur & le plus utile.

Cependant ce qu'on apelle un *beau parleur*, n'est pas toujours un homme éloquent, encore moins un homme d'esprit, ni même un bel esprit ; car ce que dit l'homme d'esprit est ingénieusement pensé, & ce que dit le bel esprit est du moins ingénieusement exprimé : mais souvent dans ce que dit le *beau parleur*, il n'y a rien d'ingénieux ni pour la pensée, ni pour l'expression, & son talent n'est qu'une grande facilité.

Elle est l'effet de la netteté & de la vivacité réunies ; mais on peut avoir ces deux qualités sans beaucoup d'esprit.

De cette facilité vient l'abondance , & le *beau parleur* est ordinairement grand parleur. Ce défaut lui nuit & lui sert. On dit qu'il parle bien , mais qu'il parle trop. S'il ne parloit pas trop , on n'auroit jamais dit qu'il parle bien.

Celui qui parle bien , peut parler davantage , comme celui qui est riche peut faire plus de dépense. Cependant comme celui-ci ne doit point faire étalage de ses richesses, celui-là n'en doit pas faire non plus de son esprit , & il y a pour l'un comme pour l'autre un luxe de pure vanité , toujours odieux, & souvent ridicule.

V.

Une des qualités les plus agréables dans la conversation , c'est la gaieté.

Rien n'embellit plus ce qu'on dit. D'ailleurs, elle se communique, & que pourroit-on donner de meilleur?

Quand on est gai, on est mieux disposé & à dire de bonnes choses, & à goûter celles que disent les autres. On est aussi moins susceptible de dégoût pour les choses trop médiocres, trop communes, mauvaises même. La gaieté ajoute d'une part à l'esprit, & de l'autre à l'indulgence.

On n'est pas toujours *en esprit*, quoiqu'on ait beaucoup d'esprit. Mais si l'on en a, & qu'on soit en *gaieté*, dès-lors on sera *en esprit*.

Telle personne plaît infiniment dans la conversation, & passe en conséquence pour avoir beaucoup d'esprit, qui au fond n'a que de la vivacité, de la politesse, & de la gaieté.

On croit de l'esprit & de la gaieté à N***, quoiqu'il n'en ait point. Une imagination folle lui tient lieu de l'un & de l'autre.

L'enjouement vaut peut-être encore mieux que la gaieté, du moins
dans la bonne compagnie. Etant
moins vif, il eft plus prudent & plus
fage. D'ailleurs, il eft ordinairement
plus fpirituel que la gaieté, du moins
plus fin & plus délicat.

La gaieté vaut mieux pour foi ,
l'enjouement pour les autres.

Le danger de l'enjouement, c'eft
la raillerie. Un efprit fin & délicat y a
ordinairement & talent & penchant.
L'enjouement exclut la méchanceté,
la malignité, & dès - lors la raillerie
amère ; mais il n'empêche point une
raillerie douce & légére, qui néanmoins peut offenfer beaucoup.

V I.

Non-feulement il ne faut pas juger
qu'un homme n'eft qu'un fot, fur ce
qu'il n'a rien dit dans une converfation ; mais il ne faudroit pas en juger
ainfi, quand même il n'auroit dit
que des fotifes. Malgré cela, il peut

avoir de l'esprit à d'autres égards, &
d'autres sortes d'esprit. On peut donc
conclure des sotises qu'il a dites qu'il
est sot, mais non pas qu'il n'est qu'un
sot.

Celui qui montre toujours de l'esprit dans la conversation, en a certainement ; mais celui qui n'y en
montre jamais, en a peut-être encore plus, & tout ce qu'on a droit de
penser de lui, c'est qu'il n'a pas l'esprit de conversation.

Il y a des sots fins, habiles même.
Ecoutez-les ; ils n'ont point d'esprit ;
ils n'ont pas le sens commun. Mais
suivez leur conduite ; voyez avec
quelle adresse ils vont à leur but. On
disoit d'un de ces sots-là : *Il ne sait ce*
qu'il dit, mais il sait bien ce qu'il fait.

VII.

Il n'est pas possible à un sot de paroître un homme d'esprit dans la conversation, du moins de le paroître
long-tems ; mais il pourroit n'y paroître pas un sot.

En général , il seroit souvent plus utile de ne paroître qu'un homme médiocre & même qu'un sot , que de paroître un homme de beau- coup d'esprit. Souvent l'estime des autres nous nuit plus que leur mépris.

Ce seroit l'effet d'une grande sa- gesse de s'en tenir à éviter le mépris , sans chercher la gloire. N'être point méprisé , suffit presque pour tout ce qu'on attend de la gloire , du moins pour tout ce qu'on en peut attendre de meilleur.

Il vaut mieux ordinairement être un galant homme qu'on aime , un homme sage & un honnête homme qu'on estime , qu'un grand homme qu'on admire.

Heureuse , utile médiocrité d'es- prit qui fait qu'on n'est ni méprisé , ni haï !

La beauté donne de l'admiration, & les graces de l'amour. De même l'esprit inspire de l'estime , & le bon cœur , de l'amitié.

La célébrité a plus d'inconvéniens que d'avantages. On peut même se passer de réputation. Il n'y a donc de vraiment désirable que la considération, l'amitié, & la sorte d'estime qu'elles supposent l'une & l'autre.

De deux hommes qui passent leur vie dans une société, l'un y est regardé comme celui qui a le plus d'esprit, l'autre comme celui qui en a le moins. A n'envisager la chose que par raport aux agrémens de la société, je ne voudrois pas plus être le premier que le second.

On peut décider sûrement que le plus aimé dans une société, n'est pas celui qui y passe pour avoir le plus d'esprit. Il est probable aussi que ce n'est pas celui qui y passe pour en avoir le moins, mais cela n'est pas si sûr.

Un sot sera plutôt admis dans une société de gens d'esprit, qu'un homme d'esprit dans une société de sots.

Un homme médiocre est bien pro-

pre

pre à réussir dans le monde ; un homme d'esprit qui sauroit bien cacher
son esprit & suporter les sots , y seroit plus propre encore.

Le suprème esprit, c'est d'user de
son esprit en le cachant. Alors on est
à la fois habile & fin.

La finesse sans l'habileté, échoue
souvent ; quelquefois aussi l'habileté,
faute d'une certaine finesse.

Lorsqu'on a tant d'esprit , & d'esprit vif & brillant , on est bien sus-
pect de n'avoir pas autant de jugement. On en est convaincu, lorsqu'on
court après l'esprit.

VIII.

Il est également de notre intérêt
& de la politesse , de supprimer une
partie de notre esprit avec ceux qui
en ont beaucoup moins que nous.

Je disois un jour à M. P. qu'il ne
tenoit qu'à lui qu'on ne lui trouvât
encore plus d'esprit dans la conversation qu'il n'y en montre. *Eh ! com-*

ment cela ? me demanda-t-il. *En en montrant moins*, lui répondis-je.

Ce que je difois à M. P. je le dis à tous fes pareils. Montrez moins d'efprit, on vous en trouvera plus, foit parce qu'excitant moins la jaloufie des autres, ils feront mieux difpofés pour vous, foit parce qu'étant plus à leur portée, vous en ferez plus goûté. Or dès-lors vous en ferez plus eftimé. En cette matiere, le plaifir eft la mefure de l'eftime.

Il faut tâcher de n'être jugé que par des juges, qui foient à la fois & favorables & compétens.

D'ailleurs, l'efprit trop prodigué n'eft plus fenti. Ne voulût-on que briller, une converfation fimple & unie, mais relevée de tems en tems par quelques traits choifis & placés à propos, y feroit plus propre qu'un tiffu d'épigrammes. Parler peu & bien, fait plus d'effet que de parler beaucoup & bien. On paroît davantage avec moins de dépenfe.

La plûpart des yeux sont foibles, & dès-lors moins flatés , qu'éblouis & fatigués d'un trop grand éclat.

C'est donc la faute des autres, dira un esprit brillant, & non pas la mienne , si je les fatigue? Soit, lui répondrai-je ; mais ils n'en sont pas moins fatigués. D'ailleurs, ils ne connoissent pas leur foiblesse , & quand même ils la connoîtroient, si vous ne la ménagez pas en vous y proportionnant , elle les rendra injustes à votre égard , & ils mettront de votre côté le tort de leur déplaire.

Enfin, l'esprit seul ne plaît pas longtems. Ceux qui l'aiment le plus , l'éprouvent , & je leur en ai souvent entendu faire l'aveu.

Et qu'on ne dise pas que ce n'est point l'esprit qui déplaît, mais l'envie & l'affectation d'en montrer. L'esprit, je le répete , déplaira toujours dès qu'il sera prodigué, & l'excès seul y est un vice , un désagrément , par cela seul que tout excès produit de la satiété & de la fatigue.   Z ij

Pour la douceur & l'aisance de la conversation, il faut une sorte d'équilibre entre les esprits, comme il en faut une pour la circulation du sang entre l'air intérieur & l'air extérieur.

IX.

La maxime qu'il ne faut pas dire tout ce qu'on pense, est aussi vraie des choses trop ingénieuses ou trop savantes pour être bien senties ou bien entendues par ceux devant qui on parle, que de celles que la prudence & la politesse défendent de dire.

Mais indépendamment de la vanité qui porte à se montrer dans tout son jour & avec tous ses avantages, il en coûte à un homme d'esprit de se rabaisser, comme à un homme vrai de dissimuler. Pour un honnête homme, homme d'esprit, le plaisir parfait de la conversation consisteroit à ne se trouver que dans des sociétés composées de personnes également sûres & intelligentes.

Point de plaisir vif dans une compagnie, sans une liberté entiere & commune à tous, d'y parler comme on pense, d'y dire même tout ce qu'on pense, & en un mot, d'y être parfaitement sincére. Le défaut de cette liberté diminue beaucoup le double plaisir de parler & d'entendre. Je souffre de la contrainte des autres autant que de la mienne, à cause de ce qu'elle me fait perdre.

Cette contrainte est le poison des conversations générales, & la principale cause de l'ennui des cercles les mieux composés. Les matiéres les plus intéressantes en font bannies, ou n'y font traitées, faute de confiance réciproque, que d'une maniére vague & superficielle, souvent même fausse & menteuse.

C'est dans la meilleure compagnie qu'on souffre quelquefois davantage, quand on n'y peut pas dire en toute liberté tout ce qui vient à l'esprit ; car plus cette compagnie est bonne, plus elle anime, met en mouvement, & fait penser.

X.

S'il faut être toujours naturel, c'est sur-tout dans la conversation. Quiconque y est recherché & affecté, montre son mauvais goût, aussi-bien que sa vanité, & par-là déplaît doublement.

Il faut toujours écrire de son mieux, si ce n'est des Lettres familieres qui ne sont qu'une conversation écrite. Mais il ne faut presque jamais parler de son mieux.

Il y a des Auteurs qui soignent & travaillent plus leur conversation que leurs écrits. C'est qu'ils sont à la fois paresseux & vains.

Une des causes pour lesquelles la conversation des Gens de Lettres est moins aisée & moins naturelle que celle des gens du monde, c'est qu'ils disent volontiers en compagnie ce qu'ils ont pensé & arangé d'avance.

dans leur cabinet. Les gens du monde difent ce qui leur vient ; les Gens
de Lettres , ce qui leur revient ,
quelquefois même fans un à propos
affez marqué , & c'eft en partie ce
qui les trahit. Deux chofes caracté-
rifent ordinairement l'*impromptu* ,
moins de correction , & un raport
plus parfait & plus fenfible aux circonftances ; il eft moins bien , mais
il eft mieux placé.

Ceux qui ne parlent que pour
montrer de l'efprit , reffemblent à
ceux qui ne jouent que pour gagner.
La converfation eft pour les uns un
travail de vanité , comme le jeu eft
pour les autres un travail d'avarice
& d'intérêt. On a changé la nature
du jeu dans quelques maifons: on a
auffi changé celle de la converfation
dans quelques autres.

XI.

Avoir de l'efprit dans la converfation fans fonger à en avoir , & mê-

me, s'il est possible, sans s'apercevoir qu'on en a, c'est la maniere
d'en avoir la plus agréable pour les
autres & la plus glorieuse pour nous.
Nous les étonnons davantage, & cependant nous les humilions moins.

Celui qui paroît s'apercevoir de
ce qu'il dit d'ingénieux, fait penser
qu'il a songé à le dire. Au contraire,
on est bien sûr que celui qui ne s'en
aperçoit point, ne l'a point dit par
vanité. Il est même probable qu'il ne
sera pas plus fier de l'avoir dit.

Tel a de l'esprit dans la conversation, parce qu'il en veut avoir. Tel
autre en a, & plus encore, parce
qu'il ne peut s'empêcher d'en avoir.
Ce n'est pas sa faute s'il efface tous
les autres, & s'il n'y a plus d'oreilles
que pour lui dès qu'il entre dans une
compagnie. Il ne fait point d'effort;
il n'a pas même de dessein. La supériorité d'un autre sur nous ne nous
choque pas tant à proportion qu'elle
est plus ou moins grande, qu'à pro-

portion qu'elle est , pour ainsi dire ,
plus ou moins volontaire , plus ou
moins connue & aimée du supérieur.

Quand *Pascal* a dit : *Diseur de bons
mots , mauvais caractère* , il a voulu
parler de ceux qui cherchent à dire
des bons mots , & non pas de ceux
qui en disent sans le vouloir , quelquefois même sans s'en apercevoir ,
parce que ces bons mots & ces traits
ingénieux ne leur coûtent rien , &
qu'ils n'aportent à ce qu'ils disent
dans la conversation que cette sorte
d'attention qu'exigent la raison & la
bienséance , & non celle que donnent l'orgueil & la vanité.

XII.

C'est dans la conversation un défaut bien grossier & pourtant bien
commun , de répéter ce qu'on a dit
de bon , quand les autres ne le rele-
vent pas , & qu'on doute s'ils l'ont
senti. Outre que par-là on leur fait
une espéce d'insulte , il y a une vanité

ridicule & de la petitesse à ne vouloir pas perdre un bon mot, un
trait heureux. C'est de plus une
marque de pauvreté. Quand on est
riche, on est indifférent aux petites
pertes. Mais comme il y a des riches
très-avares, il y a aussi des gens de
beaucoup d'esprit très-vains.

XIII.

Quel supplice pour un homme
d'esprit, sur-tout s'il n'est pas exempt
de vanité, d'entendre raporter devant d'autres gens d'esprit, par un sot,
& par conséquent gâter & défigurer,
ce qu'il aura dit d'ingénieux dans une
autre occasion ! Le dépit prend, &
malgré la bonne intention du *rapor-
teur*, on s'écrieroit volontiers : *Ah !
le bourreau !* (a).

Il y a des gens dont la conversation est toujours composée, en grande

(a) On sait la saillie de *Despreaux* à *Racine* sur M. de Tourreil : *Ah ! le bourreau ! il donnera de l'esprit à Démosthenes.* Ici c'est tout le
contraire.

partie, de ce qu'ils croient avoir dit
de mieux ailleurs dans leurs dernieres
conversations. Ils ne veulent pas
qu'on ignore dans aucune des mai-
sons qu'ils fréquentent, ce qu'ils ont
dit dans une autre. Aussi les sait-on
par cœur dans chacune de ces mai-
sons. Au lieu de la vanité qui fait
qu'on se répete & même qu'on se
raconte, il vaudroit mieux avoir une
fierté qui dédaignât ces répétitions
& ces récits; fierté fondée sur la confiance qu'on n'aura pas moins d'esprit
aujourd'hui qu'on en avoit hier &
avant-hier.

Il faut oublier ce qu'on a dit d'ingénieux dans la conversation, &
pour cela n'y plus penser. C'est une
sotte vanité que de tenir régistre de
ses traits d'esprit. Elle rend odieux &
ennuyeux.

Si l'on est vain, il faudroit du
moins l'être avec quelqu'art & quelqu'adresse, & pour cet effet montrer
tellement son esprit, qu'on en fît

croire plus qu'on n'en montre &
même plus qu'on n'en a. On nous
fait bon gré d'un esprit qu'on nous
devine plutôt que nous ne le mon-
trons. On nous croit modeste, & on
se croit pénétrant.

XIV.

Il est impossible que la politesse
regne dans une conversation où chacun ne songe qu'à montrer de l'esprit. De-là, en partie, le peu de politesse de la plûpart des beaux esprits
de profession. D'ailleurs, la vanité
est déja par elle-même une impolitesse.

Mais, me disoit un jour un de ces
Messieurs, un de ces beaux parleurs:
On veut qu'un homme d'esprit en ait
toujours. Je lui répondis : *On excuse-*
ra plutôt un homme d'esprit d'en manquer
quelquefois, qu'on ne lui pardonnera de
vouloir toujours en avoir.

XV.

Une Fée bien-faisante doua un ensant de beaucoup d'esprit. Une Fée malfaisante y ajouta une extrême envie d'en montrer.

XVI.

Il faudroit n'avoir d'esprit dans la conversation, que lorsque les autres nous en demandent, & qu'autant qu'ils veulent que nous en ayons. L'esprit ainsi placé, & dispensé avec mesure, auroit toujours le mérite de l'à propos. Il ne seroit qu'une complaisance pour les autres & ne choqueroit point leur vanité ; il la flateroit même. Ils croiroient y avoir part, & nous l'avoir donné.

L'homme vraiment aimable dans la conversation, est celui qui sait occuper agréablement les autres, & par ce qu'il leur dit, & sur-tout par ce qu'il leur donne occasion de dire.

Il y a plus de plaisir à dire de bonnes choses, qu'à en entendre, & à être écouté, qu'à écouter. Ainsi la règle générale de la conversation étant de s'y conduire de la maniere la plus propre à procurer du plaisir aux autres, il faudroit n'y parler, que pour leur fournir l'occasion de parler encore mieux eux-mêmes.

C'est un art, que celui de faire avoir de l'esprit, de mettre les autres en valeur, de leur donner lieu de paroître tout ce qu'ils sont, & même plus qu'ils ne sont.

Il y a des gens avec qui on vaut le double de ce qu'on vaut avec d'autres, & c'est l'effet non seulement de leur douceur, de leur bonté, de leur modestie, de leur estime pour nous, & de la confiance qu'ils nous inspirent; mais encore d'une certaine adresse de leur part, à manier les esprits; adresse au moyen de laquelle ils en tirent toujours tout ce qu'on en peut tirer. Tous ceux qui ont de l'esprit, ne savent pas en donner, & c'est un talent particulier qu'on peut, n'avoir pas, avec beaucoup d'esprit,

Pour savoir donner de l'esprit aux autres, il faut savoir leur en trouver; car on ne peut leur faire exercer & montrer, que la sorte d'esprit qu'ils ont. Il faut donc la discerner & la sentir : mais ce discernement fin est très-rare.

Feu M. l'Abbé de *S. Pierre*, naturellement froid & sérieux, n'étoit pas brillant & amusant dans la conversation. Il se rendoit justice, & jamais homme ne fut moins empressé de parler. Cependant, outre ses connoissances politiques qui étoient fort étendues, il savoit beaucoup de faits & d'anecdotes, les contoit bien, quoique simplement, & sur-tout avec la plus exacte vérité. Mais l'à propos ne lui suffisoit pas pour les conter : il avoit besoin d'être invité & même pressé. Il craignoit d'ennuyer, & auroit voulu plaire, non par vanité, il n'en avoit point, mais par *justice* & *bienfaisance*, deux principes auxquels il raportoit tout. Un jour étant allé voir une femme de beaucoup d'esprit, il la trouva seule : elle ne le connoissoit que depuis quelques mois, & ne l'avoit même vu qu'en compagnie. Aussi fut-elle d'abord un peu embarassée du tête à tête. L'embaras cessa bientôt. Habile & prompte à démêler les caractères & les diférens tours d'esprit, elle avoit déja saisi celui de l'Abbé de *Saint Pierre*, & lui parla en conséquence. Mis sur ce qu'il savoit & aimoit, il parla fort bien lui-même. Lorsqu'il sortit, cette Dame le remerciant du plaisir qu'elle avoit pris à l'entendre, il lui dit avec son-ton & son air simple : *Je suis un instrument, & vous en avez bien joué.*

Deux personnes parlent dans une compagnie ; l'une brille & vous enchante ; c'est à l'autre que vous en avez la principale obligation. Souvent dans la conversation celui qui paroît faire moins, est celui qui fait plus.

Donnez

Donnez de l'esprit aux autres ; non-seulement ils vous en trouveront, quand même vous n'en auriez pas ; mais ils vous passeront d'en avoir en effet. Ils seront même bien aises que vous en ayez, pourvu qu'ils en ayent aussi, sur-tout s'ils en ont encore plus. Alors il leur seroit moins flateur d'en avoir tout seuls.

C'est une politesse bien sûre de plaire, que de se laisser pressentir, suppléer, prévenir, de se faire suggérer par les autres ce qu'on va dire, en sorte qu'ils croyent l'avoir pensé les premiers, & nous l'avoir fait penser.

Il y a des gens devant qui on ne sauroit dire une bonne chose, sans qu'ils ajoutent aussitôt : *C'est ce que j'allois vous dire.* On les a toujours prévenus.

C'est du moins une sotte vanité d'avertir qu'on nous a prévenus ; quelquefois c'est encore un menson-

ge ; & qui dit toujours qu'on l'a prévenu, ment souvent.

XVII.

Ecouter beaucoup & bien, parler
peu & bien ; voilà deux régles générales de la conversation qui com-
prennent toutes les autres.

On aprend à parler en écoutant,
comme à commander en obéissant.

Il est plus important encore de
bien écouter, que de bien parler : je
dis, *bien écouter* ; car on peut écouter sottement, comme on peut parler sottement ; & l'expression *savoir
écouter*, est aussi juste que celle de
savoir parler.

Il ne s'agit donc pas d'écouter
avec une attention imbécille, mais
avec un air d'homme de goût, qui
sent & qui entend. Il ne s'agit pas
non plus de se récrier, encore moins
de se récrier surtout, & de faire de
longs éloges. Un oui, ou un hon
prononcés d'un air fin & content,

Iouent plus que toutes les louanges.
Il s'agit de saisir avec vîtesse ce que
les autres disent de louable , & de le
relever d'une maniére obligeante ,
mais sans affectation & sans fadeur,
en sorte que la louange ne paroisse
que l'épanchement indélibéré de
l'estime , & l'expression du plaisir
qu'on goûte à entendre de bonnes
choses. C'est par-là sur-tout, dit-on,
que M. le Duc de la *Rochefoucault*,
l'Auteur des *Maximes* , plaisoit tant
dans la conversation. On lui trouvoit bien de l'esprit , quoiqu'il n'eût
que très-peu parlé.

XVIII.

Si j'avois à juger d'un homme sur
un mot, j'en jugerois plutôt sur un
mot ingénieux qu'il auroit bien entendu & bien senti, que sur un pareil
mot, qu'il auroit dit lui-même.

Le hazard fera plutôt bien dire,
qu'il ne fera bien entendre & bien
sentir.

Un homme d'esprit dit une bonne chose sans y penser, un sot la dit sans la penser.

Le sot ne sait ce qu'il dit, même lorsqu'il dit bien (*a*).

Un bon mot dans la bouche d'un sot en est ordinairement plus agréable par la surprise qu'il cause. D'un autre côté, quand par hazard un sot a dit une bonne chose, on a regret que ce soit lui qui l'ait dite.

N***, grand Nouvelliste, ne débitoit guères que de fausses nouvelles. Un jour il en dit une vraie, mais nullement vraisemblable. Quelqu'un la redisant d'après lui, on ne la crut point. Il cita son Auteur & on crut moins encore. Un troisième survint qui confirma la nouvelle & la prouva. *Mais*, reprit vivement un des Incrédules, *puisque cela est vrai, pourquoi N** l'a-t-il dit ?*

(*a*) » J'ois journellement dire à des sots » des mots non sots. Ils disent une bonne » chose. Sçachons jusqu'où ils la connoissent,

XIX.

Il y a des gens plus insuportables encore dans la conversation, que ceux qui ne parlent que pour montrer de l'esprit ; ce sont ceux qui n'écoutent que pour examiner si l'on en a.

Il ne faut pas que l'attention ait l'air de l'examen.

XX.

Non — seulement il ne faut jamais interrompre ceux qui parlent, mais si l'on est interrompu, il faut s'arrêter aussitôt, même sans trop penser à réprendre son propos, quand *l'interrupteur* aura cessé de parler. Si l'on y pense trop, on n'écoute point. Or une des principales fautes qu'on puisse commettre dans la conversation, c'est de ne point écouter.

» voyons par où ils la tiennent. . . . Ils l'au-
» ront produite à l'aventure & à tâtons. Nous
» la leur mettons en crédit & en prix. Vous
» leur prêtez la main : à quoi faire ? Ils ne
» vous sçavent nul gré, & en deviennent plus
» ineptes. Ne les secondez pas ; laissez-les
» aller, &c. *Montaigne.*

Les esprits vifs sont grands *interrup-*
teurs , sur-tout s'ils sont vains & présomptueux.

XXI.

Parmi ceux qui ne sont pas de mon
avis dans la conversation , il est deux
sortes de personnes avec qui je ne
raisonne & ne dispute point. Les
unes voient fort bien tout ce que je
pourrois leur dire , & cela seroit su-
perflu. Les autres n'entendroient pas
& ne sentiroient pas ce que je pourrois leur dire ; & cela seroit inutile.

XXII.

Un homme poli, sage & vertueux,
montrera souvent moins d'esprit dans
la conversation qu'un autre qui en a
beaucoup moins que lui , parce qu'il
se refusera tout ce qui n'est pas dans
les régles de la Politesse , de la décence , de la prudence , du bon sens,
& de la vertu.

Il y a bien des cas où le silence est

préférable à tout ce qu'on pourroit
dire de mieux.

La *Bruyere* a dit : *Il y a beaucoup*
d'esprits obscénes. Cela étoit-il donc
vrai autrefois , & vrai de la bonne
compagnie ? Il me semble du moins
que cela ne le seroit pas aujourd'hui.
A tout hazard , & quoiqu'indépendamment de la Religion, si justement
sévére sur ce qui concerne la pureté ,
il n'y ait qu'un précepte à donner sur
les paroles libres , & qui est de se les
interdire absolument , je dirai néanmoins que si l'on se permet quelquefois de badiner sur certaines matieres,
il ne faut jamais parler aux oreilles ,
ni à l'imagination , mais seulement à
l'esprit. Tout ce qui pourroit blesser les unes & salir l'autre , est
une grossiéreté également indigne
d'un homme poli & d'un homme
d'esprit.

Pour peu qu'un trait soit libre , il
ne sauroit être excusé qu'en faveur
d'une extrême finesse. Il n'est pas

aſſez ingénieux , s'il n'eſt que très-plaiſant.

N * * * diſoit: *Quand je dis quelques folies , les jeunes filles & les ſots ne m'entendent point.* .

D'après ce mot , on peut établir la maxime ſuivante : Une obſcénité dite en compagnie, & que tout le monde a entendue , ne vaut rien.

XXIII.

Il y a des manieres de plaire dans la converſation , qui ſont le moyen de déplaire dans la ſociété.

Dire de quelqu'un , que c'eſt un *homme agréable* , ce n'eſt pas en faire un pur éloge , un éloge abſolu , & ſans reſtriction , même importante ; cet *homme agréable* a peut-être des vices. Il peut donc plaire & déplaire à la fois , déplaire même juſqu'à être haï. Au contraire l'expreſſion d'*homme aimable* préſente une idée ſimple , une louange toute pure : quelques légers défauts ne font pas une reſtriction.

tion. L'*homme aimable* ne peut donc que plaire, & il plaît à tous. L'*Amabilité*, si je puis m'exprimer ainsi, n'est point comme l'*agrément*, une affaire de goût, une chose en partie arbitraire, ou du moins relative à la différence des caractères & des esprits. C'est, je le répéte, quelque chose d'absolu & d'un effet général. Son impression se fait sur le cœur, & par-là est la même sur tous les cœurs.

L'*homme agréable* a un esprit léger & amusant; il donne du plaisir à ses *connoissances*. L'homme aimable a une ame douce & sensible; il fait le bonheur, les délices de ses amis.

Pour peu qu'un *homme aimable* ait d'esprit, il en a assez pour ceux même qui en ont le plus.

Qu'est-ce dans les femmes qu'une physionomie agréable, piquante même, en comparaison d'une physionomie touchante!

Hommes, ayez un caractère & un tour d'esprit, tels que la forte de

Tome IV.   B b

beauté que vous defirez principalement dans les femmes, du moins fi
vous avez une ame.

Ce qu'une femme infpire, n'eft
point de l'amour, fi elle n'infpire en
même tems de l'amitié.

On aime mieux montrer de l'efprit,
que du jugement & de la bonté ; cela eft bien fot.

Le jugement eft de l'efprit, c'eft
même la meilleure forte d'efprit ;
& en manquer, c'eft manquer
d'efprit dans un fens très-vérita-
ble. On pourroit donc dire de certaines perfonnes fi empreffées à briller, qu'elles montreroient moins
d'efprit, fi elles en avoient plus, &
que par conféquent les connoiffeurs
leur en trouveroient plus, fi elles en
montroient moins.

XXIV.

Il y a des gens dont l'efprit n'eft
jamais placé. Ce qu'ils difent eft
ingénieux ; mais ce n'étoit point ce

qu'il falloit dire, ou bien il falloit
le dire autrement. Il manque toujours quelque chose à la convenance, à l'à propos, soit dans la chose
même, soit dans la maniere de la
dire : ils ont toujours de l'esprit, &
en manquent toujours.

Après un trait ingénieux , au lieu
d'applaudissement, vient quelquefois
un silence général , qui dit au bel
esprit : *Vous êtes un sot.*

Cela est vrai sur - tout des traits
malins & offensans. Avoir dit un
bon mot, est souvent avoir fait une
sotise.

La langue, dit un ancien, est la
partie par laquelle les Médecins reconnoissent les maladies du corps, &
les Philosophes celles de l'esprit.

X X V.

Il n'y a quelquefois rien de plus
incommode pour un bel esprit dans
une compagnie, qu'un autre bel esprit. A la vérité , celui-ci est souvent

B b ij

le seul dans cette compagnie, qui puisse entendre & sentir parfaitement tout ce que le premier dira de fin, d'ingénieux, de bon; mais souvent aussi c'est le seul qui puisse apercevoir ce qu'il dira de mauvais, le relever & dire mieux. C'est en même tems un juge sévére, & un rival redoutable.

Quand on invite dans une partie de plaisir, dans un repas, deux hommes de cette espéce, il est rare qu'on jouisse des deux; souvent même on ne jouit ni de l'un, ni de l'autre. Ils se tiennent mutuellement en échec, & n'osent prendre l'essor. Ils se respectent, & n'osent parler. On n'est parfaitement à son aise qu'avec ses inférieurs. C'est avec eux, que dégagé de toute crainte, on use de tout son esprit.

La jalousie qui nous inspire l'envie de briller, pour effacer un rival, ou du moins pour partager sa gloire, nous en ôte en même tems le pouvoir, par l'état de contrainte dans lequel elle nous met. C'eſt une des raiſons pour leſquelles, comme je l'ai dit ailleurs (a), *la converſation ne nous plaît jamais davantage, qu'avec ceux qui ont un peu moins d'eſprit que nous.* Ceux qui en ont beaucoup moins, n'en montrent point, & ne nous donnent point d'occaſion d'en montrer; double ſource d'ennui. Ceux qui en ont beaucoup plus, non-ſeulement en montrent à proportion, & nous effacent, mais encore ils nous empêchent par la timidité qu'ils nous inſpirent, d'en montrer autant que nous en avons. Ils font un feu ſupérieur, & démontent nos batteries.

Ce n'eſt donc pas toujours un bon moyen pour juger lequel de deux hommes l'emporte ſur l'autre dans la converſation, de les faire trouver dans la même compagnie, &,

(a) Tome premier, page 40. de la quatriéme édition, & 38. de la cinquiéme.

comme on dît , de les mettre aux mains. Le plus spirituel sera peut-être vaincu, & vaincu sans combat , par le plus présomptueux & le plus confiant. On dit : *Nous serons plus en état de les comparer , en les voyant ensemble , & en les entendant tour à tour.* Mais peut-être qu'alors vous ne les verrez point tels qu'ils sont , & dans leur naturel.

Deux hommes qui ne se connoissoient que de réputation , & qui avoient fort envie de se connoître personnellement , se voient pour la premiere fois dans une compagnie. Ils s'examinent mutuellement , se tiennent sur la réserve , & ne se livrent point. Cependant au sortir de là , ils jugent peu avantageusement l'un de l'autre. Une réflexion bien simple devroit les arrêter ; car on pourroit leur dire : Celui que vous jugez , vous juge de même , & il n'a pu prendre une meilleure idée de votre esprit, que celle que vous avez prise du sien.

Un bel esprit disoit d'un autre : *Je vaux mieux que lui, mais c'est en son absence.*

Un homme d'esprit n'est jamais plus mal à son aise, qu'avec un autre homme d'esprit qu'il n'aime pas.

Quelquefois deux beaux esprits amusent beaucoup ceux qui les ont fait trouver ensemble ; mais c'est aux dépens l'un de l'autre, & à la honte de l'esprit & des Lettres. Ils se lancent des Epigrammes, souvent plus malignes qu'ingénieuses. Mais c'est bien assez de la malignité pour amuser beaucoup.

Je me trouvai un jour dans une compagnie assez nombreuse, où étoient deux beaux esprits, & deux hommes très-riches. Je dis aux premiers qui s'attaquoient l'un l'autre : *Voyez un peu comme ces deux Messieurs se ménagent, se flatent, se respectent. Bel exemple à suivre ! Ils ne donnent point de scénes aux gueux ; n'en donnez point aux sots* (a).

(a) » Il semble, *dit finement & plaisamment*

C'est une grande marque d'esprit, que d'en montrer d'autant plus que ceux avec qui l'on se trouve, en montrent davantage ; mais, je le répéte, ce n'est pas toujours une marque de sagesse.

XXVI.

Il y a un talent, un don, ou un art d'impofer aux autres dans la conver-sation, indépendamment de la supé-riorité de l'esprit, ou de celle du rang. C'est quelquefois l'effet d'une certaine dignité naturelle qui inspire le respect, d'une grande sagesse qui inspire la retenue. Souvent aussi ce n'est qu'un vice ; la fierté impofe à la modestie ; le fat impofe à l'hom-me d'esprit même, si celui-ci n'est

» *un homme de beaucoup d'esprit*, il semble
» qu'on fasse aujourd'hui précisément le con-
» traire de ce qui se pratiquoit lorsqu'on fai-
» soit combattre des animaux pour amuser des
» hommes. « *Considerations sur les mœurs de
ce siécle*, par M. *du Clos.*

qu'homme d'esprit. Souvent encore cet ascendant sur les autres, n'est que l'effet d'une figure avantageuse, de l'air, des manieres, du ton de voix (a).

La naissance, le rang, les richesses, & autres avantages de cette nature, imposent à ceux qui ne les ont point. L'esprit & le sçavoir n'imposent qu'à ceux qui en ont, du moins en quelque degré.

L'usage du monde aprend ce qu'on doit au rang, à la naissance, & même aux grandes richesses, presque aussi considerées que l'un & l'autre. Le mérite seul aprend ce qu'on doit au mérite.

XXVII.

Trois hommes de beaucoup d'esprit, & que j'ai fort connus, m'ont fourni l'observation suivante. L'un

_____

(a) Il y a encore des *Samsons*, dit un de nos vieux Auteurs, qui remportent des victoires avec une mâchoire d'âne.

périſſoit d'ennui dans la meilleure compagnie, s'il n'y étoit pas le principal acteur. Je ne le nommerai point, car il vit encore. Il ſuffiſoit à l'autre d'entendre dire de bonnes choſes, & alors il écoutoit volontiers; mais il ne s'ennuyoit guères moins que le premier, à la vérité, ſans témoigner ſon ennui, lorſqu'il n'étoit pas avec ſes pareils, & il s'ennuyoit d'autant plus qu'il n'étoit pas grand parleur. C'étoit M. de *Fontenelle.* Le 3e, avec autant d'eſprit que les deux autres, ſavoit tirer parti des gens les plus médiocres, & ne s'ennuyoit preſque avec perſonne. Je ne dirai pas ſeulement, que celui-ci étoit le plus heureux des trois; je dirai qu'il étoit le plus eſtimable, du moins par le cœur & par le caractère; c'étoit M. *de la Motte* (a).

(a) » Je louerois une ame à divers étages,
» qui ſçache & ſe tendre & ſe démonter, qui
» ſoit bien par-tout où ſa fortune le porte, qui
» puiſſe deviſer avec ſon voiſin de ſon bâti-
» ment, de ſa chaſſe, & de ſa querelle; en-

Mais ce bonheur, ou cet art de s'accommoder de tout le monde dans la conversation, peuvent-ils s'acqué-rir, du moins jusqu'à un certain point? Oui sans doute, & ils valent bien la peine qu'on y travaille. Ecou-tons là-dessus une personne d'esprit, & du rang le plus élevé. » J'aime le » monde, *dit Mademoiselle de Mont-* » *pensier, dans son portrait fait par* » *elle-même,* j'aime le monde & la » conversation des honnêtes gens (a), » & néanmoins je ne m'ennuie pas

» tretenir avec plaisir un Charpentier & un » Jardinier : j'envie ceux qui sçavent s'appri-» voiser au moindre de leur suite, & dresser » de l'entretien en leur propre train. « *Mont.* *Liv.* 3. *ch.* 3.

(a) L'honneur & la probité, l'esprit & une certaine mesure de connoissances, avec ce qu'on apelle aujourd'hui le *ton de la bonne compagnie*, faisoient ce qu'on apelloit au-trefois les *honnêtes gens.* C'est l'idée que Ma-demoiselle de *Scudery* attache toujours à cette expression dans ses Romans. Il en est de même de *Descartes,* comme on le verra par le

» trop avec ceux qui ne le font pas ,
» parce qu'il faut que les gens de ma
» qualité se contraignent , étant plu-
» tôt nés pour les autres que pour
» eux-mêmes ; de forte que cette né-
» cessité s'est si bien tournée en habi-
» tude en moi , que je ne m'ennuie
» de rien , quoique tout ne me diver-
» tisse pas.

Voilà assurément un exemple d'un
grand poids , d'autant plus que Ma-

passage que je citerai dans la suite. Cependant
par le terme d'*honnêtes gens*, on a toujours
principalement entendu les gens de probité &
les gens du monde , & d'autant plus qu'il paroîtroit naturel que ces deux choses fussent
toujours réunies , l'honneur étant , au défaut
de la vertu , un principe & un motif de probité ; mais l'expérience a souvent contredit
cette théorie. De là , équivoque dans le langage ; & d'après l'équivoque , un jeu de mot
qui peut passer dans une Epigramme. On connoît celle de *Gombaud*, intitulée *Contre quelques gens du monde*, & qui finit par ces deux
vers :

Et les plus grands marauds du monde
S'apellent les honnêtes gens.

demoifelle de *Montpenfier* ajoute ,
qu'elle auroit *aimé à être feule* , parce
que naturellement *elle n'avoit nulle
complaifance.*

XXVIII.

Il y a des gens qui ne fongent pas
affez à ce qu'ils difent dans la converfation , & d'autres qui y fongent trop.
(*a*) Heureux ceux qui n'ont pas befoin d'y fonger , & qui doués d'un
efprit également jufte, net, & vif, ne
peuvent que bien penfer & bien parler ! Ils n'ont point d'idées à rejetter
& à fupprimer comme fauffes , mais
feulement comme trop communes ,
trop évidentes ; & ils les fuppriment,
ils gardent le filence. Tel étoit M.
de *Fontenelle.*

Il en eft d'autres au contraire qui
ne difent que des chofes triviales , &
qui néanmoins les difent du ton &

(*a*) C'eft ce que *Montaigne* apelle *parler
toujours bandé.*

de l'air dont à peine auroit-on droit
de dire les chofes les plus rares & les
plus exquifes , d'un ton & d'un air
qui commandent l'attention. Cela
eft encore plus ridicule en préfence
d'hommes illuftres par leur efprit &
par leurs connoiffances , fur-tout
quand c'eft à eux-mêmes qu'on adreffe la parole, comme je l'ai vu adreffer
un jour à M. de *Fontenelle*. Malgré
toute fa douceur & toute fa politeffe,
il interrompit le difcoureur. *Tout cela
eft très-vrai, Monfieur,* lui dit-il, *très-
vrai : je l'avois même déja entendu dire
à d'autres.*

Le même orgueil fait quelquefois
& qu'un homme médiocre parle trop
devant des gens d'efprit , & qu'un
homme d'efprit dédaigne de parler
devant des hommes médiocres. Le
premier ne fent point affez fon infériorité ; le fecond fent trop fa fupériorité , & peut-être même s'en croit
trop.

XXIX.

Il faut cacher quelquefois son esprit & son savoir sous le voile de la modestie & du silence, afin de pouvoir en d'autres occasions cacher sous le même voile son ignorance & sa sotise.

Comme on ne sait jamais tout, celui qui dit toujours tout ce qu'il sait, dès que l'occasion se présente de le dire, montre les bornes de son savoir, *& découvre sa mesure* (a), lorsqu'il ne dit rien sur le sujet actuel de la conversation.

N** joint le don de la parole à un savoir étendu & bien digéré ; mais il est grand parleur. Il sait très-bien tout ce qu'il dit, & dit très-bien tout ce qu'il sait ; mais il dit tout ce qu'il sait.

XXX.

Il y a une sorte de sincérité contre

(a) Expression de *Montaigne.*

les autres & contre soi-même, qui
donne la double réputation d'homme vrai, sans être malin ou imprudent, & de modeste, sans être trop
naïf & trop simple ; mais pour que
cette sincérité produise ces deux effets, il faut qu'elle vienne entierement du caractère naturel, & que
l'art n'y ait aucune part. Il est odieux
dans cette occasion, dès qu'il est senti,
& à la longue il l'est toujours.

X X X I.

Une bonne éducation & un grand
usage du monde, donnent quelquefois, du moins pour quelques momens, une apparence d'esprit à des
personnes qui dans le fond en ont
très-peu. Elles savent des phrases ingénieuses, des complimens bien
tournés, des lieux communs, &c.
Mais après toutes ces belles choses
que leur fournit leur mémoire, elles
s'avisent quelquefois de se servir de
leur esprit, & elles disent des sotises.

Elles

Elles ressemblent à ces oiseaux, à qui, à force de les siffler, on a apris un ou deux airs qu'ils répétent assez bien, après quoi ils reviennent à leur ramage naturel, qui est fort désagréable.

Un homme qui brille également dans la conversation par sa mémoire & par son esprit, c'est un serin bien sifflé, & qui ne plaît pas moins par le chant qu'il tient de la nature, que par celui que l'art lui a apris.

Ces sots, dont l'éducation & l'usage du monde n'ont pu entierement corriger, ou du moins couvrir la sotise, on pourroit encore les comparer à ces matieres qui ne prennent pas bien le vernis. Lorsqu'après quelques discours sensés, ou même ingénieux, ils viennent à dire quelques pauvretés, c'est le vernis qui s'écaille.

XXXII.

Deviens-je (a) difficile par plus de délicateſſe , moi , qui autrefois n'étois peut-être que trop facile , & pour qui tout étoit bon , excepté le mauvais ; ou ne deviens-je que chagrin & miſantrope ? Ai-je plus d'eſprit & de goût que je n'en avois , ou ſeulement plus d'impatience & plus d'humeur ? Enfin , eſt-ce ma faute ou celle des autres , ſi je m'ennuie dans la plûpart des compagnies ? *La*

(a) » Ce que les honnêtes hommes profi-
» tent au Public en ſe faiſant imiter , je le
» profiterai à l'aventure , à me faire éviter.
» Publiant & accuſant mes imperfections ,
» quelqu'un aprendra de les craindre. Les
» parties que j'eſtime le plus en moi , tirent
» plus d'honneur de m'accuſer que de me re-
» commander. Voilà pourquoi j'y retombe ,
» & m'y arrête plus ſouvent. Mais quand tout
» eſt compté , on ne parle jamais de ſoi ſans
» perte. Les propres condamnations ſont tou-
» jours accrues , les louanges mécrues. *Mon-*
taigne , Liv. 3. ch. 8.

Bruyere me raffure & me flate. » Si
» l'on faifoit, *dit-il*, une férieufe at-
» tention à tout ce qui fe dit de froid,
» de vain & de puérile dans les en-
» tretiens ordinaires, l'on auroit
» honte de parler ou d'écouter, &
» l'on fe condamneroit peut-être à
» un filence perpétuel....

Mais après m'avoir raffûré, la
Bruyere m'inftruit. » Ce filence perpé-
» tuel, *ajoute-t-il*, feroit une chofe
» pire dans le commerce que les dif-
» cours inutiles. Il faut donc s'ac-
» commoder à tous les efprits ; per-
» mettre, comme un mal néceffaire,
» le récit des fauffes nouvelles, les
» vagues réflexions fur le gouverne-
» ment préfent ou fur l'intérêt des
» Princes, le débit des beaux fenti-
» mens, & qui reviennent toujours
» les mêmes. Il faut laiffer *Aronce*
» parler proverbe, & *Melinde* parler
» de foi, de fes vapeurs, de fes mi-
» graines & de fes infomnies.

Oui, je ferai tous mes efforts pour

suivre un conseil si sage (*a*) , mais
bien résolu à la patience , j'en sens
toute la difficulté. Qu'on me permette , après *la Bruyere* , de la faire
sentir aussi par quelques détails. Il me
semble que soulagé par mes plaintes,
j'en serai moins sensible à ce qui me
blesse dans la plupart des compagnies , ou que je saurai mieux dissimuler ma peine. Plus heureux , si je
corrigeois ceux qui pourront se re-

(a) *Montaigne* l'avoit donné avant la *Bruyere.* » La sotise , dit-il , est une mauvaise qua-
» lité ; mais ne la pouvoir suporter , & s'en
» dépiter & ronger , comme il m'advient,
» c'est une autre sorte de maladie qui ne doit
» guères à la sotise , en importunité. . . . . .
» J'accuse mon impatience , & tiens qu'elle
» est également vicieuse en celui qui a droit ,
» comme en celui qui a tort. . . . Il n'est point
» de plus grande fadaise , ni de plus hétérocli-
» te , que de s'émouvoir & piquer des fadaises
» du monde. . . . Cette vicieuse âpreté est
» plus au juge qu'à la faute. . . . Somme , il
» faut vivre avec les vivans, & laisser la rivie-
» re courre sous le pont sans nôtre soin , ou du
» moins sans notre altération. *Liv.* 3. *ch.* 8.

connoître dans ce que je vais dire !

XXXIII.

Le besoin de compagnie vient principalement de celui de parler. Les taciturnes sont volontiers solitaires, fussent-ils oisifs dans leur solitude.

Si le plaisir de la conversation avec ceux qui y ont le plus d'esprit, ne venoit que du prix réel & intrinsèque de ce qu'ils y disent, ce plaisir seroit bien médiocre & bien inférieur à celui de la lecture. Les meilleures conversations ne valent pas, à tout prendre, les Livres du second ordre.

1°. Les compagnies les mieux composées sont mêlées de gens de peu d'esprit, qui souvent y parlent autant & plus que ceux qui en ont beaucoup. Mais la politesse oblige de les écouter, souvent même défend de les contredire avec quelque politesse qu'on le fasse, sur-tout lorsqu'ils sont d'un rang très-supérieur au nôtre. Que de faux jugemens, de mauvais raisonnemens faits par des grands, des riches, des femmes, en présence de gens de Lettres qui n'osent les relever, qui sont même forcés de paroître les approuver positivement! Quelques-uns de ces grands & de ces riches tranchent & décident avec hauteur, & il n'y a guères moins à souffrir de leur orgueil & de leur fatuité, que de leur ignorance & de leur sotise (*a*). Quelques autres, à la vérité, sont plus polis, & même plus modestes. Ils diront de bonne foi à un homme de Lettres, à un Savant, à un Artiste, qu'ils ne disent si librement leur avis, que parce qu'il est sans conséquence; qu'ils ne parlent que pour s'instruire, & qu'ils ne demandent pas mieux que d'être

---

(*a*) » J'aime à disputer & à discourir; mais » c'est avec peu d'hommes, & pour moi; car » de servir de spectacle aux grands, je trouve » que c'est un métier très-messéant à un hom- » me d'honneur. *Montaigne.*

détrompés , s'ils se trompent. Mais après cette préface viennent mille absurdités , & après ces absurdités revient l'aveu fait d'un air libre & dégagé , que tout ce qu'on a dit n'a peut - être pas le sens commun ; ce qui souvent n'est que trop vrai. Cependant il a fallu entendre ces miseres., & les écouter d'un air , sinon d'approbation, du moins d'intérêt & de plaisir.

Mais enfin , *qu'en pensez-vous ?* Car, encore une fois , on n'a dit son avis que pour avoir le vôtre.

Ne vous y fiez pas. Quelques ménagemens & quelques égards que vous observiez, quelques louanges que vous donniez à ce qu'il peut y avoir de bon & de vrai parmi tant de mauvais & de faux ; ce grand , ce riche , cette femme se piqueront, si vous n'êtes pas de leur avis, & vous répondront du moins avec aigreur. De plus , ils seront soutenus par les flateurs de la compagnie ; car il y en

a par-tout où il y a des gens bons à
flater. Vous ne pourrez y tenir, vous
répliquerez avec trop de vivacité, &
peut-être jusqu'à manquer à ce qui
est toujours dû au rang & au sexe.
Vous aurez un très-grand tort, & ce
tort aura des suites fâcheuses, irrépa-
rables, &c. (a).

(a) » L'orgueil des grands, ou de ceux à
» qui quelque coup de fortune a fait croire
» qu'ils sont plus que les autres, est d'autant
» plus intolérable dans les conférences (con-
» versations), qu'on n'y devroit reconnoître
» d'autre grandeur que celle que donne l'usa-
» ge de la raison. Cependant l'injustice y re-
» gne à tel point, que c'est une merveille
» quand un homme de bon entendement s'en
» retire, sans avoir reçu quelque mépris de
» ceux qui présument d'être plus que lui. Le
» proverbe Allemand dit fort bien là-dessus,
» qu'on ne doit jamais manger de cerises
» avec de tels superbes, parce qu'ils en jettent
» les noyaux aux yeux de ceux qu'ils regar-
» dent comme leurs inférieurs. « *La Mothe*
le Vayer, *Traité de la Conversation & de la*
Solitude.

Le même Auteur raconte ensuite que com-

2°. Mais

2°. Mais je fuppofe que la compagnie foit entiérement compofée d'hommes de Lettres, de Savans, de gens d'efprit, ou de gens du monde qui fe rendent juftice ; plufieurs de ces hommes de Lettres font grands parleurs, veulent toujours fe rendre maîtres de la converfation, & permettent moins la contradiction que les grands, les riches, & les femmes (*a*). Dans chaque maifon où s'affemblent des gens d'efprit, il y en a prefque toujours un qui eft l'Oracle du maître ou de la maîtreffe, & ce n'eft pas toujours le plus digne de l'être. Le contredire, feroit leur dé-

me en reprochoit à *Nicolas de Damas* (il vivoit fous *Augufte*) qu'encore qu'il eût entrée chez les premiers de Rome, *il ne hantoit gueres que des gens de petite étoffe* ; il répondit qu'il en uferoit toujours de même, tandis *qu'il les éprouveroit les plus raifonnables*, comme il avoit fait jufqu'alors.

(*a*) Je haïs toute forte de tyrannie, & la particuliere & l'effectuelle. *Montaigne.*

plaire , & ſouvent plus qu'à lui-même.

Les hommes les plus éclairés ſe trompent quelquefois. On peut donc n'être pas toujours de leur avis. Heureuſement ils entendent mieux raiſon que le reſte de la compagnie , & pendant que par flaterie ou par prévention , elle leur donne gain de cauſe , ils ſentent qu'ils s'étoient trompés. Dans ces occaſions , j'ai quelquefois oſé dire : *J'en apelle à vous - même , Monſieur*; & ma partie devenue ſon juge , ſe condamnoit de bonne grace.

J'ai connu des hommes d'un grand mérite , honteux de l'eſpéce de préſidence qu'on vouloit leur donner dans certaines maiſons , & aſſez modeſtes ou aſſez prudens pour la refuſer. Mais j'en ai auſſi connu d'autres à qui il falloit la donner pour les avoir; ils ne ſe donnoient eux-mêmes qu'à ce prix-là ; & plûtôt , ſelon la penſée d'un homme de beaucoup d'eſ-

prit, (*a*) plûtôt que de se voir réduits à l'égalité dans la bonne compagnie, ils alloient régner dans la
plus mauvaise.

Mais après avoir quitté la premiere
par orgueil, ils quittoient bientôt la
seconde par ennui. Quelquefois même elle les prévenoit & les chassoit,
plus choquée de leur tyrannie, que
sensible à leur mérite & à l'honneur
de posséder des hommes de leur réputation. Exclus ainsi de toute compagnie & de toute maison, ils n'a-
voient d'autre ressource que les cafés
qu'ils faisoient déserter encore.

Un esprit supérieur n'est pas toujours exempt de la foiblesse de vouloir être traité comme tel, & d'exiger trop d'attentions, trop d'égards,
& des préférences trop marquées (*b*).

(*a*) M. *de Moncrif*, Essais sur la nécessité &
sur les moyens de plaire.

(*b*) C'est pourtant un plaisir bien fade, dit
Montaigne, d'avoir à faire à gens qui nous admirent toujours, & fassent place.

On sait bien que les plus grands hommes ont des défauts, & qu'il est impossible qu'ils n'en aient pas ; mais ils pourroient n'avoir point de vices, (& cette vanité en est un) ni de ces petitesses quelquefois plus avilissantes que les vices mêmes, ou du moins plus choquantes, parce qu'elles paroissent plus incompatibles avec la supériorité d'esprit & de lumieres.

Qu'il me soit permis, pour l'honneur des Lettres, d'avertir ici quelques-uns de ceux qui les cultivent avec le plus de succès & de célébrité, qu'on leur reproche dans le monde un amour propre excessif, qui, plus encore que *l'esprit, leur sort de tous côtés* (a), & perce dans tout ce qu'ils disent & dans la maniere de le dire ; un amour propre qui les rend ombrageux, défians, jaloux, sensibles à la critique la plus légére, & insensibles à la louange, si elle n'est en quelque

_____

(a) Expression de Madame de *Sévigné.*

forte groffiere à force d'être exagérée. Ils y perdent les louanges les
plus précieufes , celles des gens vrais
& des efprits juftes. Malgré beaucoup
d'eftime & d'amitié , on renonce à
louer un homme que la flaterie la
plus forte peut feule flater.

Mais revenons aux cercles compo-
fés en tout ou en partie de gens de
Lettres, Auteurs ou Amateurs.

J'avoue qu'il échape toujours aux
gens de beaucoup d'efprit, aux efprits
penfeurs, même dans leur converfation la plus lâche & la moins tendue,
des chofes d'un grand prix, & auffi
dignes d'être recueillies qu'agréables
à entendre; mais par combien d'autres
que tout le monde auroit dites comme eux , ne fe font-elles point ache-
ter?

Une femme de province avoit de-
firé d'être d'un dîner que le Marquis *de Laffay* donnoit à quelques
hommes célébres dans les Lettres.
Surprife de voir le dîner très-avancé ,

sans avoir encore rien entendu de fort merveilleux, elle dit à Madame de S. *Just* : *Quand commenceront - ils ?* (*a*). Cette femme n'étoit peut - être pas une sote.

Au reste, je n'ai garde d'exiger que les *penseurs* pensent toujours, & quand ils le pourroient, je ne les blâme point de dire beaucoup de choses très simples & très-communes. Je ne les blâmerois pas même de s'y borner dans la plupart des compagnies, & d'y éviter tout ce qui est pensé & réfléchi. Je dis seulement que si l'on veut de ces choses pensées & réfléchies, c'est dans les Livres des grands Auteurs qu'il faut les chercher, & non pas dans leur conversation. (*b*)

(*a*) M. le Marquis de *Lassay*, mort en 1738. dans un âge très-avancé, est celui dont on a publié en 1756. quatre volumes in-8°. intitulés : *Recueil de diférentes choses.* Il falloit faire un choix, & réduire les quatre volumes à deux au plus.

(*b*) » La lecture des bons Livres, dit Des- » cartes, est comme une conversation avec

X X X I V.

Un des plus grands esprits que
j'aie connu, Ecrivain très-profond,
très-laconique, cependant très-clair,
& qui de plus parloit facilement &
bien (*a*), se refusoit presque toujours aux discussions dans lesquelles,
pour profiter de ses lumieres, je voulois l'engager en conversation, à
moins que le sujet ne lui en fût très-
familier. Il me disoit que je lui fai-
sois trop d'honneur ; qu'il se sentoit
incapable de me satisfaire & de se
satisfaire lui-même, parce qu'il nous
falloit à l'un & à l'autre plus que des

›› les plus honnêtes gens qui en ont été les
›› auteurs, & même une conversation étudiée
›› dans laquelle ils ne nous donnent que les
›› meilleures de leurs pensées. *Discours de la
Méthode.*

(*a*) Feu M. *de Maupertuis*, de l'Académie
Françoise & de celle des Sciences, Président
de l'Académie de *Prusse*, né à S. Malo le 28.
Septembre 1698. mort à Basle le 27. Juillet
1759.

mots ; que soit vanité, soit raison, il
n'aimoit point à parler au hazard,
tout au plus d'après des lueurs, des
demi-vues ; qu'on n'avoit de vraies
lumieres, des idées précises, bien
démêlées & bien ordonnées, que par
la méditation ; qu'il se défioit fort
de toutes ses pensées, mais sur-tout
des premieres ; que la discussion avoit
pour objet des matieres qui ne méritoient pas d'être discutées, ou bien
qui le méritoient ; que dans le premier cas, elle étoit ridicule, comme
futile ; mais que dans le second, elle
l'étoit encore davantage, comme
impossible, parce qu'il est plus ridicule de ne dire que des riens sur des
choses, que de dire des riens sur des
riens ; qu'aussi la plûpart des discussions de la conversation ne lui
avoient paru que des *bavarderies* ;
qu'enfin je savois bien que M. *de*
Fontenelle même les avoit toujours
évitées, ou du moins bientôt termi-

nées , lorsqu'il n'avoit pu les éviter
(*a*).

Quelquefois dans un cercle affez

(*a*) » Voilà , dit un iour M. *de Fontenelle* ,
» une difpute qui ne finiroit point , fi l'on
» vouloit ; & c'eft pour cela qu'il faut qu'elle
» finiffe tout à l'heure.

Au refte , quand on réunit , comme faifoit
M. *de Fontenelle* , beaucoup de jufteffe dans
l'efprit & beaucoup de douceur dans le caractère, on ne doit pas aimer la difpute ; car elle ne
plaît qu'avec fes pareils, mais où les trouver ?

Un des fix Jéfuites qui firent le Voyage de
Siam avec l'Abbé *de Choify* , reffembloit tout-
à-fait en ce point à M. *de Fontenelle*. Voici ce
qu'en dit l'agréable Voyageur.

» J'aime tous les Jéfuites qui font ici ; ils
» font tous honnêtes gens ; mais le *Fontenay*
» & le *Vifdelou* laiffent les autres bien loin
» derriere Le *Fontenay* eft la douceur même. Il
» dit fon avis fimplement; & s'il eft contredit,
» il prend le parti d'un de vos amis , qui ai-
» me mieux fe taire que de difputer.

L'Abbé *de Choify* revient encore dans la
fuite au P. *de Fontenay:* » Je l'aime tout-à-fait,
» dit-il ; avec beaucoup d'efprit & de capacité,
» il fçait avoir tort quand il le faut , & ne fe
» pique point , comme beaucoup d'autres.

nombreux, il ne fe trouvera que deux hommes qu'on puiffe proprement

» d'avoir toujours raifon ; car il y en a dans
» notre petite République qui ont toujours en
» main une raifon dominante. On meurt
» d'envie de fe révolter contr'eux , & de leur
» réfufer même la juftice.

Dans un autre endroit , l'Abbé *de Choify,*
parlant de lui-même , dit :

» J'ai une place d'écoutant dans toutes
» leurs affemblées , & je me fers fouvent de
» votre méthode (*) ; une grande modeftie ,
» point de démangeaifon de parler. Quand la
» balle me vient bien naturellement , & que
» je me fens inftruit à fond de la chofe dont
» il s'agit , alors je me laiffe forcer , & je
» parle à demi-bas ; modefte dans le ton de
» la voix auffi bien que dans les paroles. Cela
» fait un effet admirable ; & fouvent quand je
» ne dis mot , on croit que je ne veux pas par-
» ler ; au lieu que la bonne raifon de mon fi-
» lence eft une ignorance profonde, qu'il eft
» bon de cacher aux yeux des mortels. Enco-
» re eft ce quelque chofe d'avoir profité de vos
» leçons.

Je me flate que des citations fi propres à

(*) *La Relation de ce Voyage eft adreffée à*
M. l'Abbé de Dangeau , & l'Auteur lui parle
comme dans une Lettre.

apeller gens de Lettres. Si le reste ne manque pas d'esprit, c'est de l'esprit tel que la nature le donne , plutôt poli qu'augmenté par l'usage du monde, & cultivé tout au plus par quelques lectures agréables. Alors, soit par dégoût pour les entretiens ordinaires, soit peut-être par vanité & envie de briller aux yeux des gens du monde, les deux gens de Lettres cherchent à faire tomber la conversation sur quelque point de Littérature , d'érudition , de philosophie, &c. Une question est proposée , long-tems débatue , rarement décidée. Chacun des contendans demeure dans son avis. La compagnie ne sait à qui adjuger la victoire. Elle n'a ni assez de connoissance du sujet de la dispute, ni assez d'habitude à la discussion ; mais par cela même elle n'en

---

instruire avec agrément sur la matiere que je traite , ne paroîtront ni trop longues , ni déplacées.

a pas été plus amusée qu'instruite.

Une femme d'esprit ennuïée d'une pareille contestation entre deux hommes de Lettres, leur dit : *Eh ! Messieurs , convenez de quelque chose , fût-ce d'une sotise.*

Souvent une question ne fait que s'embrouiller de plus en plus par la dispute , au lieu de s'éclaircir. Un jour des Poëtes & des Philosophes examinoient entr'eux en quoi consistoit ce qu'on apelle *harmonie* dans les vers , & en général dans le stile. Les Poëtes ramenoient tout au jugement de l'oreille, au sentiment, à un certain goût. Les Philosophes vouloient des idées , des principes, & prétendoient que pour expliquer *nettement* la nature de l'harmonie , & rendre des raisons *claires* du plaisir qu'elle fait , plaisir de l'esprit , disoient-ils, bien plus que de l'oreille, il falloit remonter à une *profonde* métaphisique. M. *Dumas* (a), qui avoit

_____
(a) Auteur du Bureau Typographique.

long - tems écouté dans un grand silence, le rompit enfin & dit à son
voisin : *Je vois bien que je m'en irai*
sans savoir ce que c'est que l'harmonie.

X X X V.

La plûpart des gens du monde n'entendent rien à la Littérature & aux
sciences ; mais quelques gens de Lettres n'entendent rien non plus aux
choses du monde. De - là un mépris
réciproque, sur-tout de la part des
premiers pour les seconds, & ils le
poussent quelquefois jusqu'à regarder un Auteur, un Savant comme un imbécille, hors de sa sphè-
re. Un des plus illustres Membres
de l'Académie des Sciences (a),
d'ailleurs homme de beaucoup d'esprit & d'un esprit fin & délié, se
trouva un jour dans une compagnie
où étoit un homme de robe, & ils
furent d'avis diférent sur quelque

(a) M. de Mairan.

chose qui n'avoit pas plus de raport
à la Jurisprudence qu'à la Géométrie.
Monsieur, dit le Magistrat, avec un
souris presque moqueur, *il ne s'agit
ici ni* d'Euclide, *ni* d'Archimede. *Ni*
de Cujas & de Barthole *non plus,* reprit vivement l'Académicien.

XXXVI.

Les Savans & les Artistes, au lieu
de chercher à mettre la conversation sur leur science & sur leur art,
devroient attendre qu'on les interro-
geât, & n'en parler qu'en réponse.

Mais il y en a plusieurs qu'il est
dangereux & inutile d'interroger.
Dangereux ; quand ils ont une fois
commencé, ils ne finissent point.
Inutile ; ils disent toute autre chose
que ce qu'on leur demande, ou du
moins ils le noyent en mille autres
choses où il se perd.

Souvent on les a interrogés par
politesse plus que par curiosité ; & ils
en font repentir. On dit : *De quoi me*

suis-je avisé de le mettre sur sa folie (a).

D'un autre côté, les gens du monde, frivoles lors même qu'ils sont curieux, parce qu'ils ne le sont que par vanité, voudroient qu'on leur expliquât tout en peu de mots & en peu de tems. *En peu de mots ?* répondit un jour M. de *Fontenelle* ; *j'y consens : mais en peu de tems ? cela m'est impossible : au reste, que vous importe de savoir ce que vous me demandez ?*

XXXVII.

Il y a deux sortes d'erreurs ; les unes viennent de sotise, les autres d'ignorance ; & malgré beaucoup d'esprit, on peut tomber dans celles-ci, si l'on entreprend de juger de ce qu'on ne sait pont. On ne pourroit donc sortir de ces erreurs qu'en sortant de son ignorance : mais ce n'est pas l'affaire d'un moment de conversation avec un Savant ou un Artiste,

(a) *Hic non insanit satis sponte sua; instiga.* Terent. Andr.

à quelque degré qu'ils possédent le talent de l'instruction , & qu'on possede soi-même le don de l'intelligence (*a*).

Si toute erreur n'est pas une sotise, c'en est une , & même assez commune , de se croire capable de juger de tout , avec de l'esprit seul. Ainsi beaucoup d'erreurs de gens d'esprit sont des sotises , parce qu'ils n'y tombent que par une sote présomption.

(*a*) » On ne devient incontinent Musicien
» pour ouir une bonne Chanson. Ce sont ap-
» prentissages qui ont à être faits avant la
» main, par longue & constante institution.
» Nous devons ce soin aux nôtres, & cette
» assiduité d'instruction; mais d'aller prêcher le
» premier passant, & régenter l'ignorance du
» premier rencontré, c'est un usage auquel je
» veux grand mal. Rarement le fais-je aux pro-
» pos même qui se passent avec moi, & quitte
» plutôt tout que d'en venir à ces instructions
» reculées & magistrales. Mon humeur n'est
» propre, non plus à parler qu'à écrire, pour
» les principians. *Montaigne.*

Un

Un Savant, un Artiste parlent de leur science, de leur art, en préfence d'un Grand, d'un homme de Lettres, l'un & l'autre gens de beaucoup d'esprit, mais très-ignorans dans la science ou dans l'art dont il est question. Cependant le grand, l'homme de Lettres s'avisent de contredire le Savant, l'Artiste: Ceux-ci expliquent & prouvent ce qu'ils ont avancé; mais ceux-là qui n'entendent ni la preuve, ni même l'explication, repliquent & payent d'esprit. Quelquefois cet esprit est une forte de raison, une vérité, mais qui isolée, ne peut mener qu'à l'erreur; le plus souvent ce n'est que badinage, plaisanterie, ou même raillerie. Au lieu d'une difcuffion inutile, il faudroit, si l'on pouvoit, payer aussi d'esprit ces gens d'esprit, badiner, plaisanter & railler comm'eux; C'est ce que firent ces deux Artistes de l'Antiquité dont *Plutarque* nous a conservé deux mots excellens, l'un poli & refpectueux, l'autre ma-

fin & piquant. Le premier mot est
d'un Musicien à *Philippe de Macedoi-
ne*, qui lui contestoit quelque chose
sur la Musique. » A Dieu ne plaise,
» Seigneur, que vous deveniez ja-
» mais assez malheureux pour savoir
» ces choses-là mieux que moi.

Le second bon mot est d'*Apelles*
à *Mégabise*, Grand Seigneur de Perse,
qui d'un air suffisant & d'un ton déci-
sif, raisonnoit sur la Peinture dans
son attelier. » Ne voyez-vous pas,
» *lui dit-il*, que mes garçons qui vous
» respectoient pendant que vous gar-
» diez le silence, se moquent de
» vous depuis que vous parlez (*a*).

(*a*) Quoique ces deux traits soient assez
connus, comme ils ne le sont pourtant pas de
tout le monde, j'ai cru que ceux qui ne les
connoissent pas, seroient bien aises de les
trouver ici.

» Il faut employer la malice même à
» corriger cette fiere bêtise. Le dogme qu'il
» *ne faut point haïr, mais instruire*, a de la
» raison ailleurs; mais ici c'est injustice de
» secourir & redresser celui qui en vaut moins.

Bien loin qu'un homme d'esprit sache ce qu'il n'a point étudié, il y a beaucoup de choses qu'il n'auroit jamais aprises, même en les étudiant.

Qu'un Savant sot ne connoisse point sa sotise & fasse l'homme d'esprit, cela est tout simple, & ne vaut guères la peine qu'on en rie. Mais qu'un homme d'esprit ignorant ne connoisse point son ignorance & décide en Savant, voilà ce qu'on peut apeller un ridicule parfait. Je me trompe, il lui manque d'être rare.

Une dispute d'un simple homme de Lettres avec un Grand, homme d'esprit, est un combat de deux contre un, par conséquent inégal, & dès-lors imprudent. Si l'homme d'esprit est vaincu, le Grand viendra certainement à son secours.

» J'aime à les laisser embourber & empêtrer » encore plus qu'ils ne sont, & si avant, s'il » est possible, qu'enfin ils se reconnoissent. » *Montaigne.*

Il y a de très-beaux esprits qui sont aussi peu Philosophes que Savans, & aussi mauvais, raisonneurs qu'ignorans. S'ils y joignent l'orgueil, tant l'orgueil de vanité que celui de présomption (& les beaux esprits y sont plus sujets que les autres sortes de gens d'esprit) combien de sotises ne doivent point couler de ces deux sources réunies !

Si quelque chose pouvoit suppléer au savoir & prévenir les inconvéniens & les ridicules de l'ignorance, ce seroit l'esprit philosophique ; mais j'entends le véritable, celui qui est sage, circonspect & modeste; qui ne juge & ne parle que d'après des idées claires & précises, &c. En un mot celui qu'a si bien décrit l'ingénieux & éloquent Pere *Guenard* (a).

» Ce qu'on apelle esprit, *dit un* » *homme qui en a beaucoup,* ce qu'on » apelle esprit (par un grand abus)

_____

(a) Jésuite, Auteur du *Discours sur l'Esprit philosophique,* couronné par l'Académie Françoise en 1755.

» tient lieu de tout aujourd'hui , &
» l'aparence de la Philofophie y a dé-
» truit la Science (*a*).

(*a*) Difcours fur les Abrégés chronologi-
ques , lu à la rentrée publique de l'Académie
des Belles-Lettres , le 17. Avril 1756. par M.
le Préfident *Hénault*.

Comme je ne cite que de mémoire , ce
Difcours n'étant pas encore imprimé, je ne
cite peut-être pas exactement les propres paroles de l'Auteur.

J'invite à lire fur tout ceci le commencement du fixiéme foir des *Mondes* de M. de
Fontenelle. Il y raconte qu'étant allé un jour
voir fa Marquife, long-tems après les entretiens
précédens, il entra chez elle comme deux hommes d'efprit en fortoient; que la converfation
s'étant tournée fur les Mondes , cette Dame
n'avoit pas manqué de leur dire que toutes les
Planettes étoient habitées ; que l'un d'eux qui
l'eftimoit beaucoup , lui avoit dit qu'il étoit
fort perfuadé qu'elle ne croyoit pas une opinion fi extravagante ; & que pour l'autre qui
ne l'eftimoit pas tant , il l'avoit crue fur fa
parole. M. de *Fontenelle* continue ainfi fon
Dialogue.

» Pourquoi, dit la Marquife , m'avez-vous
» entétée d'une chofe que les gens qui m'efti-
» ment, ne peuvent pas croire que je fou-

X X X V I I I.

Que résulte-t-il de la plus grande
partie de ce qu'on vient de lire ? Le
voici :

On rencontre dans le monde tant
de sots & de méchans, que la plûpart
des compagnies sont ennuyeuses pour
un homme d'esprit, s'il n'a pas beaucoup d'indulgence, & périlleuses
s'il n'a pas beaucoup de prudence.

De-là naît quelquefois l'idée de se
renfermer dans son cabinet avec ses
Livres, de ne voir plus personne, ou
du moins de se borner à un petit nom-

» tienne sérieusement ? Mais, Madame, lui
» répondis-je, pourquoi la souteniez-vous sé-
» rieusement avec des gens incapables d'entrer
» dans aucun raisonnement un peu sérieux?...
» Ne divulguons pas nos mystères dans le
» Peuple. Comment ! s'écria-t-elle, apel-
» lez-vous peuple les deux hommes qui sor-
» tent d'ici ? Ils ont bien de l'esprit, repli-
» quai-je ; mais ils ne raisonnent jamais. Les
» raisonneurs qui sont gens durs, les apellent
» peuple sans difficulté.

bre d'amis. Mais, comme dit fort bien
le Marquis de *Laffay*, *il ne faut
pas se laisser attraper à ces goûts de retraite que donne le dégoût du monde.*
L'ennui de la retraite seroit plus
grand encore que celui du monde, &
sur-tout plus dangereux ; il meneroit
à des pensées noires ; ou si on l'évi-
toit, ce ne seroit qu'à force de travail ; ainsi l'on tomberoit dans la mé-
lancolie ou dans l'épuisement.

D'ailleurs, on parle de *se borner à
un petit nombre d'amis.* Qui est-ce qui
en a des amis, de vrais amis, des amis
intimes, des amis dignes de ce cher
& beau nom, pris dans toute son
étendue ? Que dis-je, *des amis ?* Qui
est-ce qui en a un, c'est-à-dire, quelqu'un qui lui convienne parfaitement
& à tous égards ?

Mais quand on l'auroit cet *ami,* il
faudroit bien se donner garde *de s'y
borner* ; il seroit bientôt usé. Ne fût-
ce que pour en mieux sentir le prix,
il faut, avec lui, voir encore ses

connoissances. On ne sauroit même en avoir trop, ni d'espéces trop différentes ; & voilà l'avantage de la Capitale, la variété des choses & des personnes, la variété en tout genre ; la quantité fournit la qualité, ou du moins y suplée. Au moyen d'un grand nombre de connoissances, on verra plus rarement les mêmes personnes, les mêmes sociétés. (a) On réglera les intervalles sur le plus ou le moins de dégoût. Ce dégoût se changera même en goût. Je vois avec plaisir une fois par mois des gens que je ne verrois qu'avec ennui une fois par semaine ; & cela est peut-être réciproque.

Un peu d'absence fait grand bien.

Ceux qui plaisoient, en plaisent encore davantage ; ceux qui déplai-

---

(a) » Il faut vivre avec beaucoup, afin de » pouvoir changer, « dit encore le Marquis de Laffay.

soient

ſoient, en déplaiſent moins; tous y gagnent.

Comment voir ſouvent ceux qu'on n'aime guères? Mais comment aimer beaucoup ceux qu'on voit ſouvent?

COMPARAISON D'HOMERE ET DE VIRGILE. *

HOMERE eſt plus Poëte, *Virgile* eſt un Poëte plus parfait.

Le premier poſſede dans un degré plus éminent quelques-unes des qualités que demande la Poëſie; le ſecond réunit un plus grand nombre de ces qualités, & elles ſe trouvent toutes chez lui dans la proportion la plus exacte.

L'un cauſe un plaiſir plus vif, l'autre un plaiſir plus doux.

Il eſt encore plus vrai de la beauté de l'eſprit que de celle du viſage,

* Ce Morceau a déja paru dans le *Mercure* de Septembre 1755.

qu'une forte d'irrégularité la rend plus piquante.

L'homme de génie eft plus frapé d'*Homere*, l'homme de goût eft plus touché de *Virgile*.

On admire plus le premier, on eftime plus le fecond.

Il y a plus d'or dans *Homere*; ce qu'il y en a dans *Virgile*, eft plus pur & plus poli.

Celui-ci a voulu être Poëte, & il l'a pu; celui-là n'auroit pas pu ne le point être.

Si *Virgile* ne s'étoit point donné à la Poëfie, on n'auroit peut-être point foupçonné qu'il étoit très-capable d'y réuffir. Si, par impoffible, *Homere*, méconnoiffant fon talent pour la Poëfie, eût d'abord travaillé dans un autre genre, la voix publique l'auroit bientôt averti de fa méprife, ou peut être feulement de fa modeftie : on lui eût dit qu'il étoit capable de quelque chofe de plus.

Homere eft un des plus grands génies qui aient jamais été ; *Virgile* est un des plus accomplis.

L'*Enéïde* vaut mieux que l'*Iliade*, mais *Homere* valoit mieux que *Virgile.*

Une grande partie des défauts de l'*Iliade* font ceux du fiécle d'*Homere* ; les défauts de l'*Enéïde* font ceux de *Virgile.*

Il y a plus de fautes dans l'*Iliade* & plus de défauts dans l'*Enéïde.*

Ecrivant aujourd'hui , *Homere* ne feroit pas les fautes qu'il a faites ; *Virgile* auroit encore fes défauts.

On doit *Virgile* à *Homere.* On ignore fi celui-ci a eu des modèles , mais on fent qu'il pouvoit s'en paffer.

Il y a plus de talent & d'abondance dans *Homere,* plus d'art & de choix dans *Virgile.*

L'un & l'autre font Peintres ; ils peignent toute la nature , & le coloris eft admirable dans tous les deux; mais il eft plus gracieux dans *Virgile,* & plus vif dans *Homere.*

Homere s'eft plus attaché que *Virgile* à peindre les hommes, les caractères, les mœurs; il eft plus moral; & c'eft-là, à mon gré, le principal avantage du Poëte grec fur le Poëte Latin. La morale de *Virgile* eft meilleure; & c'eft le mérite de fon fiécle, l'effet des lumieres acquifes d'âge en âge; mais *Homere* a plus de morale, & c'eft en lui un mérite propre & perfonnel, l'effet de fon tour d'efprit particulier.

Virgile a furpaffé *Homere* dans le deffein & dans l'ordonnance.

Il viendra plutôt un *Virgile* qu'un *Homere.*

Nous ne devons point craindre que les fautes d'*Homere* fe renouvellent; un Ecolier les éviteroit. Mais qui nous rendra fes beautés?

P.S. Il me femble que plufieurs des traits de ce paralléle pourroient entrer dans celui de *Corneille* & de *Racine.*

DE LA BONTÉ.

I.

IL y a des gens qui ont le cœur fort bon, & qui cependant par indolence ne servent point leurs amis. Il ne faut pas dire que s'ils avoient le cœur véritablement bon, ils surmonteroient leur indolence ; car ils ne la surmontent pas pour eux-mêmes.

II.

Tel qui est tout de feu pour ses amis, l'est encore plus par une certaine activité naturelle, que par bon cœur. Faute d'amis, il se remueroit pour des indiférens.

Il n'y a point de gens dont on tire plus de services, que de ces hommes naturellement intriguans & actifs, qui se font un plaisir de se mêler de tout, & un point d'honneur de faire tout réussir. F f iij

III.

Tel vous rend très - volontiers un service qui ne demande point qu'il se remue, comme de vous prêter de l'argent, qui ne voudroit pas faire un pas pour vous faire rendre par d'autres ce même service.

IV

Un homme est bienheureux d'être fait de maniere que sa vue se porte d'abord sur ce qu'il y a de bon dans les choses & dans les personnes ; en sorte que c'est ce qu'il y voit le plû-tôt & le mieux.

Tel étoit un homme que j'ai fort connu. Mais comme il voyoit ensuite le mauvais, quoique sans chercher à le voir, & même malgré lui, on lui reprochoit, & le reproche étoit fon-dé, d'être un peu sujet à se dégoû-ter, non des choses, mais des per-sonnes ; car à l'égard des premieres, il étoit homme d'habitude, & c'est

un bonheur ; mais il faudroit l'être
auffi à l'égard des perfonnes , & cela
feroit bien plus heureux encore. Celles-ci s'aperçoivent bientôt de l'affoibliffement du goût qu'on avoit
pris pour elles , & fouvent elles s'en
vengent par quelque chofe de pis
qu'un pareil affoibliffement de leur
part , par la haine. Peut-être en aimant toujours , feroit - on toujours
aimé; du moins on ne feroit point haï.
Heureux donc qui pourroit toujours
aimer les mêmes perfonnes. Je ne
parle que de l'amitié , car *je connois
peu l'amour* *. J'imagine pourtant que
dans l'amour même , fi l'inconftance
donne des plaifirs , la conftance feule donne le bonheur.

V.

Aimer à faire plaifir , lors même
qu'il n'en coûte rien , eft encore une
difpofition rare. Si l'on y fait atten-

* *Acomat* dans le *Bajazet* de *Racine.*

F f iiij

tion, on verra qu'on n'aime prefque
perfonne d'un véritable amour de
bienveillance, en forte qu'on leur
fouhaite du bien avec vivacité. Il y a
des gens qui plaifent plus que d'autres, & l'on s'amufe avec eux. Mais
à proprement parler, on ne les aime
point ; on eft affez indiférent à leurs
biens & à leurs maux. Souvent même
on les voit moins par goût que par
habitude. Auffi, peu de tems confole
de leur perte. Une vraie amitié, un
vrai goût, feroient plus dificiles à
confoler.

VI.

On voudroit ne vivre qu'avec des
perfonnes qui fuffent en même tems
gens d'efprit & bonnes gens, mais où
les trouver ? La plupart des hommes
font peu aimables, ou peu eftimables, & fouvent l'un & l'autre à la
fois.

Quand on a de l'efprit, on aime
mieux dans les autres l'efprit que la

bonté, jufqu'à ce que l'expérience ait fait fentir & le prix & même la ra- reté de la bonté ; & qu'on fe foit dégoûté de l'efprit, tant par une for- te de fatiété, que par les défauts & les vices qui l'accompagnent fou- vent ; par exemple, toutes les efpé- ces d'orgueil, & tout ce qu'elles en- traînent, comme l'affectation, l'en- vie marquée de briller, la caufticité, le dépit d'être effacé, &c.

Il n'y a guères moins à foufrir du mélange des gens d'efprit & des fots, des fages & des fous, que de celui des bons & des méchans.

V I I.

Quand on eft méchant, il ne faut pas être foible ; on fe feroit égale- ment méprifer & haïr ; & en donnant grande envie à nos ennemis de nous nuire, on leur en donneroit grande facilité. Il y a moins d'inconvénient à être foible, quand on eft bon. Si quelques-uns difent que votre bonté

ne vient que de foibleffe, d'autres
diront que votre foibleffe ne vient
que de bonté. On interpréte favorablement tout ce qui vient des
bonnes gens; en éfet il eft dificile de
n'être pas un peu foible, quand on
eft fort bon.

La perfection feroit d'avoir autant
de prudence & de force que de bonté; alors cette derniere vertu n'auroit plus d'inconvéniens, ni pour
nous-mêmes ni pour les autres.

C'eft pour autrui autant que pour
foi, qu'on doit travailler à fa propre
perfection.

VIII.

La bonté eft affurément la premiere des qualités; mais fouvent on
ne l'accorde à certaines gens, que
parce qu'ils n'en ont point d'autres,
& en quelque forte pour les récom-
penfer de ce qu'ils laiffent notre
amour propre à l'aife.

Les fots conteffent les qualités du

cœur aux gens d'efprit. Quelquefois auffi les gens d'efprit les accordent trop facilement aux fots. On diroit qu'ils croient ne leur pas accorder grand-chofe.

I X.

La probité & la vertu, fi peu con-fidérées , lorfqu'elles font féparées des grands talens & des grandes qua-lités, le font infiniment lorfquelles y font jointes. C'eft que ces grands talens & ces grandes qualités font à la fois & un obftacle à être honnête homme & vertueux, & un moyen , quand on l'eft, de l'être plus utile-ment pour la fociété. Or le prix des chofes confifte effentiellement dans la difficulté & l'utilité réunies.

Peu d'hommes naiffent avec les principes de ces grands talens & de ces grandes qualités qui font les grands guerriers, les grands politi-ques , les grands Auteurs, en un mot, les diférentes fortes de grands

Hommes „ ou , fi l'on veut , d'hommes illuftres ; mais én naît - il plus avec tout ce qu'il faut pour être de parfaitement honnêtes gens ?

M. de *Fontenelle* difoit : Il y a des gens qui ne font ni bons ni méchans , parce qu'ils ne font rien ; ni bien-faifans ni mal-faifans , parce qu'ils ne font point *faifans* ; & on lui apliquoit fon mot ; mais on avoit tort , car il *faifoit* , finon par fentiment , du moins par principes , ce qui eft plus beau & plus rare.

X.

Il eft arrivé à quelqu'un une aventure fâcheufe , humiliante. Il a fait une mauvaife action. On ne tarit point là-deffus. Elle fe conte & fe reconte. Chacun a quelque nouvelle circonftance à y ajoûter. Si c'eft une bonne action , un bon procédé , un trait de générofité , cela eft expédié en un mot. On louera plûtôt beaucoup que long-tems. *Rien n'eft plus* beau, *mais ce qui s'apelle beau. Qu'on nous donne des Cartes.* S'il survient quelqu'un qui veuille encore parler de cette bonne action , on l'arrête aussitôt par un sec : *Nous savons cela.*

Il ne faudroit jamais médire , sur-tout devant les médisans. C'est alors néanmoins qu'on le fait avec plus de plaisir , parce qu'on est sûr d'en donner. Mais on ne fait pas attention que ces médisans devant qui on parle , nous accuseront eux-mêmes de médisance. Nous leur plairons ; mais ils nous craindront , nous haïront , & nous feront craindre & haïr.

DE LA TRAGÉDIE ET DE
LA COMEDIE.

I.

LEs meilleures Tragédies de *Cam-pistron* font bien moins eftimées que celles de *Racine*. Cependant elles ont plû à peu-près autant fur le Théâtre, dans leur nouveauté ; & fi elles y plaifent moins aujourd'hui, c'eft fur-tout parce qu'on a lû les unes & les autres. Il faut donc que les bonnes Tragédies de *Campiftron* foient à peu-près égales à celles de *Racine*, dans ce qui fait l'effentiel de ces fortes d'ouvrages.

Le mérite effentiel à une piéce de Théâtre pour plaire à la repréfentation, n'eft pas le même qu'il lui faut pour plaire à la lecture. Une bonne piéce mal écrite, mauvaife même en détail , remplie de penfées fauffes, fouvent mal conduite , & bonne feulement par un fond intéreſſant, peut charmer les ſpectateurs. Une piéce mauvaiſe pour le fond, & même pour la conduite, mais très - bien écrite, ſur - tout ſi elle eſt en vers, peut faire grand plaiſir à quelques Lecteurs.

De ces trois mérites d'un Ouvrage de Théâtre, celui d'un fond & d'un ſujet intéreſſans par euxmêmes, celui du plan & de la conduite, celui du ſtile & des beautés de détail, le premier eſt le plus eſſentiel ; les deux derniers, ſur-tout le ſecond, ſont les plus dificiles & les plus rares, D'où s'enſuit cette eſpèce de paradoxe, que ce qu'il y a de plus important & de plus eſſentiel dans les ouvrages de Théâtre, n'eſt pas le plus difiicile.

I I.

Les grands mouvemens des paſſions ſont les plus aiſés à peindre. Ce qui a des traits marqués, ce qui eſt fort & simple , un homme plein de vivacité & de chaleur, quoique d'un esprit ordinaire, l'exprimera quelquefois fort bien. Mais les nuances, les sentimens composés de plusieurs autres, ces illusions fines que le cœur fait à l'esprit , en un mot tout le jeu des passions , voilà ce qui ne peut être bien rendu que par un génie du premier ordre , par un Ecrivain qui joint toute la finesse de l'esprit à toute la délicatesse du sentiment.

III.

Il n'y a peut-être aucune Tragédie de *Corneille*, qui, à tout prendre, ne soit inférieure à quelqu'une de celles de *Racine*. Cependant on convient assez généralement que le premier de ces Poëtes étoit personnellement supérieur au second. C'est que si celui-ci avoit un meilleur esprit , celui-là avoit un plus grand esprit. Si *Corneille* a plus de défauts, & de plus grands défauts, en récompense

il

il a plus de beautés & de plus grandes beautés. Or c'est le nombre & le dégré des beautés qui décide du rang entre les Auteurs, sur-tout entre les Poëtes.

IV.

Comme nous introduisons toutes sortes de nations dans nos Tragédies, cela devroit y mettre une grande variété de mœurs & de caractères. Cependant cela n'y met tout au plus qu'une variété d'habits. Les personnages de la plûpart de nos Tragédies, si l'on en excepte celles de *Corneille*, sont presque aussi françois que ceux de nos Comédies. C'est sur-tout à *Racine* qu'on a reproché ce défaut. Mais si c'en est un, il est nécessaire. On déplairoit en observant trop rigoureusement le *Costume*; & en effet *Corneille* a quelquefois déplu par-là.

V.

Si la Comédie n'attaque que des

ridicules indiférens , elle ne peut pas
être d'une grande utilité. Si elle attaque le ridicule du vice , il est à
craindre qu'elle ne serve par-là qu'à
rendre le vice plus fin , plus adroit ,
plus aimable. Le vicieux se corrigera
des ridicules du vice qui lui nui-
roient, sans se corriger du vice même
qui lui sert. Enfin si la Comédie attaque les ridicules qui accompagnent
quelquefois la vertu & dont elle
peut être l'occasion , il est infiniment
à craindre qu'elle ne ridiculise la vertu même , & par-là n'en dégoûte.

Le vicieux , & sur-tout le fripon ,
se corrigeront plûtôt de leurs ridicules , que l'homme de bien & l'honnête homme ne se corrigeront des
leurs.

Moliere , dans quelques - unes de
ses Comédies , attaque moins les vices que les ridicules des vices. Il instruit les vicieux à l'être avec plus
d'art & d'adresse. Il seroit à souhaiter
que les vices ne se défissent jamais de

ces ridicules qui les rendent plus mé-
prifables, & par-là moins contagieux.
C'eft la vertu qu'il faudroit tâcher
de corriger des ridicules qui l'accompagnent quelquefois, & qui la rendent
moins utile, en l'avilissant. Mais
l'entreprife eft délicate ; & fi on emploie la plaifanterie, on s'expofe, je
le répéte, à ridiculifer la vertu même.

Le ridicule eft ordinairement affez
mal appliqué. Il tombe fur la vertu
plûtôt que fur le vice, fur des chofes
indiférentes en foi, & purement arbi-
traires. Les femmes, des hommes
frivoles, voilà les juges en cette
matiere. Peut-être donc faudroit-il
plûtôt travailler à diminuer la crainte du ridicule qu'à l'augmenter.

Souvent dans la Comédie le fot eft
tourné en ridicule par le vicieux, &
quelquefois le vicieux eft repris &
prêché par le fot.

C'eft mal-adreffe ou malice de
mettre fur le Théâtre la probité &

la vertu, fans y joindre tout ce qui peut leur attirer de la confidération & du refpect.

On peut dire de la Comédie en général, car il y a des exceptions, qu'on y *déniaife les gens avec des vices* *. L'homme aimable, l'homme du monde s'y forme aux dépens de l'honnête homme & de l'homme de bien.

Les obfcénités d'un Roman, d'une Comédie, prouvent toujours la corruption du cœur de l'Auteur, & fouvent auffi fon peu de talent.

Il eft dangereux de tourner en ridicule des défauts & des vices voifins de la vertu. Le trait deftiné au vicieux va percer le vertueux. La Comédie du *Tartuffe* a donné lieu à une infinité de railleries & de jugemens téméraires contre des gens de bien. Défiez-vous des devots, dit un libertin; ils reffemblent tous au *Tartuffe* de *Moliere*.

* Expreffion de M. *Piron* dans l'*Ecole des Peres*. C'eft une des Comédies que j'excepterois.

Il est dangereux d'attaquer les ridicules de la vertu. C'est le moyen de décrier la vertu même, d'en dégoûter, & de l'exposer à la raillerie des vicieux.

On n'ose être vertueux dans la crainte d'être ridicule. On va même jusqu'à être vicieux par cette crainte. On n'ose être dévot de peur de passer pour bigot.

Il faut attaquer avec beaucoup de ménagement les abus qu'on fait souvent des meilleures choses ; il en est de même des ridicules qui accompagnent quelquefois la vertu.

On est bien plus sûr de faire rire en attaquant les ridicules de la vertu qu'en attaquant ceux du vice.

Qui ferez-vous rire en attaquant les ridicules du vice ? Les vicieux ? Vous les irriterez plûtôt. Les gens de bien ? Ils ont contre le vice un sentiment plus fort qui ne leur permet pas d'en rire.

VI.

Les Comédies de *Scaron*, de *Poiſ-
ſon* & celles de l'ancien Théâtre
Italien, qui ont paru ſi plaiſan-
tes à nos pères, ne ſont plus pour
nous que des farces inſipides. Mais
ce dédain eſt-il bien ſincère dans le
plus grand nombre ? & ne vient-il
point plûtôt de vanité que d'une
vraie délicateſſe ? Pour moi je ſoup-
çonne qu'on riroit bien encore de
ces piéces, ſi l'on oſoit en rire.

La Comédie des Latins étoit dans
le goût Grec. La nôtre a été long-
tems dans le goût Eſpagnol. Elle
n'eſt devenue vraiment Françoiſe
que par *Moliere*.

VII.

Tout concourt pour engager les
Auteurs de Théâtre à travailler avec
ſoin leurs ouvrages. En ce genre les
ſuccès ſont plus brillans, les chûtes

plus humiliantes, & le gain plus con-
fidérable.

VIII.

Souvent où l'on croit voir une
belle Scéne, il n'y a qu'une fituation
intéreffante, mais mal rendue ; & qui
feroit bien attentif à tout ce que le
Poëte fait dire à fes perfonnages,
cefferoit bientôt de s'y intéreffer.
Heureufement pour le Poëte & pour
fa piéce, on voit plus la fituation
qu'on n'entend lès difcours. On entend ce que ces perfonnages doivent
fe dire, plûtôt que ce qu'ils fe difent
en effet. Mais la lecture détruit l'illufion du Théâtre.

La plûpart des Spectateurs voient
les piéces, plûtôt qu'ils ne les entendent.

IX.

De tous les moyens de fe faire de
la réputation par l'efprit & les talens,
le plus prompt c'eft de travailler
pour le Théâtre. Dès le lendemain,

dès le soir de la premiere représentation d'une excellente Comédie, ou
d'une excellente Tragédie, l'Auteur
est célébre. Au contraire il faut quelquefois des années au meilleur Livre
pour se répandre & se faire connoître. Les Auteurs Dramatiques sont
payés comptant ; les Auteurs de Livres ne le font que par termes.

X.

Il faut charger dans le Dramatique, moins pourtant dans la Comédie que dans la Tragédie. En quelque degré qu'on suppose les hommes
vertueux ou méchans, la nature
en fournira des modéles. Il n'en est
pas de même du ridicule. Si on le
charge trop, on ne peindra que des
fous plus dignes de pitié, que propres à faire rire.

Ces fous ne font point propres non
plus à nous instruire ; car ils ne font
pas nos pareils. Ils ne font point
dans ce qu'on apelle proprement la
nature.

nature ; car une nature dérangée &
détruite , n'eſt plus la nature. Il
faut prendre les perſonnages de la
Comédie dans la ſociété, & non aux
Petites-maiſons.

On ſait la deviſe de la Comédie,
ridendo caſtigat mores. Si l'on ne ſonge
qu'à faire rire, on ne corrigera point;
mais ſi l'on ne fait point rire, on ne
corrigera point non plus, parce qu'a-
lors on ne plaira point.

Charger trop les ridicules , eſt
preſque également contraire aux
deux objets de la Comédie, ou, pour
parler plus juſte , à la fin qu'elle ſe
propoſe (corriger) & au moyen
qu'elle emploie pour y parvenir ,
(faire rire) parce qu'on ne ſe fait
point l'aplication d'un ridicule trop
chargé , & même qu'on n'en rit
point.

L'ambition & l'amour , paſſions
ordinaires de la Tragédie, ne ſau-
roient y être outrées. Il y a des hommes plus ambitieux , & plus amou-

Tome IV. H h

reux que tous ceux qu'ont jamais peints les Poëmes & les Romans. On n'y a chargé l'amour qu'à l'égard de sa constance & de sa durée.

X I.

En général, on aime plus la Tragédie que la Comédie. C'est une chose d'expérience ; & cela est vrai du moins de ceux qu'on apelle honnêtes gens, de ceux qui ont eu de l'éducation, & qui ont de l'usage du monde. Mais je crois encore qu'il en est de même du peuple, & que quelque plaisir qu'il prenne à la farce, il en prendroit encore davantage à une Tragédie qui seroit dans son genre ce que la farce est dans le sien.

Les jeunes gens aiment mieux la Tragédie que la Comédie ; les gens faits aiment mieux celle-ci. 1°. Le cœur est plus avancé dans les jeunes gens que l'esprit. Le grand & le passionné font beaucoup plus d'effet sur eux que sur les hommes murs,

Leur imagination & leur cœur font plus fenfibles, parce qu'ils font plus neufs. Ainfi la Tragédie parlant plus au cœur & à l'imagination que la Comédie, doit plaire davantage aux jeunes gens. 2°. Connoiffant encore peu les hommes & les caractères, ils fentent imparfaitement la vérité de l'imitation dans la bonne Comédie. 3°. Les gens faits ont plus de befoin d'être égayés & réjouis que les jeunes gens.

La Tragédie eft un plaifir du cœur encore plus que de l'efprit. La Comédie eft plus un plaifir de l'efprit que du cœur.

Les femmes font fur cela comme les jeunes gens, & aiment mieux la Tragédie que la Comédie.

Les hommes faits ne rient guères qu'à la Comédie; elle leur eft donc bien précieufe. Les jeunes gens rient par-tout & de tout.

On eft plus dificile fur les Comédies que fur les Tragédies. Il eft plus

aifé de toucher un homme d'efprit, &
même de le faire pleurer, que de le
réjouir & de le faire rire. Le cœur fe
prête volontiers aux mouvemens
qu'on veut exciter en lui ; mais l'efprit réfifte en quelque forte à la plaifanterie. Il femble que notre vanité
feroit plus bleffée d'avoir ri mal à
propos, que d'avoir pleuré fans fujet. Le premier marque de la fotife.
Le fecond ne marque que de la foibleffe, & cette foibleffe même fuppofe une forte de bonté.

L'homme de beaucoup d'efprit
aime mieux l'excellente Comédie
que l'excellente Tragédie. Celle-là
va plus directement à l'efprit. Pour
y exceller, il faut plus de ce qu'on
apelle efprit, & pour réuffir dans la
Tragédie, plus de génie & de talent.

Je ferois plus curieux de connoître
& d'entretenir un excellent Auteur
Comique qu'un excellent Auteur
Tragique. J'aimerois mieux l'efprit
de *Moliere* que celui de *Corneille* ; &,

pour tout dire, je crois que *Moliere* étoit encore plus homme d'esprit que *Corneille*.

XII.

On n'est agréablement affecté que de la représentation des mouvemens & des passions qu'on a ressentis soi-même. Par cette raison, les Tragédies de *Corneille* plaisent moins que celles de *Racine*, & en général la Tragédie devroit moins plaire que la Comédie. Celle-ci est la peinture de ce que nous avons sans cesse sous les yeux. Ainsi à cet égard elle est plus intéressante.

Une autre conséquence qui résulte de-là, c'est que la Comédie est, en un sens, plus dificile que la Tragédie, & que les Spectateurs, sont plus à portée d'en remarquer les fautes. Rien n'est plus dificile que l'imitation exacte ; il est bien aisé de peindre de fantaisie. Le moindre défaut de ressemblance est aifément aperçu par ceux qui peuvent comparer le portrait & l'original.

Ce qui touchera un fot , touchera plûtôt un homme d'efprit, que ce qui fait rire le premier ne fera rire le fecond.

L'admirable & le plaifant font fort diférens pour les fots & pour les gens d'efprit. Ceux - ci admirent peu & rient encore moins ; mais quand ils font tant que d'admirer , ils admirent plus que les fots, parce qu'ils fentent bien mieux tout le prix & tout le mérite de ce qui excite leur admiration.

Les défauts de l'Auteur Comique font plus défagréables que ceux de l'Auteur Tragique. Une Comédie froide & fans gaieté , ou bien remplie de mauvaifes plaifanteries , eft encore plus infuportable qu'une Tragédie froide , ou pleine d'un faux fublime.

L'Auteur Comique doit peindre

l'homme tel qu'il eſt , tel que nous le voyons. Il peint nos compatriotes, il nous peint nous mêmes. L'Auteur Tragique peint des anciens , des étrangers , quelquefois ce qui n'eſt point & ce qui ne peut être , un homme idéal , & il plaît en partie par cette fauſſeté même.

Il a été plus aiſé de faire *Cyrus* & *Clelie* , que *la Princeſſe de Cleves* & *les Illuſtres Françoiſes.*

Il ſuffit que l'Auteur Tragique faſſe un beau tableau , il faut que l'Auteur comique faſſe un bon portrait. Or ce qu'il y a de plus dificile à ſaiſir en peinture c'eſt l'exacte & parfaite reſſemblance , & il y a peut-être plus debeaux tableaux que de bons portraits *.

* On peut voir ſur cela l'excellent Ecrit de M. *Cochin* , inféré dans le *Mercure* de France du mois de Juillet 1759. ſecond volume , & intitulé : *De la diverſité des jugemens ſur la reſſemblance des*Portraits.

H h iiij

XIII.

Il faut que l'Auteur Tragique faſſe reſſembler ſes Héros en les embelliſſant. Or une des manieres de les embellir, c'eſt de les faire un peu reſſembler à ceux pour qui il les peint. En les peignant trop au naturel & au vrai, il pourroit exciter la curioſité, mais il n'intéreſſeroit point. Nous ne nous intéreſſons qu'à ce qui nous reſſemble un peu.

Moins une choſe nous reſſemble, plus nous ſommes curieux de la connoître. Mais cela eſt bientôt connu. Il n'y a donc, pour ainſi dire, que le plaiſir de la connoiſſance, le plaiſir du premier coup d'œil, plaiſir court, & qui ne ſe répéte point. Il n'y a que ce qui nous reſſemble en beau, qui nous intéreſſe, & qui nous plaiſe long-tems; il n'y a même que cela qui nous paroiſſe véritablement beau.

XIV.

La Comédie en veut aux ridicules, aux abus, aux défauts ; la Tragédie aux vices, aux paffions, dont elle nous montre, dit-on, les funeftes effets. Ainfi la Comédie bien faite feroit plus utile que la Tragédie, c'eft-à-dire, parviendroit plus fûrement à fon but. En peignant les paffions, on les infpire. D'ailleurs on craint moins les malheurs qui peuvent les fuivre, que le ridicule attaché à certains défauts. Il n'y a que l'Hiftoire qui puiffe être utile contre les paffions, parce qu'elle en raconte les fuites, fans peindre les paffions mêmes. Un fpectacle où l'on les voit agir, ne peut être que dangereux. Enfin, comme on veut plaire & intéreffer, on ne les repréfente guères que parce qu'elles ont d'aimable, de féduifant, de touchant, d'excufable du moins. Une grande partie de l'art confifte à dérober ce qu'elles

ont d'odieux ; & , par exemple, tel
eſt l'art de *Racine* dans *Phédre.*

X V.

On feroit plus aiſément une bonne Tragédie nouvelle ſur un ſujet
déja traité par *Corneille* ou par *Racine* , qu'une bonne Comédie (j'entens une Comédie de caractère) ſur
un ſujet déja traité par *Moliere.* On
fera plûtôt dix *Œdipes* qu'un ſecond
Miſantrope , quoiqu'il fût poſſible
d'en faire un.

X V I.

Quand il y a quelque vice dans le
fond d'un ſujet de Tragédie , on
peut néanmoins le traiter , lorſque,
malgré ce vice , le ſujet eſt ſuſcepti-
ble de grandes beautés , & qu'on
prévoit qu'à tout prendre , la Tragédie ne laiſſera pas de plaire. *Conſtan-
tin* , par exemple , eſt trop crédule
dans la Tragédie de *Maximien* , par

feu M. de la *Chauffée*. L'Auteur n'a
pu l'ignorer ; & la preuve qu'il a bien
fenti ce défaut, c'eft l'art même qu'il
a employé pour le diminuer. S'il
étoit poffible de le diminuer davantage, M. de la *Chauffée* n'a pas eu affez
de talent ; & voilà le véritable objet de
la critique. Mais s'il a fait tout ce qui
fe pouvoit faire, à cet égard, on n'a
rien à lui reprocher ; & le vice du fujet
doit faire d'autant plus eftimer l'art
de l'Auteur.

XVII.

Le grand art de l'intrigue dans les
Comédies de caractère, c'eft de la
faire naître du caractère même.

Il faut plus de difcours dans les
Comédies de caractère, & plus d'action dans les Comédies d'intrigue. Il
feroit pourtant à fouhaiter qu'une
Comédie de caractère, n'eût pas plus
de difcours, qu'une Comédie d'intrigue, & qu'elle eût autant d'action,
en forte que le caractère qui en fait
le fujet, fût expofé par les actions

des perfonnages de la piéce, plus
que par leurs difcours.

L'homme d'efprit, dans le fens
qu'on prend ordinairement ce mot,
eft plus capable d'une Comédie de
caractère, que d'une Comédie d'intrigue.

Les deux fujets les plus heureux
de Tragédie & de Comédie, c'eft le
Cid & l'*Ecole des femmes*. Mais l'un &
l'autre ont été traités par *Corneille* &
par *Moliere*, lorfque ces Auteurs
n'étoient pas encore dans toute leur
force. Je tiens cette obfervation de
M. de *Fontenelle*.

XVIII.

Être précédé dans un genre par
un Auteur excellent, comme *Racine*
le fut par *Corneille*, c'eft un grand
fecours pour bien faire; mais en même tems c'eft un grand obftacle à
réuffir. Quel génie ne faut-il point,
dit-on, pour être excellent, lorfqu'on viént le premier ! J'en con-

e ns ; mais auſſi , lorſqu'il y a eu un
excellent premier , quel génie ne
faut-il point pour réuſſir après lui ,
pour forcer le préjugé à rendre juſtice à une maniere toute diférente ,
& pour amener le ſentiment à la
goûter ! Les Tragédies de *Racine*
furent d'abord condamnées par bien
des gens , ſur cela ſeul qu'elles ne
reſſembloient pas à celles de *Corneille ;* mais *Racine* , & même d'autres
après lui , ayant réuſſi avec une nouvelle maniere , il eſt bien établi à
préſent qu'on peut réuſſir encore ſans
reſſembler à l'un ni à l'autre de ces
deux célébres Tragiques ; M. de
Crebillon ſeul en ſeroit la preuve.
Quand les bons modèles ſe ſont mul-
tipliés dans un genre , le Public,
bien loin d'exiger qu'on reſſemble à
quelqu'un d'eux , exige plûtôt qu'on
ne reſſemble à aucun ; mais tandis
qu'il n'y en a encore qu'un ſeul , il
veut , du moins d'abord , qu'on lui
reſſemble. M. de la *Motte* l'a éprouvé

à l'égard de ses *Fables*, par raport à
la Fontaine. Ainsi c'est bonheur &
malheur de venir le premier, & de
venir le second. C'est un malheur de
venir le second, pour un génie du premier ordre. En venant le premier, il
aûroit toujours été un grand Auteur;
& il l'auroit été avec plus de gloire.
C'est un bonheur pour un génie du
second ordre de ne venir que le second. En venant le premier, il n'auroit été tout au plus que médiocre.

On dit unanimement de M. de
Crebillon qu'il est notre troisiéme Tragique. J'ose dire plus, il est un des
trois.

XIX.

Racine n'a peut-être pas un vers
sententieux ; & il y en a beaucoup
trop dans la plûpart de nos Tragédies modernes. C'est que ce mérite
est d'une part assez aisé, & de l'autre
assuré d'une sorte de succès. Ces
belles sentences sont souvent dépla-

cées, quelquefois fauſſes, rarement neuves. On faiſoit autrefois les vers pour les Tragédies ; il ſemble qu'à préſent on faſſe les Tragédies pour les vers.

La Tragédie doit être plus éloquente que poëtique ; telles ſont celles de *Racine*.

X X.

Corneille eſt ſublime ; il éleve l'eſprit & le cœur ; on l'admire. *Racine* eſt tendre, & il touche. *Crébillon* plus véritablement Tragique que l'un & l'autre, eſt terrible, & il émeut, étonne, éfraie. *Voltaire* excite toutes ces diférentes impreſſions, mais dans un moindre degré. Cependant il plaît davantage, cela eſt prouvé par le fait. Les meilleures de ſes Tragédies atirent encore plus de Spectateurs que les meilleures piéces des trois grands Poëtes que je viens de nommer. Il eſt moins eſtimé, mais plus goûté, puiſqu'il eſt plus ſuivi.

S'il ne fait pas des miracles, il fait donc des prestiges.

XXI.

Nous n'avons point actuellement de Poëte Tragique de la force de *Corneille* & de *Racine*; mais fans compter MM. de *Crebillon* & de *Voltaire* qui font une claffe à part, nous en avons quelques uns très-fupérieurs aux Poëtes contemporains des deux premiers Héros de la Scéne. Plufieurs mauvaifes Piéces de ces très-foibles contemporains, n'ont pourtant pas laiffé de beaucoup réuffir. Comment cela s'eft-il pu faire? Comment la comparaifon de ces Tragédies avec celles de *Corneille* & de *Racine* ne les faifoit-elle pas tomber? Nous les trouvons déteftables aujourd'hui, & les Tragédies qui ont à préfent le moindre fuccès, leur font fort fupérieures. Cependant, quand une Piéce tombe, on réuffit peu, quoiqu'avec des beautés, quoique,

comme

comme je viens de le dire, fupérieu-
re à celles qui ont réuffi il y a 70 ou
80 ans , on en donne pour raifon,
qu'il eft impoffible que de pareilles
Piéces fe foutiennent à côté des chefs-
d'œuvres de *C.* & de *R.* Ce n'en eft
point là la vraie raifon , puifque de
beaucoup plus mauvaifes ont réuffi
en leur tems. J'expliquerois donc
autrement le fait , & je dirois que les
Spectateurs d'aujourd'hui valent bien
mieux que ceux du fiécle précédent.
Les excellens modèles ne forment le
bon goût que de la génération fuivan-
te. D'ailleurs, les plus mauvaifes Tragédies de ce tems - ci font mieux
écrites que les médiocres , & même
que plufieurs des bonnes du fiécle
paffé. Or on exige abfolument aujourd'hui le mérite du ftile ; & la
Piéce la plus intéreffante ne fe fou-
tiendroit pas, fi , par exemple, elle
étoit auffi foiblement écrite , que
la plûpart de celles de *Thomas Cor-*
neille.

Tome IV. Ii

Qu'on ne m'objecte point le fuccès conftant d'*Inès de Caftro*, malgré la foibleffe de fa verfification. La critique, fi outrée contre cette Tragédie, l'a été encore plus fur fon ftile, que fur fes autres défauts.

XXII.

Il faut charger au Théatre, foit Tragique, foit Comique ; dans l'un ajoûter au grand, dans l'autre au ridicule. On voit des Géans dans le premier, & l'on admire ; des nains dans le fecond, & l'on rit.

Si la Comédie du *Mifantrope* eft un peu froîde, cela vient en grande partie de ce que ce caractère n'y eft prefque pas chargé.

Une Tragédie & une Comédie pourroient être excellentes, par cela feul que rien n'y feroit chargé. Il auroit fallu bien de l'art pour rendre fi exactement & fi fidélement la vérité, la nature ; mais outre que cet art ne feroit point fenti par le grand nombre, comme la piéce ne préfenteroit que des objets ordinaires, elle feroit peu d'effet, même fur le petit nombre de ceux qui en fentiroient le mieux l'art.

Nous fommes tous un peu Chinois, & nous croyons que ce n'eft pas la peine de peindre les chofes pour ne les peindre que comme elles font.

Il faut plus de charge dans la Comédie que dans la Tragédie, parce que le froid eft encore plus dangereux à la premiere qu'à la feconde. Il eft vrai que ce que peint la Comédie, nous étant plus familier, la charge & le défaut de vérité, ou du moins de vraifemblance, y font plus faciles à remarquer ; mais toute fentie que fera la charge comique, elle n'en fera pas moins rire.

Il n'y a point d'homme fi ridicule, à moins qu'il ne foit fou au propre, & alors il n'eft plus ridicule, qui fît rire fur le Théâtre, repréfenté fans charge ; & peut-être y en a-t-il d'af fez grands pour être mis fur le Théâtre avec fuccès, fans y être agrandis.

XXIII.

La plûpart des Comédies finiffent par un mariage, & un mariage d'amour. En cela, elles ne font point la peinture des mœurs, l'image de la vie humaine, la repréfentation de ce qui fe paffe ordinairement dans le monde. Il ne s'y fait guères de mariages d'amour. La Comédie eft donc, à cet égard, la repréfentation d'une chofe qui n'eft point.

XXIV.

Dans les Comédies anciennes, tant Grecques que Latines, il y a peu de Rolles de femmes, & ce n'eft point fur elles que roule principalement la Piéce ; ce ne font point elles qu'on y joue, qu'on y ridiculife. Les modernes leur ont donné plus de part dans la Comédie, mais toujours moins

qu'aux hommes, fur - tout dans les
Comédies de caractère. C'eft prefque
toujours dans un homme qu'on peint
les caractères ; & cela eft fondé fur
diverfes raifons. La premiere eft notre respect & notre politeffe pour le
fexe. Une femme trop ridicule feroit
trop indécente ; une femme trop ri-
diculifée feroit trop avilie. Point de
milieu à l'égard des femmes ; fi on
ne les refpecte, on les méprife, &
bien plus qu'on ne feroit un homme
en cas pareil ; c'eft que la femme eft
bien plus obligée à fe refpecter elle-
même ; elle eft obligée à bien plus
de décence. On eft tout près de huer
une Actrice qui joue un Rolle fort
ridicule ; & toute Piéce où un pareil
Perfonnage domineroit, tiendroit de
la farce. Du moins elle ne feroit pas
affez noble, & précifément parce
que, felon nos mœurs, la femme
eft plus noble que l'homme. Une
Comédie peut être baffe en deux
manieres ; la premiere, en n'em-

ployant que des personnages qui font bas dans la Société ; la seconde, en avilissant , par les bassesses & les ridicules qu'on leur prêteroit, quoique vrais, des Personnages qui ont un rang considerable dans la Société. Mais une Comédie , dans cette seconde maniere , paroitroit encore plus basse que dans la premiere. La bienséance ne permet donc de tourner les femmes en ridicule , qu'avec ménagement & circonspection.

2°. Les femmes ne jouent pas un Rolle assez considerable dans la Société pour faire assez sortir le caractère qu'on leur donneroit dans une Comédie; & dès-lors ce caractère ne nous intéresseroit presque pas. Les femmes ayant peu de part à tout ce qui nous importe le plus , peu nous importe quelles elles soient. Cette raison paroît contredire la premiere, & ne la contredit point en effet. Les femmes font ce qu'il y a de plus respecté & pourtant de plus nul , si je

puis m'exprimer ainsi. Elles font tout
& rien. Ce font les Dieux d'*Epicure*,
qui, quoique Dieux, & par conféquent du rang le plus élevé, n'ont
aucune part au gouvernement du
monde. Du moins les femmes n'y ont
ordinairement qu'une part fi fécrette,
qu'elles doivent être cenfées n'y en
point avoir, quand il s'agit d'ouvrages qui peignent les mœurs extérieu-
res & publiques. On pourroit donc
dire, en un fens, que les femmes ne
valent pas la peine qu'on en rie en
public.

X X V.

Tout Poëme dramatique veut de
l'action, mais fur-tout la Tragédie.
La Comédie s'en pafferoit plûtôt,
étant plus l'imitation des mœurs &
des fentimens que des actions. Elle
peint les caractères des hommes. Elle
les repréfente comme fujets à tel &
tel défauts. Or, abfolument parlant,
cela fe peut faire par des difcours.

Mais la Tragédie repréſente les hommes comme malheureux par les évenemens de leur vie. Il faut donc mettre ces évenemens ſous les yeux. Une Tragédie qui repréſenteroit un Perſonnage comme malheureux par une ſuite des qualités de ſon ame, auroit le caractère eſſentiel de la Comédie, & n'en ſeroit que meilleure comme Tragédie.

La Tragédie repréſentant les malheurs des hommes, & la Comédie leurs ridicules, il faut dans l'une & dans l'autre faire ſortir, le plus qu'il eſt poſſible, ces malheurs & ces ridicules du caractère particulier des Perſonnages. Alors la Tragédie ſeroit bien plus intéreſſante, même pour le commun des Spectateurs. J'ajoute qu'elle ſeroit morale & inſtructive, au lieu qu'elle ne l'eſt point, ſi les malheurs qu'elle expoſe ſur la Scéne, au lieu d'être les effets du caractère de ceux qui les éprouvent, viennent d'évenemens purement fortuits, &

de

de caufes trop étrangeres aux malheureux.

J'ai entendu dire d'un Tragique de
notre tems *, qui a d'ailleurs de grandes parties, qu'il eft trop *Romancier*,
& qu'on s'aperçoit toujours que c'eft
lui, & non fes Perfonnages, qui fait
fa Piéce. Cette obfervation eft jufte,
mais elle pourroit s'appliquer à plus
d'un autre Poëte Dramatique.

XXVI.

Le mot d'*Horace*, *ut pictura poëfis*,
eft vrai fur-tout de la Poëfie Dramatique, parce qu'elle met les actions
fous les yeux ; mais il eft encore plus
vrai du Dramatique Tragique que
du Comique, parce qu'il met plus
en jeu les paffions. Cette réflexion
eft de M. *Hildebrand Jacob*, Anglois,
dans fon Ecrit intitulé, *Les trois
Sœurs*, c'eft-à-dire la Poëfie, la Peinture, & la Mufique. Cet Ecrit, fort

* Feu M. de la *Grange-Chancel* mort en
1758.

bon, eſt traduit en François dans les *Amuſemens du cœur & de l'eſprit,* Tom. 2. de la ſeconde diviſion, page 370. imprimé en 1749.

XXVII.

Un Poëte fait devant une aſſemblée particuliere la lecture de ſa Tragédie, ou de ſa Comédie ; cette Piéce eſt repréſentée ; enfin elle eſt imprimée, & on la lit. On demande laquelle de ces trois manieres d'être connu, eſt plus favorable à l'ouvrage?

C'eſt la premiere, ſi le principal mérite de la Piéce conſiſte dans les beautés de détail ; ſur tout ſi ces beautés ont encore plus d'éclat que de beauté réelle, ſoit dans le fonds des penſées, ſoit dans la maniere de les rendre, & enfin ſi l'Auteur lit bien.

C'eſt la ſeconde, ſi la Piéce a beaucoup d'action & d'intérêt.

C'eſt la troiſiéme, ſi elle eſt très-bien écrite, avec fineſſe, délicateſſe, juſteſſe.

On a souvent vu des Piéces qui avoient fait beaucoup de plaisir dans la bouche de l'Auteur, baisser au Théâtre, & encore plus à l'impression.

Tel Auteur lit d'une maniere plus séduisante que les meilleurs Acteurs ne déclament ; par exemple, feu M. de la *Motte*, & aujourd'hui M. de *Marivaux*.

Le Lecteur a plus de goût que l'Auditeur & que le Spectateur ; il a même un autre goût.

XXVIII.

Quand il y a beaucoup de Spectateurs, l'impression agréable ou désagréable que chacun reçoit en particulier, est plus forte que s'il y en avoit peu. La bonne Piéce en paroît meilleure & la mauvaise plus mauvaise. C'est que l'impression de chaque Spectateur est fortifiée par celle de son voisin ; & c'est-là une des raisons du danger des Spectacles. Mais il est encore plus vrai de la Co-

K k ij

médie que de la Tragédie que son
effet dépend beaucoup du nombre
plus ou moins grand des Spectateurs;
& pour ne parler que de l'effet agréable , trop peu de monde nuit plus à
une bonne Comédie qu'à une bonne
Tragédie. On a plus besoin de com-
pagnons pour être réjoui & pour
rire , que pour être touché & pour
pleurer.

XXIX.

On pourroit tirer des Anglois une
preuve , 1°. d'une sorte d'opposition
entre l'esprit inventeur, & l'esprit de
méthode; entre l'esprit qui sait trouver des pensées , & celui qui sait en
faire un tout. 2°. De la supériorité
de cette premiere sorte d'esprit sur la
seconde. Les Anglois passent pour
les esprits les plus solides, les plus
forts , les plus profonds, les plus in-
ventifs ; & cependant leurs ouvrages
manquent assez souvent d'ordre &
de méthode. Pour penser , il faut

être homme de génie ; pour arranger
fes penfées, il fuffit d'être homme
d'efprit, de goût, & de bon fens.
Les ouvrages méthodiques font
moins rares que les ouvrages beaucoup penfés. Si cette derniere pro-
pofition n'eft pas vraie de notre fiécle, elle l'eft du moins du précédent,
témoin les Piéces de Théâtre. Nos
médiocres Dramatiques de ce tems-là
conftruifent leurs Piéces auffi-bien, &
mieux même que les meilleurs. Le
cadet des *Corneille* eft peut-être fupérieur à fon aîné du côté de l'intrigue. Cependant y a-t-il aucune comparaifon à faire entre les deux fre-
res ?

Ce qu'il y a de fingulier, c'eft que
tel a le talent de la méthode & du
plan général d'un ouvrage, qui n'a
pas celui de la méthode de détail.
La Tragédie en gros fera bien conf-
truite, & les Scénes particulieres ne
le feront pas ; elles feront mal dia-
loguées. Les penfées n'y naîtront

point les unes des autres; & l'on n'y trouvera point cette liaison & cet enchaînement qui font un des plus grands charmes du discours. Alors on feroit tenté de croire que ce n'est point l'Auteur lui-même qui a dressé le plan général de sa Piéce, ou du moins qu'il a été bien aidé. Et voilà ce qui prouve que le talent de l'expression & de l'arangement des pensées particulieres est peut-être plus nécessaire que celui de la construction générale d'un ouvrage. Si l'on manque de ce dernier talent, on peut trouver des ressources dans les conseils de ses amis. Quant aux détails, il faut les savoir faire soi-même. Il faut, la route une fois tracée, être en état d'y marcher tout seul; si on tombe, ou si on se détourne à chaque pas, il vaut mieux renoncer au métier. Un Auteur ne peut pas avoir toujours à ses côtés quelqu'un qui le guide & le soutienne. Cela iroit à l'infini; & ce feroit toujours

à recommencer. On renonce à donner
des conseils, quand il y en a trop à
donner. Il faut que les choses soient
à peu-près bien pour mériter d'être
examinées & corrigées.

On a dit d'un de nos Poëtes Dramatiques qu'il faisoit mieux un vers
qu'une Scéne, une Scéne qu'un Acte,
un Acte qu'une Piéce.

REFLEXIONS SUR LA PROSE
ET LES VERS FRANÇOIS, PAR RAPORT À LA TRAGEDIE.*

I.

IL y a deux sortes de discours, le
discours libre & le discours mesuré
& rimé, J'apelle le premier *prose* & le
second *vers*.

---

* Elles avoient paru dans le *Mercure*, il y a
plusieurs années. Mais j'y ai fait depuis quelques additions, comme dans les autres Morceaux que je redonne dans ce Volume.

Je n'apelle point celui-ci Poëfie. La Poëfie est commune d'elle-même à la profe & aux vers. Elle confifte dans le ftile, au lieu que la verfification ne confifte que dans l'arangement méchanique des paroles. Ainfi la profe peut être poëtique, fans ceffer d'être une véritable profe, & les vers peuvent être profaïques, fans ceffer d'être de véritables vers.

II.

Le difcours mefuré & rimé a été principalement inventé pour le plaifir de l'oreille.

III.

Ce n'eft pourtant qu'à l'aide d'un peu d'habitude que l'oreille eft flatée par le difcours mefuré & rimé. Il choque plûtôt qu'il ne flate l'oreille non encore accoûtumée ; il fatigue même l'oreille la plus accoûtumée, pour peu qu'il foit long, quelque

parfait qu'il foit d'ailleurs. C'eft
une des raifons qui engagent les bons
Acteurs dans les Piéces de Théâtre
en vers, à en marquer rarement la
cadence.

IV.

Mais cette contrainte de la mefure
& de la rime eft un grand obftacle à
la perfection du difcours, du ftile ;
obftacle qui n'eft jamais continue-
ment furmonté dans les ouvrages de
quelque étendue ; feconde raifon de
dégoût pour ces ouvrages dans les perfonnes d'efprit qui ne font pas accoûtumées aux vers ; elles font plus
bleffées des endroits où la difficulté
n'eft pas furmontée, que flatées de
ceux où elle l'eft le plus heureufe-
ment.

V.

De la difficulté furmontée il naît un
plaifir pour l'efprit, plaifir fenfible fur-
tout aux perfonnes accoûtumées.

VI.

La Profe harmonieufe fait auffi plaifir à l'oreille, plaifir moins vif, mais plus capable de fe foutenir long-tems par fa douceur & par fa variété. Il en eft des vers & de la profe pour les oreilles, comme d'un jardin très-régulier, & d'une belle campagne, d'un beau payfage, pour les yeux ; la belle campagne & le beau payfage plaifent plus à la longue que le jardin régulier.

VII.

Dans le difcours mefuré & rimé il eft permis, pour la commodité, de changer fouvent l'ordre naturel des mots & des idées. C'eft ce qu'on apelle inverfions, tranfpofitions.

VIII.

Ces inverfions donnent quelque-

fois plus de grace & de force aux
pensées. Par elles encore les mots se
trouvent arangés d'une maniere
plus propre à flater l'oreille; & pour
ces raisons la prose les admet quelquefois. Presque continuelles dans
les vers , à cause de la contrainte de
la mesure & de la rime , elles ne
nous y blessent point, elles nous y
plaisent même par la force de l'habitude. Ce qu'on permit avec peine
aux premiers Versificateurs, est expressément commandé à ceux d'aujourd'hui ; on loue dans les uns ce
qu'on ne fit que pardonner aux autres.

I X.

Ces inversions , les ellipses , les
figures hardies , &c. font ce que
j'apelle la Poësie , commune d'elle-
même, comme je l'ai dit, aux vers &
à la prose.

X.

On peut traiter en prose toutes

fortes de fujets ; or il y en a de poëtiques ; on peut donc écrire poëti-
quement en profe. On ne fauroit
prouver par aucune bonne raifon que
le difcours libre ne puiffe être poëtique, & qu'il ne foit permis de l'être
qu'au difcours mefuré & rimé. C'eft
uniquement le fujet du difcours, la
matiere à traiter, qui admet ou rejette la Poëfie. Dire une profe poëtique, c'eft allier, felon quelques-uns,
des idées contradictoires ; qu'on dé-
finiffe les mots, & la contradiction
s'évanouira.

X I.

De ce qu'on peut traiter tous les
fujets en profe, il ne s'enfuit pas qu'on
puiffe traiter tous les fujets en vers.
Non feulement les vers n'ont pour
aucun fujet de privilége exclufif,
mais ils n'ont de privilége que pour
un très-petit nombre ; & premiere-
ment le difcours en vers n'étant pas
un difcours naturel, les vers ne con-

viennent point, lorsqu'il faut parler
naturellement.

XII.

2°. Pour être inſtruit, il faut concevoir & retenir. Or les vers aident
la mémoire ; par-là ils feroient favorables à l'inſtruction ; mais d'un autre
côté les préceptes particuliers ne
peuvent guères être expoſés en vers
aſſez clairement, pour être conçus
facilement ; ni avec aſſez d'étendue
& dans un aſſez grand détail, pour
rendre l'inſtruction complette.

XIII.

3°. Les vers font encore moins
propres à toucher qu'à inſtruire ; le
cœur ne veut rien que de naturel &
de ſimple. *Démoſthène* & le P. *Bourda-
loue* euſſent moins touché, moins
ébranlé en vers. Oſons-le dire ; les
vers, ſur-tout les vers rimés, n'ont pas
même l'air ſérieux. Par conféquent

ils conviennent moins que la profe à la Tragédie, dont le but principal est de toucher le cœur.

X I V.

Dans la Tragédie, on fait parler des Perfonnages. C'eft un dialogue, une fuite de converfations fur les chofes les plus intéreffantes pour ces Perfonnages. C'eft le dévelopement de leur cœur, & par conféquent un ouvrage de fentiment ; j'en dois oublier l'Auteur. Mon plaifir eft imparfait, ce n'eft pas le plaifir effentiel d'une Tragédie, s'il ne va pas jufqu'à une efpéce d'illufion. Mais cette illufion ne peut être procurée que par la réunion de toutes les convenances, tant celles qui frapent immédiatement l'ame, que celles qui commencent par fraper les fens ; convenance dans la décoration du Théâtre, les habits des Acteurs, leur figure, leur âge ; convenance dans les penfées, les fentimens, le ftile

de leurs difcours. Or n'eft-ce pas une
de ces convenances de les faire parler , à la vérité ingénieufement , &
noblement , parce qu'ils repréfentent
des Perfonnages à qui on fuppofe de
l'efprit & de la naiffance , mais en
profe & non en vers , parce que ces
Perfonnages ne font pas fuppofés Poëtes , du moins dans l'ufage ordinaire
de la vie ?

X V.

Mais , me difoit un jour un homme de beaucoup d'efprit * , dans une
Compagnie où l'on agitoit cette matiere, *les vers même contribuent à l'illu-*
fion; *ils augmentent mon intérêt pour les*
Perfonnages , en me les faifant paroître
plus grands , plus importans. Vous
vous trompez , Monfieur , lui répondis-je. Ce font les Auteurs des Tragédies qui vous en paroiffent plus
grands , plus importans ; c'eft eux

---

* Feu M. *de la Faye* , de l'Académie Françoife.

feuls que vous allez chercher au
Théâtre, & que vous y voyez. Peut-
être y voyez-vous encore les Acteurs;
vous jugez des talens des uns & des
autres; vous les appréciez, vous leur
aplaudiffez avec joie, s'ils le méritent. Voilà proprement votre plaifir,
plaifir de joie & non d'attendriffe-
ment, plaifir de l'efprit plûtôt que
du cœur, & de l'Homme de Lettres
plûtôt que de l'homme. Le pathétique ne vous affecte que comme beau,
non comme pathétique. Vous dites,
fans être touché, que tel endroit eft
infiniment touchant. Vous fouriez à
une reconnoiffance comme à un bon
mot; vous répétez en vous - même
de beaux vers *, & moi je pleure; la
plus vive inquiétude m'agite; & je
fuis confterné, fi la cataftrophe n'eft
pas heureufe pour les Perfonnages

* Ceci eft relatif au caractère & au goût
affez connus de M. *de la Faye*; il avoit le
cœur peu fenfible, & aimoit beaucoup les
vers.

que

que j'aime ; je ne vois dans *Inès de Castro* que Dom *Pedre*, *Alphonse*, surtout *Inès* même ; je ne pense que le lendemain à M. de la *Motte* ; & lorsque je le vois, je ne lui dis point : *Votre Piéce m'a paru très-bien conduite, & tout le monde en convient. Si elle a des vers foibles, elle en a d'admirables ; vous devez même être content des Acteurs ;* mais je lui dis : *Jamais je n'ai été si intéressé, si ému ; jamais je n'ai tant pleuré au Théâtre, ni tant vu pleurer, qu'hier au soir ; mais ne pouviez-vous sauver Inès ?*

Voilà sans doute les vraies louanges, & la Tragédie dont je parle, les eût également obtenues, quoiqu'en profe. Je dis davantage ; elle eût paru plus touchante encore, du moins à deux fortes de Spectateurs, les uns à qui la Piéce n'a pas paru bien versifiée ; car le désagrément qui en résulte, s'oppofe à l'émotion & l'affoiblit ; les autres en très-grand nombre qui font indiférens pour les vers, & qui ne vont

au Théâtre que pour être intéressés
& touchés. Les vers , sur-tout les
vers trop poëtiques , répandent
pour eux dans les Tragédies un air
peu naturel dont je les ai souvent
entendu se plaindre. Or , étant
ainsi affectés de la versification , &
en recevant dès-lors une impression
désagréable , puisqu'à leur égard elle
s'oppose à l'illusion du Théâtre , ils
doivent être moins facilement émus
& intéressés. Heureusement , ils
oublient dans les endroits les plus
touchans qu'ils entendent des vers ;
ce n'étoit donc pas la peine d'en
faire.

XVI.

Si les vers étoient nécessaires dans
la Tragédie, ce seroit plûtôt pour le
Lecteur , s'il les aime , que pour le
spectateur ; celui-ci est suffisamment
occupé du fond des choses.

XVII.

Au reste, le prétendu paradoxe de M. de la *Motte* sur les Tragédies en prose, n'en est presque plus un ; & je n'ai à craindre que le blâme de m'être trop étendu sur une vérité aujourd'hui assez généralement reconnue. Mais j'avois fait cet Ecrit dans le tems de la dispute entre MM. de la *Motte*, de la *Faye*, & de *Voltaire*. D'ailleurs, on s'est borné jusqu'à présent à convenir de la vérité ; on n'a point encore agi en conséquence ; & notre Théâtre n'a point de Tragédie en prose. Mon Ecrit, en réveillant les esprits, aujourd'hui mieux disposés, ne pourroit-il point en procurer une ? Si le début étoit heureux, elle seroit bientôt suivie de plusieurs autres ; il ne s'agit que de bien commencer. Mais qui l'osera & le pourra ? Les Prosateurs sont modestes ; & j'avoue que pour réussir, il faudroit qu'une Tragédie en prose fût de la plus grande beauté, & qu'il ne lui manquât que d'être en vers. Il est bon que le Public soit dificile, pourvu qu'il le soit principalement sur ce qui fait le mérite essentiel d'un ouvrage, & non sur ce qui n'en est que l'accessoire. C'est ainsi qu'il le seroit sur les Tragédies en prose, & l'art y gagneroit.

SUITE SUR LA MORALE EN GENERAL, SUR L'HOMME, &c. *

PLusieurs des Réflexions qu'on va lire, rouleront encore sur la question, si la plûpart des hommes sont aussi méchans & aussi vicieux que l'ont dit quelques Philosophes Moralistes. Sans être de leur opinion, je conviens de la force de quelques-unes de leurs raisons, & je ne les dissimulerai point, dussai-je les laisser sans réponse.

Je sais ce que la Religion nous ensei-

* Mercure de Septembre 1759.

gne sur la corruption de l'homme , & je
suis bien éloigné de vouloir y donner la
moindre atteinte. * Mais je ne parlerai
ici des hommes que relativement aux devoirs que la simple humanité leur impose
& leur dicte envers leurs semblables. Je
combattrai Hobbes & non M. Pascal.
Tous les deux ont peint l'homme , & ne
l'ont pas peint en beau. Cependant leurs
portraits sont bien diférens ; leurs intentions , en le peignant , étoient plus
diférentes encore.

XXV.

Les hommes veulent être heureux,
& ils veulent l'être de telle ou telle
maniere, par la possession de telles ou
telles choses, par la jouissance de tels
ou tels plaisirs ; relativement à leurs
diférens caractères & à leurs passions
particulieres. Or ces passions sont plus

* Pour ne pas me répéter , je renvoye aux
observations que j'ai faites sur l'*Apologie du
Genre humain* par M. le Chevalier d'*Arc*, dans
le *Journal Chrétien* de Février 1758. page 74.
& suiv.

ou moins vives dans les uns que dans
les autres. De plus, les hommes y joignent tous, plus ou moins de vertus
naturelles ou acquises. Comme la capacité humaine est bornée, ceux qui
ont plus de passions, ont moins de
vertus, & ceux qui ont plus de vertus,
ont moins de passions ; voilà l'ordinaire. Cependant il y a quelques hommes dont l'ame plus vaste & plus forte,
réunit tout, vertus & passions, & dans
un haut degré. D'autres n'ont, proprement, ni passions ni vertus. Les
bons caractères sont ceux qui aiment
la vérité, la justice, la bienfaisance,
&c. & ils sont bons à proportion du
degré de cet amour. Les méchans
caractères sont ceux qui n'ayant point
cet amour, ou ne l'ayant que dans un
foible degré, n'ont au contraire que
peu ou point de répugnance pour la
fausseté, l'injustice, &c. en sorte que
pour satisfaire leurs plus foibles de-
sirs, ils sont sans peine faux, injustes,
cruels même. Ils ne sont sensibles ni

au bien ni au mal d'autrui. Au reste, cette insensibilité pour autrui se rencontre souvent dans des gens sans passions, & qui à peine s'aiment eux-mêmes.

XXVI.

L'amour-propre est souvent aveugle & injuste ; il faut donc l'éclairer & le régler. Mais d'où se tirera la lumiere ? De la connoissance des vrais biens & des vrais maux, de l'intérêt bien entendu. D'où se tirera la régle ? Du commandement qui nous est fait d'aimer les autres hommes ; car il s'ensuit de ce commandement qu'il ne nous est pas permis de nous aimer à leurs dépens. Mais ce qu'il y a ici de bien avantageux, c'est que l'amour de nous-mêmes sera d'autant plus éclairé, qu'il sera mieux réglé. On ne sauroit s'aimer plus utilement qu'en aimant les autres.

C'est sur-tout en matiere d'amour de soi-même, d'amour propre (j'entens la même chose par ces deux

mots) qu'il importe infiniment à notre bonheur que la réflexion éclaire
le fentiment. Il ne feroit pas befoin
de tant d'efforts, fi on avoit plus de
lumieres. Il en coûteroit beaucoup
moins pour être vertueux , fi on
connoiffoit bien tous les motifs &
tout l'intérêt qu'on a de l'être. En
faifant du bien ou du mal aux autres;
on s'en fait prefque toujours à foi-
même.

On ne voit que foi en tout , on
raporte tout à foi , on ne s'intéreffé
aux évenemens que relativement à
foi , & cela par bornes de cœur &
d'efprit. L'efprit étendu étendroit le
cœur. S'ils font petits l'un & l'autre;
s'ils font bornés , ils bornent abfolument à foi-même. De-là l'Egoïfme
moral.

Au refte , ces deux propofitions
Il n'eft jamais de notre intérêt de faire
du mal à autrui , & il eft toujours de
notre intérêt de lui faire du bien ; ces
deux propofitions, dis-je, ne font
exactement

exactement & rigoureusement vraies
que pour ceux qui croient une autre
vie où le mal sera puni & le bien ré-
compensé. Il est donc très important
pour la Société , que cette croyance,
d'ailleurs si certaine , s'y conserve &
s'y affermisse de plus en plus ; & par
conséquent les Livres où l'on a cherché à l'affoiblir & à la détruire , ne
doivent pas être tolérés.

XXVII.

L'esprit humain étant toujours
très-limité, s'il est fortement affecté
d'une idée , comme il arrive lorsqu'on est dominé par quelque passion , il en sera presque entierement
rempli , & perdra alors la faculté de
bien juger , parce qu'elle exige la
comparaison entre plusieurs idées, &
que l'homme passionné ne peut la
faire qu'imparfaitement. Il ne peut
aprécier avec justesse les objets pré-
sentés par ces idées & leur donner
leur juste valeur. On se trompe dans

cette appréciation & fur cette valeur,
foit par ignorance , foit par paffion.
Ainfi les faux jugemens en matiere de
Morale , viennent ou de défaut d'efprit , ou, fi cela fe peut dire, d'excès
de cœur.

XXVIII.

On dit tout court : *En vouloir à
quelqu'un* , pour dire lui vouloir du
mal. Cette façon de parler ne vien-
droit-elle point de ce qu'il eft bien
plus ordinaire de vouloir du mal aux
autres, que de leur vouloir du bien ,
& par conféquent de la méchanceté
humaine ? Voilà une objeétion à ré-
foudre.

XXIX.

Toute vertu tenant à quelque défaut , ou même à quelque vice, &
tout défaut, tout vice à quelque
vertu , il y a des précautions à prendre contre les vertus, & un ufage à
faire des défauts. Il faut prendre garde que nos vertus ne nous jettent

dans les défauts dont elles sont voisines, & il faut nous servir de nos défauts pour acquérir ou perfectionner les vertus qu'ils favorisent. Par-là, le bien ne produira point le mal, le mal produira le bien, & celui-ci sera plus parfait.

D'un défaut, on pourroit quelquefois faire aisément une vertu. Ce qu'il y a peut-être de plus difficile, c'est d'empêcher les vertus de devenir des défauts, & la difficulté sera d'autant plus grande que ces vertus seront plus près du point de perfection.

Les Moralistes disent aux hommes: *Etudiez vos défauts pour les corriger.* Il faudroit ajouter : *& pour en faire des vertus.*

X X X.

Il y a des hommes dont les vices ne sont affoiblis que par leurs défauts. Ils seroient méchans, s'ils n'étoient pas foibles ; fripons, s'ils n'étoient pas sots.   M m ij

A force de combinaisons , la nature sépare & réunit tout. Les qualités
bonnes ou mauvaises , soit du cœur,
soit de l'esprit , qui paroissent le
plus se supposer, s'amener les unes
les autres , tenir les unes aux autres,
sont quelquefois séparées dans le même homme ; & celles qui semblent
le plus s'exclure , y sont réunies.
Ainsi on a de l'esprit & on n'en a
point ; on est brave & poltron , avare & prodigue , bon & mauvais.
Comme ces séparations de qualités
analogues , & ces unions de qualités
oposées sont pourtant rares, on a raison
de ne les pas croire aisément, du moins
sur le raport d'autrui ; mais comme
elles sont possibles , il ne faut pas
non plus se rendre trop difficile à les
croire. Il faut les voir où elles sont,
& les croire quand on les voit , sans
quoi on ne connoîtroit les hommes
qu'à la maniere du vulgaire , à qui ,
comme dit M. *Pascal*, ils paroissent

tous à peu - près les mêmes. *

Par exemple, un caractère violent, & un caractère faux & artificieux, ne font pas incompatibles, & ils se réunissent quelquefois dans le même homme. Alors, selon les circonstances, la violence & l'artifice se remplacent, se suppléent, ou s'appuient l'une l'autre.

XXXI.

Les enfans, dit-on, se plaisent à faire du mal aux animaux ; cela les divertit. Ils en feroient même aux hommes, s'ils le pouvoient impunément. On en conclut qu'ils font cruels, & qu'ainsi l'homme l'est naturellement.

Voici une remarque qui du moins modifie beaucoup cette conséquence. Les enfans, faute de raison &

---

* » A mesure qu'on a plus d'esprit, *dit M.* » *Pascal*, on trouve qu'il y a plus d'hommes » originaux. Les gens du commun ne trou- » vent pas de diférence entre les hommes. *Chapitre* 31. *Pensées diverses.*

d'expérience , ne savent pas tout le mal qu'ils font à ces animaux qu'ils paroissent se plaire à tourmenter. En général , ils ne savent point se mettre à la place de ceux qu'ils voyent souffrir , parce qu'ils n'ont point encore éprouvé de pareilles souffrances, & que souvent même ils ne les ont pas vu éprouver à d'autres. Par-là leur manque le principe moral de la compassion, l'expérience personnelle des mêmes maux, selon le beau vers que *Virgile* met dans la bouche de *Didon.*

Non ignara mali , miseris succurrere disco. *

La compassion augmente donc avec l'âge (j'entends la compassion morale , & non la compassion phi-

---

* M. *Duclos* a traduit ou plûtôt imité très-heureusement ce vers par celui ci.

Mes malheurs m'ont rendu l'ami des malheureux.

fique & purement machinale), parce qu'avec l'âge on a plus de raifon & de connoiffances ; & de-là vient que les perfonnes d'un âge mûr font en effet plus compatiffantes que les en-fans, dans le fens que je l'ai expliqué. Ainfi tombe, ou du moins s'affoiblit beaucoup, la preuve qu'on tire de la prétendue cruauté de l'enfance, pour foutenir que l'homme eft natu-rellement cruel, puifque cette preu-ve n'eft fondée que fur une fuppofi-tion fauffe ou du moins exagérée.

La compaffion, dit-on quelquefois, *n'eft qu'une foibleffe.*

Cela eft vrai tout au plus de la compaffion purement machinale, de celle qui ne vient que du corps, & qui fouvent s'y termine ; non de la compaffion éclairée, & qui vient d'un jugement & d'un fentiment de l'ame, ou qui les produit.

On peut répondre encore, en ap-pliquant à cette derniere forte de compaffion ce que *Quinault* a dit de

M m iiij

l'amour ; que *si elle est une foiblesse*, *c'est la foiblesse des grands cœurs*, du moins des *bons* qui valent bien mieux que les *grands*. Mais communément les *grands cœurs* sont de bons cœurs ; les belles ames sont bonnes, & les Héros sont humains.

XXXII.

Les passions implorent le secours de la raison pour arriver à leur but. Souvent elle commence par le réfuser, & dit que ce but est illégitime ; qu'il n'est pas même de leur intérêt d'y arriver ; que si c'est l'intérêt de la passion dominante ou de celle qui est actuellement excitée, ce n'est pas celui des autres passions, & que s'il est impossible qu'elles n'ayent pas des intérêts diférens, il faut néanmoins pour la satisfaction commune, tâcher de concilier ces intérêts particuliers ; en sorte qu'une passion ne souffre pas trop de la satisfaction d'une autre passion. Enfin la raison re-

préfente la difficulté ou même l'im-
poffibilité du fuccès , le danger d'é-
chouer , & quelquefois celui même
de réuffir. Mais la paffion infifte , la
raifon céde ; fouvent , à la vérité ,
plûtôt entraînée & en quelque forte
forcée que féduite , quelquefois auffi
très-perfuadée ; & à la fin elle trouve
tout jufte , tout poffible , tout facile,
& travaille pour les paffions. Celles-
ci l'aident à leur tour de leur activité,
& lui donnent même plus de lumiere qu'elle n'en auroit fans leur feu ;
mais fouvent auffi elles dérangent fes
mefures par leur précipitation , leur
imprudence , &c.

Sans les paffions, la raifon n'entre-
prendroit jamais certaines chofes ;
fans la raifon, les paffions échoue-
roient prefque toujours dans ce
qu'elles lui font entreprendre. Cependant elles réuffiffent quelquefois
par leur feule ardeur, ou par de purs
hazards , fans aucune habileté , &
contre toute prudence.

XXXIII.

D'un côté, il est très-ordinaire d'avoir mauvaise opinion des hommes, & de l'autre, on juge volontiers d'autrui par soi-même. De-là résulte, j'en conviens, une objection contre le sentiment que le plus grand nombre des hommes n'est pas celui des méchans.

Qui croit les autres bons, est sûrement bon ; mais qui les croit méchans, n'est pas méchant pour cela ; il peut être très-bon, & en jugeant des autres hommes par lui-même, il les croiroit bons aussi ; mais la connoissance qu'il a de leur nature, jointe à l'expérience, l'empêche d'en penser aussi favorablement.

Croire facilement le mal, ne vient quelquefois que de peu d'esprit & de trop de crédulité. On croit le mal comme le bien, & par le même principe, parce qu'on croit tout ce qu'on entend dire. Mais le croire difficilement, suppose toujours de la bonté : on n'auroit pas grande peine à y ajouter foi, si l'on s'en sentoit capable, ou si l'on souhaitoit qu'il fût vrai.

Il y a un Proverbe Provençal qui dit : *Pensa mau & devineras : Pense mal, & tu devineras.* J'aime mieux que ce Proverbe soit Provençal que Breton ; mais j'aimerois bien mieux encore qu'il ne fût d'aucun Pays.

La maxime ou Sentence , que *l'oisiveté est la mere de tous les vices*, est un des Proverbes les plus anciens & les plus universels , parce que c'est un des plus utiles & des plus vrais. Mais quelle triste vérité , & que pourroit-on dire de plus fort contre l'homme! Il a en lui-même le germe de tous les vices, si l'oisiveté en est la mere.

Les Anglois ont bien renchéri sur cette maxime. *Lorsqu'un homme est à rien faire*, disent-ils, *on peut parier qu'il fait du mal.*

Il y a sans doute de l'exagération

dans le Proverbe Anglois, aussi bien
que dans le Provençal ; mais ils n'en
valent que mieux. Ils en sont plus plai-
sans, & par-là peuvent être plus utiles.

XXXIV.

On ne sauroit avoir trop présentes
les maximes de morale devenues triviales par leur grande vérité. 1°. Il
seroit alors plus aisé de se conduire
en conséquence de ces maximes. 2°.
Les occasions d'en faire l'application
à tout ce qui se passe, reviennent
sans cesse. Or il est utile & agréable de
la faire. Malheureusement on la fait
quelquefois avec injustice & malignité ; mais on abuse de tout.

» Toutes les bonnes maximes sont
» dans le monde, *dit M. Pascal*, il
» ne faut que les appliquer.

Si les maximes corrigeoient le monde, il y en a plusieurs qui depuis
long-tems ne seroient plus vraies ;
mais elles le seront toujours, parce
qu'elles ne corrigeront jamais que le

plus petit nombre des hommes.

XXXV.

*Ufez-en avec les autres comme vous
fouhaitez qu'ils en ufent avec vous ; &
ainfi ne leur faites point de mal & fai-
tes-leur du bien. Soyez jufte & bienfai-
fant.* Chacun a intérêt qu'on obferve
ces deux loix à fon égard ; mais on
a , ou du moins on croit quelquefois
avoir intérêt de ne les pas obferver
à l'égard des autres ; & voilà pourquoi on dit , tantôt qu'il y a une morale , & tantôt qu'il n'y en a point.

De ce que je ne veux pas qu'on me
faffe du mal, je conclus naturellement
qu'il feroit injufte que j'en fiffe aux
autres ; & de ce que je veux leur en
faire , je tire ou voudrois tirer une
conféquence oppofée. Ainfi l'intérêt
propre établit & détruit tour à tour la
morale.

XXXVI.

On ne peut changer les hommes ;
eux - mêmes ne peuvent fe changer

entierement. Il faut donc les prendre
comme ils font, s'attendre à en fouffrir, les ménager pour en fouffrir
moins, &, autant qu'il eft poffible,
fe changer foi-même.

Mettre dans les autres plus de raifon, ou en mettre en foi, cela re-
viendroit au même, quant à certains
effets; mais le fecond eft plus court,
plus facile, du moins plus honorable.

Quand on pourroit corriger quelques hommes, on ne peut les corriger tous; mais en fe corrigeant foi-
même, on fe met en état de vivre
avec tous, & c'eft comme fi on les
avoit tous corrigés.

Il faut favoir ne point s'ennuyer
dans la folitude, & favoir s'y ennuyer;
favoir y prévenir l'ennui, & favoir l'y
fuporter. De même il faut dans la
Société, favoir ne point fouffrir des
hommes, & favoir en fouffrir; être
prudent & patient.

XXXVII.

Plus on surpasse les autres hommes en esprit, en richesses, en pouvoir, &c. plus il est important de les surpasser aussi en bonté, en vertu, &c. & cela pour son propre bonheur.

C'est une terrible chose, quand qui peut le plus, vaut le moins ; & cela est vrai de toute sorte de pouvoirs ; du pouvoir que donnent l'esprit & les talens, aussi-bien que de celui que donnent les richesses, la grandeur, la Royauté.

XXXVIII.

Chaque homme a son caractère naturel ; & chaque profession, chaque état ont aussi le leur, en bien & en mal. Lorsque ces caractères s'accordent & qu'un homme embrasse une profession, choisit un état, avec les vertus ou avec les vices & les défauts que cette profession & cet état favorifent, l'union du phifique & du moral fait qu'il porte fort loin ces vertus ou ces vices. Si le caractère naturel ne s'accorde point avec celui de l'état, c'eſt ordinairement le premier qui domine, & quelquefois au point qu'un homme de Robe, par exemple, aura le caractère, les manières, preſque les mœurs d'un Militaire, & celui-ci ceux d'un homme de Robe.

DE L'AMBITION.

I.

JE conçois mieux le defir des richeſſes que l'ambition. Je conçois qu'on travaille pour le repos, pour ſe faire une vie douce & voluptueuſe. Mais qu'on travaille, qu'on s'épuiſe pour arriver à une place où il faudra redoubler ſon travail ; où l'on n'aura pas un moment dont on puiſſe diſpoſer pour ſon plaiſir ; où l'on

n'aura

n'aura pas le tems des repas & du
fommeil ; voilà ce que je ne faurois
comprendre , & ce que je ne croirois
point , fi je ne le voyois pas tous les
jours.

I I.

Le plaifir de commander eft un
foible dédommagement de la peine
de gouverner.

I I I.

L'ambition eft la plus malheureu-
fe de toutes les paffions , parce qu'elle eft la plus ardente , la plus conf-
tante, la plus infatiable; parce que fes
fuccès font dificiles & rares, fes revers
affreux & ordinaires ; parce qu'elle
eft obligée , en une infinité d'occafions, de fe combattre , & de s'immoler en quelque forte èlle-même, pour
fe fatisfaire. Il eft vrai de ce monde-
ci comme de l'autre , qu'on ne
s'éleve qu'en s'abaiffant. Or rien n'eft
plus mortifiant pour l'ambitieux ,

toujours fier & superbe , que de s'a-
baiſſer & de fléchir. Ainſi l'ambition
a cela de particulier , qu'elle tend à
ſon objet par les choſes qui lui coûtent le plus. Quel eſt l'avare qui faſſe
beaucoup de dépenſes & de libérali-
tés , pour s'enrichir ? Quel eſt le vo-
luptueux qui ſe prive de tous les plaiſirs , pour en jouir ? Cela ne ſe voit
point. Mais on ne voit que des ambitieux qui s'abaiſſent pour s'élever.
Que dis-je , s'abaiſſer ? point de dé-
dains qu'ils n'eſſuyent , point d'af-
fronts qu'ils ne devorent ; rien de ſi
bas, de ſi ſervile, de ſi humiliant, à
quoi ils ne ſe réduiſent ; rien enfin ,
je ne dis pas de ſi criminel (ce n'eſt
pas le crime qui coûte aux ambitieux) mais de ſi déshonorant & de ſi
infâme , qu'ils ne faſſent pour arriver
à leur but.

Savez-vous ce qu'a fait cet ambitieux pour monter à ce degré d'élévation qui excite votre envie ? Tout
ce qu'il y a de plus humiliant & de

plus honteux. Savez-vous ce qui l'attend ? Une chûte plus humiliante & plus honteuse encore. Cette chûte va dévoiler de nouvelles infamies, de nouvelles horreurs. Toutes ces bouches que fermoient la crainte ou l'espérance, vont s'ouvrir contre lui. Les faux amis, que dis-je ? les amis foibles parleront aussi haut par politique, que les ennemis par haine & par vengeance.

Si je pouvois haïr quelqu'un, & desirer de le voir malheureux, je lui souhaiterois de l'ambition.

IV.

Un homme borné à son état présent ne pensoit point à en sortir. On lui a fait entrevoir quelques lueurs de fortune ; on a fait briller à ses yeux quelques rayons d'espérance. Le voilà inquiet, agité. Il se donne des mouvemens qui lui coûtent, à cause de son indolence naturelle ; mais il ne s'en donne pas assez ; &

comme il est auffi mal-adroit que négligent, le peu qu'il fait, il le fait
mal, & le projet eft manqué. On
lui reproche fa pareffe & fes impru-
dences, & il fe les reproche à lui-
même. Lui a-t-on rendu fervice en
éveillant fon ambition, ou plûtôt en
lui en donnant, & en le mettant
dans le chemin de la fortune? Au
contraire, ne peut-il pas dire à ceux
qui par leurs confeils & leurs pro-
meffes, font venus troubler fon repos : *Vol me occidiftis amici.* Je n'é-
tois pas bien, je n'étois pas content;
mais enfin j'avois pris mon parti. Il
ne m'eft pas aifé de revenir où j'é-
tois, de remettre mon efprit & mon
cœur dans leur premiere fituation.
On ne renonce point fans une peine
extrême à des idées fi flateufes. Le
feu de l'ambition, une fois allumé,
ne s'éteint prefque jamais. Je me
fouviendrai toujours malgré moi,
que j'ai prefque touché à tels ou à
tels biens, qu'il ne s'en eft fallu

presque rien que je n'aie été ceci ou
cela. Voilà pour le reste de ma vie
une source de pensées affligeantes,
désespérantes. J'étois prêt d'aborder
à cette Isle fortunée ; un vent favorable me poussoit. Tout à coup il a
changé ; un vent contraire m'a ra-
mené à l'endroit d'où j'étois parti,
& depuis ce vent a toujours soufflé.

V.

Le moment qui satisfait l'ambition,
est bien doux ; mais ce n'est qu'un
moment. Une ambition succéde à
une autre ; c'est toujours à recommencer. La mort vient, & nous
trouve pleins de projets ambitieux.
Dire que les agitations de l'ambition, comme celles de l'amour, valent mieux encore que les langueurs
de la modération & de l'indiférence,
c'est un langage d'Orateur ou de Poëte. Ce n'est pas qu'il n'y ait quelque
plaisir dans l'agitation que nous cau-
sent ces passions, mais il y a encore

plus de peine ; & tout bien compensé, heureux qui vit sans amour &
sans ambition.

V I.

Otez aux hommes l'ambition, la
vanité, le desir des richesses, la Société va tomber dans la langueur &
dans l'inaction. Les passions en font
tout le mouvement, tout le jeu,
pour ainsi dire ; & ce mouvement,
ce jeu, ont de bons effets, s'ils en
ont de mauvais. Ainsi les passions
font bonnes à certains égards, mais
ce n'est guères que pour ceux qui en
font exempts. Ce font eux qui en
retirent les principaux avantages.
Quant aux *passionnés* eux - mêmes,
mille peines pour un plaisir. L'amour
de la gloire, par exemple, fait faire
à ceux qu'il anime, bien des choses
utiles à la Société. Il nous donne des
Ecrivains, des Héros, &c. mais don-
ne-t-il le bonheur ? Il s'en faut bien.

La principale source du malheur

de l'ambitieux, c'est l'envie & la haine dont il est le sujet & l'objet ; il
envie & hait , il est envié & haï.

Les plus jaloux de tous les amans,
ce sont ceux de la gloire.

VII.

Tel Ministre , tel Courtisan à qui
la disgrace a fait prendre le parti de
la retraite, & qu'on croit tout occupé de ses bâtimens & de ses jardins,
ne pense qu'à ce qu'il a perdu. Il brû-
le de remonter sur le Théâtre du
monde. Il s'imagine qu'on ne peut se
passer de lui, qu'on va le rapeller ;
& il en attend le moment avec la
plus vive impatience.

VIII.

On est doublement malheureux,
quand on desire d'être plus que ce
qu'on est , & qu'on agit en conséquence ; malheureux par le mécon-
tentement de son état ; malheureux

par les peines & les inquiétudes que
caufe néceſſairement ce qu'on fait
pour s'élever.

IX.

C'eſt ſur-tout en matiere de bonheur que le plus & le mieux ſont
ſouvent bien oppoſés. On veut être
plus que ce qu'on eſt, pour être
mieux, & ſouvent au contraire il
faudroit être moins.

X.

Un Souverain, dit un Auteur
Oriental, eſt environné d'une Cour
magnifique. Ceux qui la compoſent,
ne paroiſſent attentifs qu'à le ſervir
& à lui plaire. Il lit dans tous les
yeux l'amour & le zèle qui paroiſſent
embraſer tous les cœurs. Cependant
parmi ces Courtiſans il en eſt pluſieurs, prêts à immoler le Monarque
de leur propre main, ſi par-là ils
étoient ſûrs de ſe mettre à ſa place.

J'ai

XI.

J'ai quelquefois entendu dire : *Un tel eft un homme bien fage, il n'a jamais mis d'obftacle à fa fortune* ; mais je ne l'ai entendu dire, que de ceux qui avoient fait fortune, qui avoient réuffi. Cela eft pourtant vrai de plufieurs autres.

Comment un tel a-t-il pu faire fortune ? C'eft une queftion qu'on fait fouvent, & qui quelquefois refte fans réponfe. Mais fi l'on dit : *Comment un tel, qui étoit dans le chemin de la fortune, a-t-il pu manquer de la faire ?* Les raifons s'en préfentent en foule.

A la premiere queftion : *Comment a-t-il pu faire fortune ?* quelqu'un répondit un jour : *Comme un tel eut le mois paffé le gros Lot à la Lotterie.*

XII.

La vraie raifon de ce qu'on dit fouvent, que s'il ne faut pas avoir beaucoup d'ambition, il eft pourtant

Tome IV. O o

bon d'en avoir un peu, c'eſt qu'un peu
d'ambition contribue au bonheur, en
faiſant travailler & s'occuper. En effet
le travail ſauve de l'ennui & du mépris
attachés à l'oiſiveté. Mais la plûpart
de ceux qui diſent qu'il eſt bon d'avoir
un peu d'ambition, ne le diſent point
par ce motif ſi raiſonnable ; ils le diſent par intérêt, par vanité, & pour
excuſer en eux-mêmes une avidité &
une ambition exceſſives. Une femme
le dit à ſon mari, des parens le diſent
à leurs enfans, moins pour les faire
ſortir d'une oiſiveté auſſi dangereuſe
que déshonorante, qu'afin qu'ils s'en-
richiſſent, qu'ils s'élevent ; & cela
moins encore par amitié pour ce mari, ces enfans, que par intérêt propre & perſonnel.

L'oiſiveté eſt la mere des vices, &
l'ambition celle des crimes.

XIII.

La multiplicité des projets fait
qu'on ne réuſſit dans aucun. Il faut

que la conduite foit fyftématique,
foit une, pour ainfi dire, & reffemble à un difcours bien lié & bien
fuivi, dont toutes les parties, toutes
les phrafes mêmes, tendent & fe rap-
portent à un même & unique but.

XIV.

Ce qu'on apelle ordinairement ambition, eft un compofé d'intérêt & d'ambition proprement dite. Elle eft plus ou
moins noble, ou plus ou moins baffe,
felon que l'un ou l'autre y domine davantage. L'ambition où il n'y auroit
que de l'ambition, fur-tout celle de
la gloire, feroit très-noble, quoique
peut-être très-criminelle. Celle où il
n'y auroit que de l'intérêt, ne méri-
teroit pas même le nom d'ambition.

La vanité fait le fonds de l'ambition. Des lumieres dans l'efprit, &
de la hauteur dans le cœur, élevent
la vanité jufqu'à l'ambition. Ainfi
l'ambition, c'eft la vanité jointe aux
lumieres de l'efprit & aux grands
fentimens du cœur. Il y a donc beau-

coup de bon dans l'ambition, du moins dans celle de la gloire. Ce bon est ce qui la diſtingue de la vanité ; mais ce bon eſt rare , & c'eſt par-là que l'ambition l'eſt auſſi, du moins en comparaiſon de la vanité , quelque commune , ou plûtôt quelque générale que ſoit cette derniere paſſion. Il n'y a pas aſſez d'étoffe dans la plûpart des hommes, du côté de l'eſprit & du cœur, pour en faire des ambitieux d'un certain ordre ; mais il y a toujours aſſez de vanité. Ainſi la Philoſophie ou le Chriſtianiſme peuvent ſeuls empêcher un homme de grand eſprit & de grand cœur d'être ambitieux. L'ambition eſt une vanité plus noble & plus éclairée, que la vanité ordinaire , mais bien moins que la vertu & la ſageſſe philoſophique , bien moins, à plus forte raiſon , que la vertu & la ſageſſe chrétienne. Ce qu'il y a de plus blamable , & ſur-tout de plus mépriſable dans l'ambition , lui eſt commun avec la vanité.

De l'ambitieux au vain , & par conféquent des ambitieux à la plûpart des autres hommes , il n'y a de diférence , du côté de ceux-ci , que la petiteffe & la foibleffe de leur efprit & de leur cœur.

Il y a une petiteffe d'ame qui fait qu'on n'a point d'ambition , on eft en-deçà ; & une grandeur d'ame qui fait qu'on n'en a point non plus ; on eft au-delà. Ainfi l'ambition eft un vice exclus par deux extrêmes. Les très-petites ames & les très-grandes, ne font point ambitieufes ; ce font les médiocres. Tout ambitieux eft donc un homme médiocre par l'ame, mais il peut être grand par l'efprit & les talens.

L'ambition jointe à une ame petite & foible , va à fon but par des artifices & des baffeffes.

X V.

Il ne manquoit à *Céfar* que d'être né ou Souverain ou vertueux. Né

Souverain , il n'auroit pas eu befoin
d'être vertueux , fon ambition étant
fatisfaite ; car peut-être lui auroit-il
fuffi d'être le premier quelque part.
Né vertueux , il n'auroit pas eu befoin de devenir Souverain. Du moins
n'eût-il pas voulu le devenir par des
crimes.

Lucain dit de *Céfar* & de *Pompée ;*
que le premier ne vouloit point de
Supérieur , & le fecond point d'égal.
Mais il peut y avoir plus de vanité
& de jaloufie que d'ambition , à ne
vouloir point d'égal ; & plus de
hauteur & de fierté que d'ambition ,
à ne vouloir point de Supérieur. Ainfi
peut-être fait-on trop d'honneur à
Pompée , & fait-on injuftice à *Céfar* , en
les difant ambitieux.

XVI.

L'intérêt de la gloire bien conful-
té , devroit fouvent éteindre , ou du
moins afoiblir l'ambition ; l'interèt
du bonheur , le devroit toujours.

L'ambitieux a deux queſtions à ſe faire. 1°. Suis-je capable de la place où j'aſpire ; & la remplirai-je avec honneur ? 2°. En ce cas-là même, en ſerai-je plus heureux ? Mais il ſe répondroit preſque toujours affirmativement, parce que l'ambitieux eſt ordinairement auſſi préſomptueux que vain, & parce qu'il eſt naturel de penſer que l'on ſera heureux par la ſatisfaction d'un deſir ardent, ſurtout quand il eſt l'effet de la paſſion naturellement & habituellement dominante. Ainſi l'examen de ces deux queſtions ſeroit inutile à la plûpart des ambitieux, & ne ſerviroit même qu'à les confirmer dans leur ambition, en leur perſuadant de plus en plus qu'ils ont le mérite qu'elle exige, & qu'elle leur donnera le bonheur qu'ils deſirent.

Un ambitieux a eu l'eſprit de ſatisfaire ſon ambition ; il eſt parvenu à tout ce qu'il a voulu. Il vaudroit bien mieux qu'il eût eu celui de voir

que fon ambition fatisfaite ne le ren-
droit pas heureux. Mais que dis-je ?
Cette vue ne l'auroit empêché ni
d'être malheureux, tandis qu'il auroit été ambitieux, ni d'être ambitieux, s'il eft né tel. Heureux donc
ceux qui font nés fans ambition !

L'efprit feul n'éclaire point fur le
bonheur, ou éclaire inutilement ;
témoin les ambitieux qui ordinairement ont de l'efprit. Heureux donc
ceux qui font nés, non avec un efprit
capable de les éclairer fur les moyens
du bonheur (feul, je le répéte, il feroit
inutile), mais avec un cœur qui,
pour ainfi dire, prend ces moyens de
lui même, & fans le fecours, mais
feulement avec l'aveu de l'efprit.
Heureux ceux qui font nés avec un
cœur heureux.

XVII.

De deux hommes, l'un n'eft propre à rien, & prétend à tout ; l'autre
feroit propre à tout, & ne prétend à

rien. Quoique j'admire celui - ci, il m'étonne pourtant moins que le premier. Parmi les qualités qui pourroient faire prétendre à tout , est toujours celle qui peut empêcher de prétendre à rien , parce qu'elle met au-deſſus de tout. Dès qu'on a de quoi prétendre à tout , on a de quoi ſe paſſer de tout.

XVIII.

Deux fortes d'hommes ne ſont point ambitieux ; les uns, je le répéte, par l'extrême petiteſſe de leur eſprit & de leur cœur qui les met au-deſſous de l'ambition ; quelques autres par le contraire dans le plus haut degré , qui les met au-deſſus. Ainſi il y a des hommes au-deſſous & d'autres au-deſſus de l'ambition.

On me dit d'un homme qu'il n'a point d'ambition. Je ne ſais encore ſi je le mépriſerai , ou l'admirerai.

XIX.

Vous croyez vos talens trop à l'étroit dans une place médiocre; vous en cherchez une plus élevée. Craignez ce nouveau point de vue. Vous paroissiez grand dans une petite place; vous paroîtrez petit dans une grande. C'est ce que M. de *Voltaire* a si bien exprimé dans ce vers si heurenx, que tout le monde a retenu, & le plus beau peut-être de tous les vers.

Tel brille au second rang, qui s'éclipse au premier.

XX.

S'il faut se garder des passions, c'est sur-tout de celles qui mettent notre bonheur entre les mains d'autrui, comme l'ambition & l'amour.

XXI.

Quand par le *détrompement* & le dégoût du monde, de la Cour, &c. les grandes passions viennent à s'éteindre, elles laissent un vuide & une langueur qui ne peuvent être remplis & réparés que par une grande piété.

Si le dégoût du monde n'eſt pas la cauſe ou l'effet du goût des choſes de Dieu & du Salut , il ne ſert qu'à rendre plus malheureux encore qu'on ne l'étoit.

XXII.

Quelque avantageuſement que la fortune vous ait partagé , ſi vous êtes content de votre partage , vous devez encore plus à la nature qu'à la fortune.

Plus on a , ſur - tout en matiere d'ambition , plus il eſt dificile de ne pas deſirer encore , & toujours plus vivement. Plus la fortune eſt grande, plus la modération y eſt dificile , & par conſéquent le bonheur.

Si l'homme le plus riche , le plus puiſſant , le plus élevé d'un Royaume , en étoit encore le plus heureux, quelle admiration n'aurois-je point pour lui !

Ce ſeroit une grande addition à l'éloge d'un grand Miniſtre d'un grand Etat , que de dire de lui , *Il étoit heureux.* On l'a dit du cardinal de *Fleury.*

M. de *Fontenelle,* qui l'avoit fort connu avant son Ministère, surpris dans une visite qu'il lui fit quelques années après, de lui voir la même sérénité & la même gaieté, lui dit : *Mais, Monseigneur, est-ce que vous seriez encore heureux ?*

Il n'en avoit pas été de même de l'Abbé du *Bois.* Devenu Cardinal & premier Ministre, il dît un jour à quelqu'un de qui je le tiens : *Je voudrois être dans un cinquième étage, avec une vieille servante, & quinze cent livres de rente.*

Il alloit quelquefois déposer ses chagrins dans le sein de M. de *Fontenelle,* & chercher quelque consolation auprès de lui; & il y en trouvoit, du moins pour le moment. M. de *Fontenelle,* plein de raison & de douceur, étoit bien propre à calmer une ame agitée. Quelqu'un lui parlant un jour de la grande fortune que l'Abbé du *Bois* avoit faite, pendant que M. de F. n'en avoit fait aucune, quoique très-aimé auffi du Prince Régent ; *Cela eft vrai*, répondit le Philofophe, *mais je n'ai jamais eu befoin que le Cardinal du Bois vînt me confoler.*

Tandis que le premier Miniftre étoit fi malheureux, l'Abbé *Montgault**, l'étoit encore plus par l'envie qu'il lui portoit. De-là, les vapeurs noires dans lefquelles il a paffé une partie de fa vie.

L'un & l'autre avoient beaucoup d'efprit, & ils l'ont employé à fatisfaire leur ambition. Ne pouvoient-ils donc s'en fervir pour la modérer ?

Si les paffions pouvoient être guéries, ce feroit par les exemples des malheureux qu'elles ont faits. Il eft donc utile de citer ces exemples. Mais quoi qu'ils fe préfentent en foule, il s'en faut bien encore qu'on les connoiffe tous.

* De l'Académie Françoife, & de celle des Belles-Lettres, Précepteur de feu M. le Duc d'Orléans.

F I N.

www.ingramcontent.com/pod-product-compliance
Lightning Source LLC
Chambersburg PA
CBHW070750030726
47504CB00003B/508